각본가의 죽음

해미시
맥베스
순 경
시리즈
14

각본가의 죽음

DEATH OF A SCRIPTWRITER

M. C. 비턴
전행선 옮김

H
현대문학

주요 등장인물

해미시 맥베스 ◎ 로흐두 마을의 순경

퍼트리샤 마틴브로이드 ◎ 소설 『만조의 사건』 작가

해리 프레임 ◎ 스트래스클라이드 텔레비전의 총괄 제작자

피오나 킹 ◎ 드라마 <만조의 사건> 담당 제작자

실라 버포드 ◎ 스트래스클라이드 텔레비전의 조사원

제이미 갤러거 ◎ 드라마 <만조의 사건> 각본가

퍼넬러피 게이츠 ◎ 드라마 <만조의 사건> 여자 주인공

조시 게이츠 ◎ 퍼넬러피 게이츠의 남편

닐 시장 ◎ 스코틀랜드 고지 지역의 시장

콜린 제솝 ◎ 드림 마을의 목사

아일린 제솝 ◎ 콜린 제솝의 부인

할 포사이드 ◎ 스트래스클라이드 텔레비전 제작 관리자

자일스 브라운 ◎ 드라마 <만조의 사건> 연출자

저베이스 하트 ◎ 드라마 <만조의 사건> 남자 주인공

앵거스 해리스 ◎ 고故 스튜어트 캠벨의 친구

쟉 케네디 ◎ 드림 마을 잡화점 주인

아일사 케네디 ◎ 쟉 케네디의 아내

러브레이스 경감 ◎ 인버네스 경찰서 소속 형사

숀 피츠패트릭 ◎ 고지 마을의 떠돌이 허드렛일꾼

제1장

아아, 이 봄이 장미와 함께 사라져야 한다니!
청춘이라는 향기로운 필사본을 덮어 버려야 한다니!
에드워드 피츠제럴드

퍼트리샤 마틴브로이드는 벌써 몇 년 동안이나 탐정소설을 쓰지 않았다.

70대 초반에 그녀는 서덜랜드 고지 지역 시노선 마을 동쪽에 있는, 회반죽을 바른 작고 깔끔한 농가 주택으로 이주했다. 그리고 지금까지 그곳에서 5년째 살고 있었다. 그녀는 자신을 둘러싼 고독과 주변의 거친 풍광이 다시 글을 쓸 수 있게끔 영감을 불어넣어 주길 바랐다. 하지만 매번 낡은 레밍턴 타자기 앞에 자리 잡고 앉을 때마다 실패의 엄청난 무게가 어깨 위로 내려앉는 것을 느낄 뿐이었고, 더는 어떤 글도 써낼 수가 없었다. 지난 15년 동안 그녀의 책은 인쇄도 되지 않았다. 그러나 1965년 출간된, 스코틀랜드 귀족 출신 형사 레이디 해리엇 비어를 주인공으로 하는 마지막 탐정소설 『만조의 사건』이 상당한 성공을 거두었다.

퍼트리샤는 나이에 비해 상당히 강단 있는 외모였다. 머리는 거의 순백에 가깝도록 하얗게 셌고, 몸매는 날씬하고 근육질이었으며, 허리도 꼿꼿하고 어깨도 넓고 단단했다. 가느다란 매부리코에, 짙은 속눈썹에 감싸인 눈은 푸른색이었다. 여러 해 전 세상을 뜬 그녀의 어머니는 토지 관리인이었다. 퍼트리샤는 학창 시절 학생회장을 지냈는데, 그녀가 다닌 학교는 교육 수준보다는 학생들의 가문으로 더 유명했다. 그녀는 영어 선생님에게 홀딱 반해서 처음 탐정소설을 읽게 되었고, 그다지 성공적이지 않은 런던 사교계 데뷔 이후 글을 쓰기로 마음먹었다.

퍼트리샤는 첫 책이 출간되었을 때 느꼈던 그 짜릿한 기분을 한순간도 잊어 본 적이 없었다. 플롯은 복잡했고, 철저한 조사를 거쳐 완성한 작품이었다. 그녀는 철도 시각표나 밀물과 썰물 시간대 또는 런던 버스 노선과 관련된 플롯을 좋아했다. 그녀가 탄생시킨 작품의 주인공 레이디 해리엇 비어는 모두가 사회에서 자신의 위치가 어디인지 잘 알고 있으며, 자신들이 그만큼 사는 것도 다 귀족의 덕임을 깨닫고 있는 세상 속에서 퍼트리샤와 함께 성장했다. 가벼운 웃음은 농담깨나 하는 하인들이나 음흉한 집사와 정원사 그리고 늘 레이디 해리엇의 전문성에 말문이 막혀 버리는 퉁명스러운 경찰들의 몫이었다.

그러나 세상이 빠르게 변해 가는 동안에도 퍼트리샤는 변하지 않은 채 그대로 남아 있었다. 그녀 작품의 등장인물도 마찬가지였다. 책 판매량은 감소했다. 그래도 가족 신탁에서 나오는 개인적인 수입이 있었기에 다른 일거리를 찾을 필요는 없었다. 마침내 그녀는 멀리 스코틀랜드 북부로 이사하면 자신에게 영감이 다시 일어나리라고 스스로를 설득하기에 이르렀다. 그녀가 창조한 레이디 해리엇이 스코틀랜드 출신이었음에도, 퍼트리샤는 북쪽으로 이사하기 전까지 스코틀랜드 땅은 밟아 본 적도 없었다. 하지만 그녀는 북쪽으로 옮겨 온 것이 형편없는 실수였고, 그리하여 자신이 실패라는 짐 위에 외로움이라는 짐까지 얹고야 말았다는 사실을 절대로 인정하려 들지 않았다.

그녀는 최근 아테네로 휴가를 다녀왔다. 그리스의 날씨는 맑고 청명했으며, 저녁이면 아테네 거리는 밝게 불이 밝혀지고 사람들로 북적였다. 그러나 시간은 너무 빨리 흘러가서 어느새 그녀는 인버네스행 비행기에 타기 위해 런던으로 돌아와야 했다. 비행기가 짙은 구름을 뚫고 히스로 공항에 착륙했다. 런던은 모든 것이 어둡고 칙칙해 보였다. 너무도 추웠고, 비까지 내렸다. 사람들의 모습도 음침하고 우울해 보였다. 그곳에서 퍼트리샤는 인버네스행 비행기에 올라탔고, 그 후에는 더 많은 비와 어둠 속으로 내려서야 했으며, 그다음에는 집까지 오랜 시간을 운전해 가야 했다.

서덜랜드 외곽은 서유럽에서 가장 크고 가장 인구가 적은 지역이었다. 호수와 산과 황량한 황무지만이 끝 간 데 없이 뻗어 있었다. 오두막 문을 열자 바람이 낮은 건물 주위를 미친 듯이 울부짖으며 휘감아 돌았다. 잠시 자살하고 싶은 생각이 지친 머릿속에 번뜩 떠올랐지만 퍼트리샤는 재빨리 그것을 무시했다. 마틴브로이드 가문에는 자살한 사람이 없었다.

퍼트리샤는 영국 성공회교도였지만 동네에 있는 스코틀랜드 교회에 다녔다. 성공회 교회까지 가려면 차를 몰고 멀리까지 가야 해서 피곤했기 때문이다. 친구를 사귈 수도 있었지만 퍼트리샤가 신분이 비슷하다고 생각하는 사람들은 그녀와 가까워지고 싶어 하지 않았고, 그렇지 않은 사람들은 그녀 자신이 꺼렸다. 퍼트리샤는 딱히 냉정하거나 속물 같은 사람은 아니었고 외롭기도 했지만, 어쨌든 그것이 지금까지 그녀가 살아온 방식이었다. 가끔 찾아가서 대화를 나눌 정도로 가까운 지인이 마을에 몇 명 있기는 했지만 친구라고 할 만큼 가까운 사람은 하나도 없었다.

아테네에서 돌아온 지 일주일쯤 됐을 때, 그녀는 여전히 마음이 불안했기에 토멜성 호텔에 가서 스스로에게 저녁을 대접하기로 마음먹었다. 성은 당초 할버턴스마이스 대령의 집이었으나 대령이 재정적으로 힘든 시기에 호텔로 개방해 성공적으로 운영되고 있었다. 비록 호텔로 바뀌기는 했어도, 그곳은 여전히 안락한 고지 시골 저택의 분위기를 한껏 풍겼기에 퍼트리샤는 그곳에 가면 고향에 돌아간 듯한 기분이 느껴지곤 했다.

호텔 식당에 앉아 주위를 둘러보는 동안 차츰 기분이 나아졌다. 시베리아 바람이 동쪽으로부터 눈보라와 동창凍瘡을 몰고 오는 암울한 겨울과 봄이 지나고, 어느 날인가 갑자기 바람의 방향이 서쪽으로 바뀌어 온화한 날씨가 다가오리라는 사실을 은밀히 암시하더니, 이제 바야흐로 때는 6월이었다.

식당은 손님으로 거의 꽉 차 있었다. 식당 중앙에 놓인 연회 탁자는 시끄러운 낚시꾼 모임이 차지하고 있었다. 그들도 퍼트리샤와 비슷한 부류의 사람들이었지만 구석에 홀로 앉은 외로운 독신녀에게는 아무런 관심도 보이지 않았다.

여자 종업원이 안으로 들어오더니 남아 있는 식탁들을 하나로 붙여 단체 손님용 자리를 만드느라 이리저리 부산하게 오갔다. 얼굴이 상기된 버스 여행단 한 무리가 소란스럽게 들어와서는 방금 마련한 식탁에 둘러앉았다. 퍼트리샤는 인상을 찌푸렸다. 토멜성 호텔이 버스 여행단까지 손님으로 받으리라고 누가 예상이나 했겠는가.

하지만 실상 이 일은 지배인 존슨 씨의 생각이었다. 호텔 주인인 대령은 친구들을 방문하러 아내와 여행 중이었고, 그의 딸은 런던에 나가 있었기에 지배인 존슨 씨가 일단의 중년 여행객을 손님으로 받는다고 해서 큰 탈이야 있겠느냐고 생각했던 것이다.

퍼트리샤는 막 수프를 다 먹은 참이었지만 남은 식사를 취소하고 일어날 용기가 있으면 얼마나 좋을까 생각했다. 바로 그때 흐느적거릴 만큼 큰 키에 비쩍 마른 남자 하나가 식당으로 들어서서 주위를 둘러봤다. 머리는 불타는 듯한 빨간색이고, 녹갈색 눈은 총명해 보였다. 고급스럽게 재단된 양복에 눈처럼 하얀 셔츠와 실크 타이 차림이었다. 하지만 옷차림에 어울리지 않게 커다랗고 흉측한 부츠를 신고 있었다.

주임 웨이터가 그에게로 다가갔고, 퍼트리샤는 그가 남자에게 뚱하게 말하는 소리를 들었다. “남은 자리가 없네요, 맥베스.”

“당신에겐 맥베스 씨가 되겠죠, 젱킨스.” 그녀는 빨간 머리 남자가 밝고 경쾌한 목소리로 말하는 것을 들었다. “그리고 곧 자리 하나쯤은 찾아 주리라 믿어요.”

그들은 둘 다 식당으로 들어서서 퍼트리샤의 식탁 옆에 서 있었다.

"네, 그리 오래 걸리지는 않겠죠." 주임 웨이터가 말했다.

맥베스라고 불린 남자가 문득 퍼트리샤가 자신을 쳐다보고 있는 것을 알아차리고는 그녀에게 미소를 지어 보였다.

퍼트리샤는 믿을 수가 없을 지경이었지만 어쨌든 자신의 입에서 나오는 퉁명스러운 말소리를 들었다. "저 신사분이 원하신다면 나와 합석을 해도 상관없어요."

"아니, 그러실 필요는……" 젱킨스가 막 입을 떼는 참에 빨간 머리 남자는 어느새 그녀의 맞은편에 앉아 있었다.

"다른 데로 가요, 젱킨스." 그가 말했다. "가서 다른 손님이나 노려보라고요."

해미시 맥베스가 퍼트리샤를 돌아봤다. "정말 친절하십니다."

그녀는 그를 초대한 것을 후회하면서 책이라도 한 권 가져올 걸 그랬다고 애석해했다.

"저는 해미시 맥베스라고 합니다." 그가 다시 한번 매력적인 미소를 지어 보였다. "로흐두 마을의 순경이에요. 퍼트리샤 마틴브로이드 여사가 맞으시죠? 시노선에 사시는 걸로 알고 있습니다."

"우리가 만난 적이 있는 것 같지는 않은데요." 퍼트리샤가 말했다.

"만난 적은 없습니다." 해미시가 말했다. "그렇지만 여사님도 고지가 어떤 곳인지 잘 아시잖아요. 서로서로 집 안에 숟가락이 몇 개 있는지까지 다 알고 지내거든요. 여사님이 한동안 여행을 떠나 계셨다는 얘기도 들었습니다." 그가 옆으로 지나가는 웨이터에게서 메뉴판을 받아 들고는 재빨리 훑어본 후 말했다. "난 수프와 송어 요리로 할게요."

"그리스에서 돌아온 지 얼마 안 됐어요." 퍼트리샤가 말했다. "그리스에 관해 알아요?"

"사실 스코틀랜드 고지 외의 다른 지역에 관해서는 거의 아는 게 없습니다." 해미시가 유감스럽다는 듯이 말했다. "저는 소위 안락의자 여행객이거든요. 여사님이 이 지역에 오랫동안 머무셔서 솔직히 좀 놀랐습니다."

"왜요?" 퍼트리샤가 물었다.

"사실 외로운 장소잖아요. 보통 이곳에 찾아오는 잉글랜드 사람들은 주정꾼이거나 낭만주의자이거나 둘 중 하나거든요. 그런데 여사님은 둘 중 어디에도 해당하는 것 같지가 않네요."

"그런 쪽과는 아예 거리가 멀지요." 퍼트리샤가 피리 소리 같은, 유머라고는 전혀 묻어나지 않는 웃음을 내보였다. "난 작가예요."

"무슨 글을 쓰시나요?"

"탐정소설이요."

"저도 탐정소설을 많이 읽습니다." 해미시가 말했다. "필명으로 작품을 내시나 봅니다."

"말하기 안타깝지만, 내 책들은 절판된 지가 좀 됐어요."

"아, 그렇군요." 해미시가 어색하게 말했다. "이곳에 계시다보면 분명히 영감을 되찾을 수 있으실 겁니다."

"이런 서덜랜드 시골에 범죄자들이 넘쳐 나리라고는 전혀 생각되지 않는데요."

"제 말은, 이곳의 기묘한 풍광이 이상한 환상을 품게 하기에 충분하다는 거죠."

"마지막으로 쓴 탐정소설은 스코틀랜드가 배경이지만, 다른 작품들은 주로 남부 지역의 마을을 배경으로 해요."

"애거서 크리스티처럼요?"

"뭐 굳이 말하자면, 기교 면에서는 그보다 좀 낫다고 하고 싶네요." 퍼트리샤가 다시 그 신경에 거슬리는 웃음소리를 냈다.

"그렇다면 여사님의 작품이 절판됐다는 건 거의 기적 같은데요." 해미시가 심술궂게 말했다.

"그건 내 잘못이 아니에요. 책을 제대로 홍보할 줄 모르는, 아무짝에도 쓸모없는 출판사와 형편없는 문인 대리인 탓이죠." 퍼트리샤가 딱딱거리며 말하고는 어이없게도 울기 시작했다.

“이런, 이런,” 해미시가 말했다. “울지 마세요. 힘든 여행 후에 제대로 쉬지 못하셔서 그런 겁니다. 계절도 계속 암울한 겨울이었고요. 저도 여사님 책을 한 권 읽어 보고 싶네요.”

퍼트리샤가 핸드백에서 풀 먹인 작고 하얀 손수건을 꺼내 눈을 문질러 닦고 코를 풀었다.

“난 다시 탐정소설을 쓰기에는 현대 사회와 너무 동떨어져 사는 것 같다는 생각이 들어요.” 퍼트리샤는 대체 자신이 왜 이 동네 순경에게 속마음을 털어놓고 있는지 모르겠다고 계속 의아하게 여기며 말했다.

“원하신다면 제가 정보를 찾거나 그런 일은 도와드릴 수 있어요.”

“정말 친절하시네요. 하지만 아무래도 난 이제 그른 것 같아요. 사실 고지를 배경으로 작품을 다시 써 보려고 애를 썼지만, 내 마음은 계속 잉글랜드에 머물러 있는 것 같거든요.”

“어쩌면 마을 사람들과 친하게 지내다 보면, 고지를 배경으로 글 쓰는 게 좀 쉽게 느껴질지도 모릅니다.”

“어쩌면요.” 그녀가 슬프게 해미시의 말을 반복했다.

“그렇지만 굳이 한 가지 지적하자면,” 해미시가 조심스럽게 말했다. “시노선은 고지에서 그리 친절한 곳이 아닙니다. 아니, 친절은 고사하고 사람을 더 우울하게 만드는 침울한 지역이죠."

그녀가 물기 어린 눈으로 미소를 지어 보였다. "그럼 로호두는 다르다는 건가요?"

"로호두 같은 곳은 세상 어디에도 없죠." 해미시가 결연히 대꾸했다. "잠시 글 쓰는 걸 아예 그만두면, 곧 다시 쓰고 싶어질지도 모릅니다. 혹시 낚시하세요?"

"낚싯대는 아직 가지고 있지만, 낚시를 안 한 지는 꽤 오래됐어요."

해미시의 머릿속 어딘가에서 경고의 종소리가 크게 울리기 시작했다. 일반적으로 레임덕이라고 평가되는 사람들과는 거리를 두라면서, 특히 이 지역 사람들이 "우월 의식에 잔뜩 절어 있는 속물 늙은이"라고 평가하는 이 여성과 가까이하지 말라고 경고하고 있었다. 하지만 해미시는 말했다. "내일 제가 하루 쉬거든요. 원하시면 앤스티강에 모시고 갈게요."

이 제안은 퍼트리샤가 적절하다고 생각하는 것에 딱 들어맞았다.

경찰관을 안내인으로 삼아 스코틀랜드의 강에서 하는 낚시는 그녀가 생각하기에 사회적으로 용인될 만한 일이었다.

"고마워요." 그녀가 말했다. "그런데 난 낚시 허가증이 없어요."

해미시가 편치 않은 마음으로 자세를 고쳐 앉았다. "아, 그건 제가 알아보죠. 내일 아침 9시에 모시러 가겠습니다."

그들은 남은 식사 시간 동안 기분 좋게 대화를 나누었다. 물론 해미시는 내내 상냥하게 굴었고, 퍼트리샤는 시간이 지날수록 어쩔 수 없이 말 한 마디 한 마디에서 타고난 경직성을 드러냈다.

그들은 식사가 끝나고 나서 각자 다른 생각을 하며 헤어졌다. 해미시는 자신의 관대한 행위를 후회했고, 퍼트리샤는 기분이 상당히 고양되어 있었다. 해미시 맥베스는 정말 지적인 사람이라는 생각이 들었다. 그가 겨우 마을 순경 일을 한다는 사실이 안타깝기까지 했다. 어쩌면 그가 뭔가 다른 일을 할 수 있게끔 자신이 도울 수 있을지도 몰랐다. 그런 생각을 하며 퍼트리샤는 집으로 행복하게 차를 몰았다. 하지만 현 상태에 매우 만족하고 있으며 야망이라고는 아예 없는 고지 순경 하나를 변하게 할 수 있다고 생각하는 여성들의 대열에 자신도 이제 막 발을 들여놓았다는 사실은 전혀 알아차리지 못했다.

다음 날 아침, 퍼트리샤는 눈부신 햇살이 내리비추는 게 좋은 징조라고 느꼈다. 하지만 9시가 왔다가 지나갔고, 그녀는 공황 상태에 빠졌다. 만약 해미시가 오지 않는다면 그녀는 이제 완전히 자기 삶의 일부가 되어 버린 우울한 고립 상태로 다시 빠져들어야 할 터였다.

그러나 9시 반이 되었을 때, 다행스럽게도 경찰 랜드로버 한 대가 움푹움푹 들어간 도로 위를 덜컹거리며 달려오는 것이 보였다.

그녀는 그를 마중하러 나갔다. "늦어서 죄송합니다." 해미시가 말했다. "혹시 긴 장화는 가지고 계세요? 지난번에 여쭤 보는 걸 잊어서요."

"예, 가지고 있어요. 비록 오랫동안 사용하지는 않았지만요. 아직 방수가 되면 좋을 텐데." 퍼트리샤가 말했다.

"괜찮으시면 부인 차를 가지고 가죠." 해미시가 말했다. "사실 누군가를 체포한 게 아닌 한은, 민간인을 경찰차에 태우고 돌아다닐 수가 없거든요."

곧 그들은 앤스티강에 낚싯대를 드리우고 앉았다. 수개월 만에 처음으로 산꼭대기가 푸른 하늘을 배경으로 선명하게 그 자태를 드러내고 있었다. 퍼트리샤는 자신이 옛 실력을 전혀 잃지 않았음을 알고는 금방 기분이 좋아졌다. 잠시 쉬면서 점심을 먹자고 막 제안하려는 참에, 진취적인 순경이 소풍 바구니를 챙겨 왔다고 말했다. 퍼트리샤는 송어 두 마리를 잡았고, 해미시는 한 마리를 잡았다.

"식사하기 전에, 우선 짐을 다 챙겨서 차 트렁크에 넣어 두는 게 좋을 것 같네요." 해미시가 말했다.

"어머, 왜요?" 그녀가 실망을 감추지 못하고 물었다. "난 낚시를 좀 더 했으면 좋겠는데."

해미시가 강둑과 주변 산등성이를 둘러보고 나서 대답했다. "그럼요, 더 해도 됩니다. 그렇지만 일단 짐은 챙겨서 가져다 둘게요."

그들은 긴 장화를 벗고 낚싯대를 해체한 후에 거추장스러운 낚시 장비들을 퍼트리샤의 차 트렁크에 집어넣었다.

해미시가 소풍 바구니를 가져와서는 두툼한 치킨 샌드위치와 커피 플라스크를 꺼내 놓았다.

그들이 강 옆의 평평한 바위 위에 자리 잡고 앉았을 때 뒤에서 남자의 공격적인 목소리가 들려왔다. "자네가 강에서 낚시를 하고 있던 게 아니기를 바라네, 맥베스."

"아, 자네군, 윌리." 해미시가 돌아보지도 않고 말했다. "아니, 안 했어. 마틴브로이드 여사와 도시락 싸 와서 점심 먹는 거야."

퍼트리샤가 한입 가득 샌드위치를 베어 문 채로 뒤를 돌아봤다.

"하천 감시관, 윌리 맥피예요." 해미시가 눈으로 경고의 의미를 전달했다.

윌리는 체격이 떡 벌어진 데다 얼굴은 햇볕에 거칠어져 빨갰다. 이마는 툭 불거져 나오고, 턱은 크고 둥글었지만, 머리는 좁은 왕관 모양으로 점차 가늘어져서 마치 얼굴이 반짝이는 풍선에 반사된 듯한 모양이었다.

그는 퍼트리샤의 차 쪽으로 느릿느릿 다가가 창문을 통해 안을 들여다보았다. 퍼트리샤의 심장이 심하게 뛰기 시작했다. 갑자기 그녀는 해미시가 차 트렁크에 장비를 모두 넣어 두려고 했던 이유가 무엇인지 깨달았다. 그도 낚시 면허가 없었던 것이다!

윌리가 돌아와서 그들을 굽어보며 섰다. "부디 부인은 아시고 있기를 바랍니다." 그가 퍼트리샤를 바라보았다. "앤스티 강에서는 허가 없이 절대 낚시를 하실 수가 없어요."

토지 관리인의 딸인 퍼트리샤는 갑자기 불쾌해졌다. 보나마나 엄청나게 비쌀 게 분명한 낚시 면허를 한낱 고지 경찰이 절대로 감당할 수 없으리라는 사실을 왜 진작 알아차리지 못했는지 어이가 없었다. 하지만 그녀는 남에게 무시당하는 것을 좋아하지 않았다.

퍼트리샤 마틴브로이드가 자리에서 일어섰다.

"이봐요 젊은이, 지금 날 밀렵꾼으로 모는 건가요?" 그녀가 얼음장처럼 차가운 어조로 물었다.

윌리가 마치 더 강한 적 앞에서 뒷걸음질 치는 개처럼 머리를 홱 피하는 듯한 이상한 동작을 취했다.

"그냥 확실히 하려는 것뿐입니다." 그가 뚱하게 말했다. "여기 이 맥베스라는 친구는 법을 전혀 존중할 줄 모르거든요."

그러고는 천천히 걸음을 옮겼다.

퍼트리샤는 그가 두 사람이 하는 대화를 엿들을 만한 범위를 벗어났다고 확신이 들 때까지 기다렸다가 해미시를 돌아보았다. "어떻게 이럴 수가 있나요? 게다가 당신은 경찰이잖아요."

"그리고 고지 사람이기도 합니다. 고지에서는 강에서 낚시하는 게 전혀 범죄가 아니거든요."

"그게 범죄가 아니라면, 왜 그런 법은 만들고 하천 감시관까지 두는 건가요?"

"그건," 해미시가 부끄러운 줄도 모르고 말을 이었다. "스포츠에 위험이라는 향신료를 더해 주는 거죠. 우린 그냥 맛있게 점심을 먹고 다시 강으로 돌아가면 돼요."

"지금 제정신이에요? 난 스코틀랜드 법정에 서고 싶은 생각이 추호도 없어요."

"윌리는 다시 안 올 거예요." 해미시가 밝게 말했다. "게으른 친구거든요. 그냥 쉬운 목표물이라 골라잡았을 뿐이에요."

퍼트리샤는 즉시 집으로 돌아가겠다고 엄숙하게 선언하려 했지만, 그 순간 바람을 맞고 서 있을 자신의 집이 마음속에 떠올랐다. 오랜 고립 상태에서 이제 막 벗어난 참이었기에 그녀는 다시 그 상태로 돌아가기가 꺼려졌다.

퍼트리샤가 희미하게 미소 지었다. "당신은 정말 끔찍한 사람이군요. 나이는 30대가 분명한 것 같은데, 아직도 동네 순경밖에 못 하는 것도 그렇고요. 혹시 그래서 법을 존중하지 않는 건가요?"

"낚시만 제외하면 저는 법을 대단히 존중합니다." 해미시가 말했다. "하지만 저는 로흐두가 좋고 스트래스베인은 혐오해요. 그런데 승진을 하면 그리로 나가야 하거든요."

"그렇지만 모두가 야망을 품잖아요."

"그렇다고 모두가 행복한 건 아니죠. 부인은 지금 그 규칙의 예외를 보고 계신 거예요."

그들은 따뜻한 햇볕을 받으며 오후 내내 낚시를 즐겼다. 더는 아무것도 낚지 못했지만 퍼트리샤는 엄청나게 즐거운 시간을 보냈다. 하루가 저물어 갈 때쯤 그녀는 해미시를 저녁 식사에 초대했다. 하지만 그는 보고서를 작성해야 한다며 정중히 거절했다. 퍼트리샤는 그에게 다음에 또 만날 수 있겠느냐고 묻고 싶었지만, 마치 10대 소녀라도 된 듯이 부끄럽기도 하고, 또 거절당할까 봐 두렵기도 해서 아무 말도 하지 못했다.

고지인의 직감은 거의 텔레파시에 가까웠기에, 해미시는 그녀의 마음속에서 무슨 일이 일어나고 있는지 너무도 잘 알았다. 그는 퍼트리샤가 함께 대화를 나누기에 그리 나쁜 상대는 아니라고 생각했다. 괜히 얽히지 말라고, 그의 마음이 비명을 질러 댔다. 그래, 괜찮은 사람인 것 같기는 해. 그렇지만 좀 깐깐하고 오만하잖아. 그러니 그녀가 외롭다면 그건 빌어먹을 그녀의 잘못이야. 하지만 해미시는 퍼트리샤의 차에서 내려서는 동안 자신의 작은 목소리를 들을 수 있었다. "어쩌면 제가 탐정소설 쓰는 걸 좀 도와드릴 수 있지 않을까요? 내일 저녁은 함께할 수 있을 것 같거든요."

그녀의 얼굴이 환해졌다. "정말 고마워요, 그렇지만 밥은 내가 살게요. 식사는 어디서 할까요?"

"로흐두 마을에 있는 나폴리라는 이탈리아 레스토랑이요."

"좋아요." 퍼트리샤가 기쁘게 말했다. "그럼 내일 8시에 만나죠."

그녀가 돌아서서 문 앞에 깔아 놓은 현관 매트 밑에서 우편물을 꺼내 들고 집 안으로 들어갔다. 외출한 후에 집배원이 다녀간 모양이었다. 편지를 안으로 가지고 들어가 거실 탁자에 내려놓았다. 그녀는 생전 우편으로는 흥미로운 것을 받아 본 적이 없었다. 주로 은행 입출금 명세서나 광고 우편물이 전부였다.

그녀는 콧노래를 흥얼거리며 차 한 잔을 내렸다. 그리고 거실 겸 식당으로 찻잔을 가지고 가서 탁자 앞에 앉았다.

그때 봉투에 '스트래스클라이드 텔레비전'이라는 명칭이 찍힌 편지 한 통이 눈에 들어왔다. 퍼트리샤는 천천히 봉투를 열었다.

친애하는 마틴브로이드 씨께,

우리는 작가님의 탐정소설 몇 권을 읽는 기쁨을 누렸고, 그 중 일부를 드라마로 제작하고자 합니다. 아마도 『만조의 사건』이 그 시작이 될 듯하네요. 귀하께서 대리인의 이름과 주소, 전화번호를 알려 주시어 그쪽을 통해 귀하와 거래할 수 있게 된다면 기쁠 것 같습니다. 어떤 경우든 한번 만나 이 프로젝트에 관해 상의할 수 있도록 전화를 주시기 바랍니다.

진심을 전하며,

스트래스클라이드 텔레비전 총괄 제작자,

해리 프레임 드림

퍼트리샤는 그 편지를 여러 번 반복해 읽은 후 떨리는 손으로 천천히 내려놓았다. 오랜 세월이 걸리기는 했지만 마침내 자신이 인정을 받은 것이다!

퍼트리샤는 거의 뜬눈으로 밤을 보내고, 새벽녘에 자리를 털고 일어나서, 어서 빨리 회사가 업무를 시작하는 시간이 되어 제작사로 전화를 걸 수 있게 되기를 기다리고 또 기다렸다.

그녀는 10시까지 기다렸다가 마침내 해리 프레임과 통화를 할 수 있었다.

"정말 영광입니다." 그가 반갑게 인사했다. "퍼트리샤라고 불러도 될까요?"

"물론이에요…… 해리." 퍼트리샤는 이제 방금 자신이 흥미진진한 현대 세계 속으로 가슴 설레는 도약을 했다고 느꼈다.

"작가님의 책을 드라마로 만드는 데 혹시 반대 의견이 있지는 않으신가요?"

"그럴 리가요, 정말 기쁩니다." 퍼트리샤가 말했다. "레이디 해리엇은 누가 연기할 건가요?"

"아직 그 얘기를 하기는 너무 이르네요, 너무 일러요. 글래스고에 한번 오셔서 계약 조건에 관해 협의하시면 어떨까요? 아니면 제가 문인 대리인과 얘기를 나누는 게 더 나을까요?"

퍼트리샤는 자신의 이전 대리인을 떠올리자 갑작스러운 증오감이 폭발하는 것을 느꼈다. 그는 퍼트리샤의 소중한 책이 절판되었을 때도 그 상황을 막으려는 어떠한 시도도 하지 않았다.

"아니요," 그녀가 단호하게 말했다. "협의는 제가 직접 하겠습니다."

그렇게 약속이 정해졌다. 통화가 이루어진 날은 수요일이었다. 금요일에 퍼트리샤는 인버네스에서 새벽 기차를 타고 퍼스로 가서 기차를 갈아타고 글래스고까지 가기로 했다. 그곳에는 그녀를 스트래스클라이드 텔레비전으로 태워다 줄 택시가 기다리고 있을 예정이었다.

수화기를 내려놓았을 때쯤 퍼트리샤의 얼굴은 빨갛게 상기돼 있었고, 심장은 두방망이질 쳤다. 정신을 차리려고 커피를 한 잔 더 마신 후에, 그녀는 자신의 전 출판사에 전화를 걸어 전 편집장인 브라이언 존스를 바꿔 달라고 청했지만, 그는 사망했다는 대답이 돌아왔다. 그녀는 자신이 왜 전화를 걸었는지 자초지종을 설명했고, 제시카 더넘이라는 여성 편집자에게 연결되었다. 퍼트리샤는 드라마에 관해 설명했다. 하지만 그 소식에도 그녀의 모든 책을 재출간해 달라는 제안은 받아들여지지 않았다. 편집자는 논의해 보고 다시 연락을 주겠다고 조심스럽게 말하고는, 혹시 대리인이 있으면 그쪽으로 연락을 하겠다고 제안했다. "아니요, 나와 직접 얘기해야 해요." 퍼트리샤가 단호하게 말했다.

그녀는 그날 남은 시간을 장밋빛 꿈에 들떠 보냈고, 마을 순경과 저녁 약속이 있다는 사실은 저녁때가 되어서야 기억해냈다. 지금은 동네 순경과 허접스러운 식당이나 찾아다닐 때가 아니지 않은가. 맙소사! 그 하천 감시관에게 낚시하는 걸 들켜 법정에 서기라도 했으면 어쩔 뻔했을까? 퍼트리샤 마틴브로이드 같은 명사는 자신의 명성을 매우 신중하게 관리해야 하는 법이었다. 그녀는 경찰서로 전화를 걸어 자동응답기에 퉁명스러운 목소리로 메시지를 남겼다.

해미시는 로가트에 있는 부모님 댁을 방문했다가 돌아오는 길에 곧장 레스토랑으로 향했다. 그래서 퍼트리샤의 전화 메시지를 듣지 못하고 혼자 식사를 마쳐야 했다.

자동응답기에 녹음된 목소리는 불쾌할 정도로 무뚝뚝했다. 그는 어깨를 으쓱하고 털어 버렸다. 다시 만날 일도 없을 테니 그리 큰 손해라고는 할 수 없었다.

퍼트리샤가 스트래스클라이드 텔레비전에 도착하기 30분 전에, 해리 프레임은 회의를 주재하고 있었다. 몇 사람이 『만조의 사건』을 한 부씩 들고 탁자에 둘러앉아 있었다. 원본을 오직 한 권밖에 구할 수가 없어서 책은 복사해서 돌려 볼 수밖에 없었다.

"나더러 이걸 제작하라는 건가요?" 피오나 킹이 줄담배를 피워 대며 물었다. 깡마른 체격에 짧은 커트 머리, 유행의 첨단을 걷는 레즈비언 스타일의 세련된 옷차림— 복부가 드러나는 짧은 노란 셔츠에 청바지를 입고 커다란 군용부츠 차림이었다. "흥미로운 도전이 될 것 같군요." 속으로는 자신이 여태까지 억지로 읽어야 했던 책 중에 가장 지루하기 짝이 없는 쓰레기 더미 한 뭉치라고 생각했지만, 확실히 뭔가 볼 만한 시리즈를 만들어 낼 수는 있겠다는 생각도 들었다.

"중요한 점은 이거야." 해리가 피곤하다는 듯이 말했다. "이 작가 책은 절판된 지가 굉장히 오래됐어. 그러니 비싸게 부르지는 못할 거라고. 우린 60년대에 시대 배경을 맞출 생각이야. 나팔바지, 하얀색 부츠, 미니스커트 같은 걸 보여 주는 거지."

"일요일 저녁 가족 시간대에 방영될 프로그램으로 제작할 건가요?" 머리 위에 '금연' 푯말이 붙어 있음에도 전혀 아랑곳없이, 피오나가 담배 한 개비에 또 불을 붙이며 물었다. "당신도 코코아나 후루룩거리는 영국 중산층 얼간이들이 즐겨 보는 한심한 프로그램이 어떤 건지 잘 알 거 아니에요?"

"물론이지." 해리가 말했다. "그렇지만 이 작품에도 충격적인 내용은 얼마든지 넣을 수 있어. 섹스 장면을 왕창 집어넣으면 돼."

"그렇지만 이 한심한 레이디 해리엇은 이야기가 진행되는 내내 트위드 천으로 만든 무릎까지 내려오는 속바지를 껴입고 있다고요."

"그건 벗겨 버리면 되지. 그리고 그 여자가 헤더 밭에서 뒹굴도록 뭔가 거친 상황을 설정해 주면 되는 거야."

"배경이 되는 장소는요?" 조사원 하나가 물었다.

"고지에 널린 게 장소잖아."

"그럼 레이디 해리엇은 누가 연기할 거예요?"

"퍼넬러피 게이츠."

"맙소사." 피오나가 말했다. "그 입만 더러운 참새 같은 여자를……"

"가슴이 얼마나 큰데. 게다가 카메라 앞에서 얼마든지 다리를 쫙 벌려 줄 만반의 준비가 돼 있잖아."

"그건 카메라가 꺼져도 마찬가지겠죠." 피오나가 짜증스럽다는 듯이 말했다. "게다가 그런 여자를 주인공으로 한다고 하면 그 촌스러운 마틴브로이드 할머니가 뭐라고 할 것 같은데요?"

"우린 그녀가 계약서에 서명만 하게 하면 돼. 그러고 나면 내용이 아무리 마음에 안 들어도 그냥 참는 수밖에 도리가 없을 테니까. 그렇지만 솔직히 그 여자도 그걸 즐길걸. 요즘은 모두 텔레비전과 관련된 일을 하고 싶어 하잖아. 미국에서 방영하는 그 저질 리얼리티 쇼라는 거 본 적 있어? 사람들이 몇 달만 유명해진다고 해도 당장 텔레비전에 등장해서 남편과 진짜 이혼도 불사할 거라니까. 그런데 피오나, 당신 말하는 투가 영 마음에 안 드네. 이걸 하고 싶지 않은 건가?"

"무슨 소리예요, 당신에게 선택받은 것도 특권이라고 생각하는데." 피오나가 재빨리 말했다.

비서가 문 안쪽으로 고개를 들이밀고 새침하게 말했다. "퍼트리샤 마틴브로이드 씨가 오셨는데요."

퍼트리샤가 방 안으로 들어섰다. 매우 당황스러운 표정이었다. 기차역에 그녀를 기다리는 택시가 없었기 때문이다. 방송사들은 공항이나 기차역으로 마중을 나가겠다고 하고는 약속을 지키지 않는 것으로 악명 높았지만, 퍼트리샤는 그 사실을 알지 못했기에 기다리는 택시가 없는 걸 일종의 모욕으로 받아들였다.

게다가 그녀는 고속도로 아래 위치한, 얼룩진 카펫과 플라스틱 식물로 장식된 콘크리트 슬래브 건물이 아닌 좀 더 화려한 모습의 제작사를 기대하고 있던 참이었다.

그녀는 접수대에서 트위드 정장에 핀으로 꽂을 플라스틱 이름표를 건네받았지만, 화가 나서 올라오는 길에 핸드백 속에 쑤셔 넣어 버렸다. 그것은 몇 년 전에 참석했던 어느 끔찍한 미국의 파티를 떠올리게 했다. 그때 그녀는 "안녕하세요! 제 이름은 퍼트리샤예요!"라고 적힌 이름표를 드레스에 꽂으라고 건네받았었고, 지금도 그 생각만 하면 몸서리가 났다.

조사원 실라 버포드는 퍼트리샤를 주의 깊게 살펴봤다. 그리고 창백한 얼굴에 매부리코와 반쯤 감은 듯한 옅은색 눈을 바라보면서 중세 시대의 얼굴형이라고 생각했다.

해리 프레임이 퍼트리샤의 볼에 키스하고는 크게 팔을 벌려 그녀를 껴안으며 반겼고, 퍼트리샤는 노골적으로 인상을 찌푸렸다.

퍼트리샤는 건물에 들어서자마자 느낀 실망감을 해리 프레임에게서도 그대로 느꼈다. 거구에다 말갈기 같은 갈색 머리,

얼굴은 통통 부었고, 허리선까지 풀어헤친 작업용 격자무늬 셔츠 사이로 무성한 가슴 털이 드러나 있었다.

"자리에 앉으시죠, 퍼트리샤." 그가 큰 소리로 말했다. "차? 커피? 아니면 술을 한잔 드릴까요?"

"아니요, 됐습니다." 퍼트리샤가 말했다. "곧장 본론으로 들어갔으면 하는데요."

"저도 비즈니스우먼을 좋아합니다." 해리가 과장되게 말했다. 그러고는 빙 둘러앉은 사람들에게 퍼트리샤를 소개하고는 마지막으로 말했다. "그리고 여기는 피오나 킹, 담당 제작자가 될 분입니다."

퍼트리샤가 경악감을 감추며 말했다. "제가 이 방송사에 관해서는 들어 본 적이 없어서 그러는데요, 프레임 씨, 어떤 작품으로 성공을 거두셨나요?"

"궁금해하실 것 같아서 미리 적어 뒀습니다." 해리가 목록 하나를 건넸다.

퍼트리샤는 당황스러움을 느끼며 목록을 들여다봤다. 〈스코틀랜드는 어디로 향하는가?〉 〈당신은 잉글랜드 후레자식인가?〉 〈자치 논쟁〉 〈고지 정리 사업〉 〈고르발의 민요〉 등이었는데, 대부분 다큐멘터리 같았다. 그리고 전부 다 그녀가 한 번도 들어 본 적 없는 프로그램이었다.

"탐정 추리물은 하나도 안 보이는군요." 퍼트리샤가 말했다.

해리는 그 말을 무시했다. "이번 프로그램 덕분에 작가님의 책도 다시 출간될 겁니다." 그가 말했다. "홍보는 페전트 출판사와 제휴하기를 제안합니다. 그리고 드라마 시리즈는 『만조의 사건』으로 시작할 계획입니다."

퍼트리샤가 불안한 표정으로 그를 빤히 바라봤다. 그러다가 갑자기 미소 지었다. 확실히 신사 숙녀라고는 할 수 없는 사람들이 일하는 다소 쇠락한 건물로만 보이던 스트래스클라이드 텔레비전과 그 안에 있는 모든 것에 황금빛이 번져 나가기 시작했다. 그때부터 퍼트리샤는 논의되는 내용이 하나도 귀에 들어오지 않았다. 하지만 계약서에는 서명했다. 계약 내용은 우선 1천 파운드를 계약금으로 받고, 제작된 시리즈물이 BBC나 ITV 또는 어디 다른 곳에 팔리게 되면 편당 2천 파운드씩 더 받는 선택권부 계약이었다. 아쉬울 것 없이 사는 퍼트리샤에게 돈은 중요하지 않았다. 단지 소중한 책들이 다시 출간된다는 생각만으로도 그녀는 다른 모든 걱정거리가 사라져 버리는 듯한 기분이었다.

모든 업무가 마무리되었을 때, 피오나와 해리는 퍼트리샤에게 점심을 대접하겠다고 제안했다. 문으로 향해 가면서 해리는 탁자 쪽을 흘낏 바라봤다. 실라 버포드가 뭔가를 적고 있었다. 커다란 푸른 눈에 짧게 쳐올린 금발과 아름다운 몸매가 인상적인 여성이었다. 몸매는 짧은 가죽 재킷과 청바지로는 온전히 가릴 수가 없을 만큼 풍만했다. "실라도 우리와 함께 가는 게 좋을 것 같군." 해리가 말했다.

그들은 제작사 맞은편에 있는 레스토랑으로 퍼트리샤를 안내했다. 태티 토미의 타탄 호프라는 이름의 식당이었는데, 안에서는 오래된 요리용 기름 냄새가 났다. 그들은 머리를 바짝 밀고 귀걸이에 파란색 눈 화장까지 한, 덩치 크고 거칠어 보이는 태티 토미 본인이 직접 접대해 주는 음식을 먹었다.

퍼트리샤는 실망스러웠다. 방송사에서 대접하는 식사라면 적어도 글래스고에서 리츠칼턴 호텔에 버금가는 곳으로 데려가리라 생각하고 있었기 때문이었다. 그녀는 침울하게 태티 토미의 닙스앤드태티스와 해기스*를 주문했다. 그나마 순무와 감자 요리와 전통 음식인 해기스가 메뉴판에 적힌 다소 이색적인 메뉴보다는 안전할 것 같다는 생각이 들어서였다. 그러나 알고 보니 해기스는 바짝 마르고, 순무는 질척했으며, 감자에서는 가공식품 포장지에서 나는 듯한 이상한 화학물질 냄새가 났다.

"내 책 속의 배경이 되는 마을은," 퍼트리샤가 말했다. "던크레기라는 가상의 마을이에요."

* 양 내장으로 만든 순대 비슷한 스코틀랜드 전통 음식이다.

"아, 저흰 고지 마을을 배경으로 촬영할 거예요." 피오나가 밝게 말했다. "아주 예쁜 배경에 훌륭한 스코틀랜드 배우들이 출연할 겁니다."

"그렇지만 내 책의 등장인물들은 잉글랜드 출신인데요!" 퍼트리샤가 항의했다. "물론 고지에서 열리는 하우스 파티를 배경으로 하고는 있죠. 레이디 해리엇이 스코틀랜드 사람이기는 해요, 그건 맞아요. 하지만 잉글랜드에서 교육받았어요."

해리가 과장되게 팔을 휘저었다. "잉글랜드 사람, 스코틀랜드 사람, 그런 게 뭐가 중요합니까, 다들 똑같은 영국 사람인데요."

실라는 웃음이 나오는 것을 억지로 눌러 참았다. 해리는 스코틀랜드 독립을 주장하는 열혈 운동가였다.

"내 생각에는," 퍼트리샤가 다시 입을 열었지만, 해리가 그녀의 어깨에 곰 같은 팔을 둘렀다.

"자, 제작사 측이 해야 할 걱정까지 사서 하실 필요는 없습니다. 그냥 작가님 책이 다시 서점 진열대에 꽂히는 걸 보게 되면 얼마나 기쁠지 그것만 생각하세요."

해리는 퍼트리샤가 자신의 책이 재출간되기만 한다면 무슨 조건이든 다 동의하게 되리라고 약삭빠르게 생각했다.

"주인공은 누가 연기할 건가요?" 퍼트리샤가 물었다. "난 다이애나 리그를 염두에 두고 있어요."

"그렇지만 이젠 나이가 너무 많죠." 피오나가 말했다. "우린 퍼넬러피 게이츠를 생각하고 있습니다."

"들어 보지도 못한 배우네요." 퍼트리샤가 음식에는 거의 손도 대지 않은 채 접시를 한쪽으로 밀었다.

"아, 요즘 한창 뜨는 배우예요." 피오나가 말했다.

그리고 싸기도 하죠, 실라가 냉소적으로 생각했다.

"어떤 작품에 나왔었나요?"

피오나와 해리가 재빨리 시선을 교환했다. "텔레비전을 많이 보는 편이세요?" 피오나가 물었다.

"거의 안 봐요."

"이런, 많이 보셨다면," 피오나가 대꾸했다. "여기저기 출연한 걸 보셨을 텐데."

게다가 대부분 홀딱 벗고 나오죠, 일종의 스코틀랜드판 샤론 스톤이라고 생각하면 될 겁니다, 실라가 생각했다.

실라는 퍼트리샤가 별로 마음에 들지 않았지만, 차츰 그 나이 든 숙녀가 애처롭게 느껴지기 시작했다. 처음에 그녀는 등장인물이나 플롯 같은 데 거의 신경도 안 쓸 거라면 애초에 뭐 하려고 나이 든 노파의 절판된 작품을 선택한 거냐고 해리에게 물어봤다. 그러자 그는 원작이 뭐가 됐든 간에 섹스로 근사하게 양념을 쳐 놓으면 그거야말로 승자가 될 거라고 대꾸했다. 게다가 그들이 시리즈물로 제작하려는 작품은 60년대를 배경으로 하고 있었기에, 그는 나팔바지, 넓은 옷깃, 메리 퀀트의 드레스, 에스프레소 바 등을 한껏 활용할 생각을 하고 있었다. 하지만 퍼트리샤에게는 60년대 유행이란 이미 스쳐 지나가 버린 아무 의미 없는 것이었다.

퍼트리샤는 머리가 지끈지끈 아파지기 시작했다. 이 형편없고 냄새나는 레스토랑과 이 이상한 사람들에게서 어서 벗어나고만 싶었다. 집으로 돌아가기만 하면 모든 게 잘될 것이고, 책이 재출간되리라는 전망으로 인한 기쁨을 은밀히 만끽할 수 있을 터였다.

그들은 보통 작가들에게 예의상 물어보는 질문을 했다. 당신 작품의 플롯에 관해 어떻게 생각하시나요? 다음 작품은 예정이 있으십니까? 퍼트리샤는 매일 아침 자리에 앉아 글을 쓰는 게 어떤 기분이었는지 기억해 내려 애쓰면서 그들의 질문에 답했다.

마침내 점심 식사가 끝났을 때, 퍼트리샤는 기차 시간표를 물어보았다. 30분 후에 출발하는 기차가 있었다. "여기 실라가 택시로 역까지 모셔다 드릴 겁니다." 해리가 말했다.

퍼트리샤는 모두와 악수를 나누었다. 그녀가 작별 인사를 하는 동안 실라가 뛰어가서 손을 흔들어 택시를 잡았다.

"좀 당황스러우실 거예요." 함께 역으로 가는 동안 실라가 말했다.

"예, 솔직히 그러네요." 퍼트리샤가 택시 등받이에 몸을 기대며 느릿느릿 대답했다. 자유가 목전에 다가왔다는 사실이 너무도 중요하게 느껴졌다. "언제 다시 소식을 들을 수 있을까요?"

"시간이 좀 걸릴 거예요." 실라가 대답했다. "일단 각본가를 찾아 시나리오 작업을 해야 하고, 장소와 배우도 섭외한 다음에 BBC나 ITV에 작품을 팔아야 하거든요."

"BBC가 사 가면 정말 좋을 텐데." 퍼트리샤가 말했다. "난 다른 채널은 다 마음에 들지 않아요. 무슨 광고들을 그렇게 해대는지. 다 너무 천박해요."

"어떤 경우든 간에 적어도 몇 달은 걸릴 겁니다."

"『만조의 사건』을 읽어 봤나요?" 퍼트리샤가 물었다.

"예, 조사원으로서 제 업무의 일환이거든요. 정말 재밌게 읽었어요." 이렇게 말했지만 실라는 그 책이 지독히도 지루했다.

"난 세부 사항에 굉장히 공을 들이는 편이에요." 퍼트리샤가 거드름을 피웠다.

"예, 그러신 것 같았어요." 실라는 밀물과 썰물에 관해 상세하게 설명하던 긴 문단들을 머릿속에 떠올렸다. "도로시 세이어즈도 『그의 시신을 찾아라』에서 조류에 관해 묘사하지 않았던가요?"

퍼트리샤가 못마땅하다는 듯이 작은 소리로 웃었다. "난 종종 세이어즈 씨의 플롯이 좀 느슨하다고 생각하곤 했어요. 게다가 도로시 세이어즈는 오래전에 사망했지만, 난 살아 있고 내 책들은 이제 드라마로 제작될 거잖아요." 퍼트리샤가 갑자기 의기양양해져서 말했다.

퍼트리샤는 실라처럼 예쁜 아가씨가 너무 괴상하고 황량한 느낌이 나는 옷을 입고 있다는 데 안타까움을 느끼며 역에서 그녀와 작별 인사를 나누었다.

실라는 퍼트리샤가 구석에 편안히 앉는 것을 확인하고는 생각에 잠겨 승차장을 걸어 내려갔다. 그녀는 자신의 짧은 금발을 긁적였다. 해리는 퍼트리샤 마틴브로이드가 얼마나 허영기 심한 사람인지 알까? 하긴, 그는 전에도 작가들과 싸우고 싶은 걸 꾹꾹 눌러 참곤 했었다. 작가들이야말로 지구상의 쓰레기로 간주되는 인간들이 아니던가.

일주일 후에 열린 회의에서 해리가 발표했다. "곧 제이미 갤러거 씨가 도착할 거야. 그가 각본을 쓸 예정이거든. 내가 책을 건네줬으니, 곧 자신이 그걸로 뭘 해낼 수 있을지 알려오겠지."

"난 그가 전혀 적당할 것 같지 않은데요." 실라가 말했다. "적어도 탐정소설 각색은 안 어울려요."

"스코틀랜드 BBC가 그 친구 작품을 좋아해. 그들이 우리 시리즈에 조금이라도 투자하길 바란다면 그들이 원하는 걸 줘야 해." 해리가 말했다.

문이 열리고 제이미 갤러거가 안으로 들어왔다. 큰 키에, 작업용 점퍼를 입고 그리스 선원 모자를 쓰고 있었다. 며칠 동안 면도도 하지 않았는지 턱에는 수염이 덥수룩했고 기름 낀 갈색 머리는 점점 벗어지는 이마를 감추기 위해 앞으로 빗어 내리고 있었다. 엄청난 술꾼인 그의 얼굴은 사방에 힘줄이 툭툭 불거져 나와서 마치 토지측량부 지도처럼 보였다.

그가 너덜너덜한 퍼트리샤의 책을 탁자 위로 휙 집어 던지고는 신랄한 어조로 말했다. "뭐 이런 개떡 같은 작품이 다 있어요?"

"음, 사실 개떡 같기는 하죠." 해리가 밝게 대꾸했다. "그러니까 당신의 천재성을 거기에 전부 다 불어넣어 줘야 하는 겁니다."

제이미가 자리에 앉더니 인상을 찌푸리고는 사방을 둘러봤다. 그의 지독한 자존심을 행사하는 기쁨과, 다른 한편에서는 자신이 현재 실업 상태라는 사실을 기억하는 아픔 사이에서 전쟁이 벌어지고 있었다.

"당신이 해야 할 일은 플롯이나 밀물 썰물이 어쩌고저쩌고 하는 작품의 뼈대를 골라내는 거예요." 피오나가 말했다. "그리고 거기다가 약간의 양념을 치는 거죠."

일반적으로는 영어에 대해, 구체적으로는 퍼트리샤의 글쓰기에 대해 길게 열변을 토한 후 제이미 갤러거가 덧붙였다. "하지만 이런 식으로 해 볼 수는 있을 것 같군요. 이 작품에 퍼넬러피 게이츠가 출연할 거라고 했죠? 좋아요. 60년대 느낌으로 갈 거라고 했잖아요. 60년대 음악을 잔뜩 까는 겁니다. 책에서 레이디 해리엇은 중년 여성이에요. 그렇지만 우리는 젊고 세련된 여성으로 그립시다. 알아요, 자기 성 안에 공동체를 운영하는 사람이잖아요. 대마초도 좀 피우고. 연애사도 좀 집어넣고."

"책에서 그건 더윈트 시장의 역할인데요." 실라가 말했다.

"어디 봅시다," 제이미가 그녀를 무시하며 말했다. "우린 골수 남성 우월주의자인 고지 수사관 한 명을 더 끼워 넣는 거예요. 그리고 우리의 해리엇이 그를 유혹해서 사건에 관한 정보를 다 캐내는 거죠. 헤더 덤불 속에서 시도 때도 없이 뒹굴게 하자고요."

"그렇게 되면 일요일 가족 시간대는 얻을 수가 없어요." 피오나가 조심스럽게 말했다.

제이미가 콧방귀를 뀌었다. "얻을 수 있어요, 걱정하지 말아요. 요즘 세상에 그깟 대마초 좀 피우는 걸 누가 반대한다고. 그리고 다 벗은 걸 보여 줄 것도 아니에요. 그냥 허벅지 살짝, 가슴 살짝, 그렇게 잠깐잠깐 보여 주면 돼요."

실라는 생각이 꼬리에 꼬리를 물고 떠다니도록 내버려 두었다. 가여운 퍼트리샤는 고지에서 영광의 꿈에 들떠 있을 텐데. 결과물이 나온 걸 보면 뭐라고 생각할까? 주위에서 욕설이 난무하고 있었지만, 실라는 삑삑 소리와 함께 자체 검열을 해 나가는 데 익숙해져 있었다. 전에 누군가 그녀에게 사람들이 사용하는 욕설을 들어 보면 그가 무엇을 두려워하는지 알 수 있다고 말해 주었던 게 기억났다.

6개월 후 퍼트리샤는 걱정이 되기 시작했다. 아무 일도 없으면 어쩌지? 페전트 출판사에서는 전화 한 통 없었고, 그녀는 먼저 전화를 걸어 보기에는 너무 자만심이 강하기도 했거니와 동시에 거절을 당할까 봐 몹시 두렵기도 했다. 예전 출판사에서도 아무런 연락이 없었다.

고지는 깊은 한겨울의 손아귀에 사로잡혀 있었다. 햇빛이라고는 거의 내리비추지 않았다. 퍼트리샤는 자신이 영원히 이어지는 기나긴 밤의 터널 속에서 살아가는 듯한 기분이 들었다.

지난번에 로호두 경찰과 좀 더 왕래를 하고 친분을 쌓아 놓을 걸 그랬다는 후회가 들기 시작했다. 그렇게 했다면 대화를 나눌 만한 사람이 있었을 터였다. 그녀는 어떻게든 다시 글을 써 보려고 부단히 노력했지만, 글은 마음먹은 대로 잘 써지지 않았다.

마침내 그녀는 로호두 경찰서로 전화를 걸었다. 해미시가 전화를 받았다. "퍼트리샤 마틴브로이드예요. 날 기억하려나 모르겠네요." 그녀가 말했다.

"아, 그럼요. 저 바람맞히신 분이잖아요." 해미시가 경쾌하게 대답했다.

"아, 죄송해요, 그렇지만 그게……" 퍼트리샤는 제작사와의 계약에 관해 해미시에게 들려주었다. 그리고 조심스럽게 물었다. "혹시 내일 밤에 저녁 식사 함께할 수 있을까요?"

"그럼요, 시간 괜찮습니다." 해미시가 말했다. "그 이탈리아 레스토랑에서 뵐까요?"

"그럼 8시에 거기로 갈게요." 퍼트리샤가 말했다.

하지만 그다음 날, 칩거한 퍼트리샤의 삶 속으로 바깥세상이 불쑥 끼어들었다. 해리 프레임이 전화를 걸어 그녀의 작품에 제작비를 투자받게 됐다는 사실을 알려 왔다.

"BBC에서요?" 퍼트리샤가 열정적으로 물었다.

"맞아요, 스코틀랜드 BBC예요." 해리가 대답했다.

"전국 방송이 아니고요?"

"아, 결국에는 전국 방송으로도 나가게 될 겁니다." 해리가 껄껄 웃었다. "중요한 건, 우리가 선생님의 책을 드라마로 만들 거라는 사실이 이미 신문에 나갔다는 거예요. 혹시 기사 읽어 보셨어요?"

퍼트리샤는 《타임스》를 받아 보기는 했지만 부고 기사나 읽고 십자말풀이나 해 보는 게 전부였다. 하지만 신문에 기사까지 났는데, 왜 기자들이 아무도 연락하지 않는지 궁금했다.

"계약서를 보내 드리겠습니다." 해리가 말했다. "내일쯤 받아 보실 수 있을 거예요."

그러고 나서 페전트 출판사에서 전화가 걸려 와 드라마 방영과 때를 맞춰 『만조의 사건』을 출판하고 싶다고 이야기했다. 그들은 형편없는 금액을 제시했지만, 퍼트리샤는 그걸 신경 쓰기에는 너무 들떠 있었다. 그녀는 깊이 숨을 들이마시고 나서 계약서에 서명하러 곧바로 런던으로 가겠다고 말했다.

그녀는 재빨리 짐을 꾸려 런던으로 가는 기차를 타기 위해 인버네스로 차를 몰았다.

그날 저녁, 해미시 맥베스는 레스토랑에 홀로 앉아 있었다.

정신 나간 노인네 같으니, 그는 생각했다.

제2장

아! 얼마나 많은 고통이
결혼반지라는 이 작은 원 안에 놓여 있는가!
콜리 시버

퍼넬러피 게이츠는 남편과 사는 아파트로 올라가는 층계 맨 아래서 잠시 멈춰 섰다. 왜 어리석게도 결혼이라는 걸 했는지 생각할수록 후회스러웠다. 요즘은 아무도 결혼하지 않았다. 남편 조시는 배우였지만 일이 없어 놀고 있었고, 그 사실을 씁쓸해했다. 그는 자신의 존재를 정당화하고자 최근에는 매니저처럼 행동하면서 그녀의 대본과 연기를 비난해 댔다. 두 사람은 글래스고의 왕립 연극학교에 다니던 시절 처음 만나서 열정적인 3주간의 연애 끝에 결혼했다.

첫 번째 싸움은 한 드라마에서 퍼넬러피가 강간 피해자를 연기했을 때 시작되었다. 조시는 술에 취할 때마다, 그것도 자주, 그녀를 걸레라고 비난했다. 하지만 퍼넬러피에게 전면적으로 폭력을 행사하거나 살림을 때려 부수거나 하지는 않았다. 그녀가 계속해서 비슷한 역할을 맡으며 벌어들이는 돈이 좋았기 때문이다. 그러나 지난번에 그는 퍼넬러피에게 다시는 드라마에서 옷을 벗지 않겠다는 약속을 하라고 요구했고, 그녀는 조용한 삶을 위해서라면 무슨 짓이든 하겠다고 씁쓸히 생각하면서 그가 원하는 약속을 해 주었다. 어쩌면 이번에는 괜찮을지도 모르겠다고 생각하면서 퍼넬러피는 〈만조의 사건〉 대본을 초조하게 넘겨 봤다. 어떤 장면에서도 완전히 옷을 다 벗는 것은 아니었다.

퍼넬러피는 층계를 올라가 문을 열었다. "조시!" 그녀가 소리쳐 불렀다. "아, 정말 끝내주는 역할을 맡았어."

부엌에서 살짝 혀가 꼬부라진 남편의 목소리가 들려왔다. "그래, 이번에는 어떤 쓰레기 같은 역할인데?"

"그런 역할 아니야." 퍼넬러피가 말했다. "일요일 가족 시간대 드라마라고. 형사물이야." 그녀는 부엌으로 걸어가면서 서류 가방에 대본을 쑤셔 넣었다. 그리고 너덜너덜한 『만조의 사건』 소설책을 꺼내 그에게 내밀었다. "이 책이 원작이야."

그가 책을 받아 들더니 인상을 찌푸리고 내려다봤다. 퍼넬러피는 생각했다. '이 작품만 끝내고 나면 멀리 달아나기에 충

분한 자금이 생길 거야. 대체 난 이런 인간에게서 뭘 봤던 걸까?'

조시는 숱 많은 검은 머리와 각이 진 잘생긴 얼굴에 건장한 체격의 젊은이였지만, 술 때문에 매력이 흐려지기 시작했다. 그의 입에는 영구적으로 비웃음이 자리 잡은 듯 보였다.

그녀는 차를 한 잔 내려서 양손으로 찻잔을 감싸고 창문 옆에 서 있었다. 비둘기 한 무리가 그레이트웨스턴로의 바람 부는 하늘로 날아올랐다. 여성 해방은 한 편의 익살극이라고 그녀는 생각했다. 사람들이 뭐라고 떠들어 대든 여자는 남자처럼 강하지 않았다. 다시 한번 그녀는 덫에 걸리고 질식할 것 같은 기분을 느꼈다.

마침내 뒤에서 조시의 목소리가 울려왔다. 화가 누그러져서 점잖게 들리기까지 했다. "우와, 당신 이번에는 진짜 잭팟을 터뜨린 것 같은데. 좀 구식이기는 하지만 말이야. 아직 몇 쪽밖에 못 읽기는 했어. 당신이 이 레이디 해리엇을 연기하는 거야?"

"맞아, 주연이야." 퍼넬러피는 뒤로 돌아서며 말했다.

"잘만 하면 미스 마플처럼 될 것 같은데." 조시가 눈을 빛냈다. "끊임없이 방영될 수도 있겠어. 대본은 받았어?"

"대본이 다른 방송사로 유출될까 봐 엄청나게 겁을 집어먹고 있어서 아직 스트래스클라이드 텔레비전에 보관하고 있대." 퍼넬러피가 거짓말을 했다.

"당신이 잘돼서 정말 기뻐, 여보. 당신도 스스로가 자랑스러울 거야." 조시가 말했다. "다시 한번 말하는데, 만약 한 번만 더 카메라 앞에서 옷을 벗었다가는 그길로 목 졸라 죽여 버릴 테니까 그런 줄 알아." 협박과 술로 젖은 그의 눈이 번뜩였다.

퍼넬러피는 긴장해서 작은 소리로 웃어 보였다. "괜히 마음에도 없는 소리 하지 마."

"벗지 말라면 벗지 마. 우리 나가서 축하하자. 촬영지는 어디야?"

"아직 몰라. 고지 지역에서 촬영지를 찾는 중인가 봐."

스트래스클라이드 텔레비전 밴이 서덜랜드의 눈 내리는 도로를 천천히 움직여 갔다. 실은 눈이 내리는 게 아니라, 거센 바람이 길 양쪽의 눈 덮인 들판에서 작은 눈보라를 일으켜 그들의 시야를 가로질러 가는 것이었다. 간혹 들판에 서 있는 뭉실뭉실한 양들의 형체가 눈에 들어오기도 했다.

"왜 이렇게 멀리 북쪽까지 오는 거예요?" 두툼한 오리털 파카 속에 깊이 파묻힌 피오나 킹이 물었다. "글래스고에서 30분밖에 떨어져 있지 않은 트로서크스에서도 적당한 장소를 찾을 수 있을 텐데."

“로몬드 호숫가는 너무 붐벼요. 게다가 관광객이 촬영 내내 얼빠진 듯이 쳐다보고 서 있을 거라고요.” 제이미 갤러거가 말했다. 그와 피오나와 실라는 촬영지를 물색해 오라는 지시를 받고 돌아다니는 중이었다. 그들은 스코틀랜드를 갈지자로 훑어보며 올라가고 있었다. 피오나와 실라는 좋은 장소를 여러 군데 찾아냈다고 생각했지만, 매번 제이미가 그들을 실망시켰다. 하지만 스코틀랜드 BBC에서 그를 가장 신뢰한다는 사실을 알고 있었기에 두 사람은 제이미가 최종 선택을 하게 될 거라는 사실도 잘 알았다.

운전은 실라가 하고 있었다. 그녀는 도로 상태 때문에 피곤도 하고 걱정도 되었다. 차가 빙판길에 미끄러져 사고라도 날까 봐 내내 겁을 잔뜩 먹고 있던 것이다. 정말 끝 간 데 없이 하얗고 황량하기만 했다.

그러다가 어느 순간 바람이 뚝 그쳤다. 앞쪽 구불구불한 길 위에 한 줄기 햇살이 내리비쳤다. 강렬한 태양 빛에서 눈을 보호하려고 그녀는 선글라스를 집어 들어 썼다.

“아래쪽에 마을이 있어요.” 그녀가 말했다. “잠깐 들러서 뭐 좀 먹고 가죠. 차 한잔 마시고 싶어요.”

“어디 가 봅시다.” 제이미가 거만하게 말했다. “그렇지만 우린 장소를 섭외하러 왔다는 사실을 잊지 말라고.”

“로호두 마을이라네요.” 실라가 표지판을 읽었다. “아, 여기면 적당할 것 같아요."

그녀가 커다란 밴을 획 돌려서 홍예다리 위로 올라갔다. 눈 덮인 로흐두가 겨울 햇살을 받으며 그들 앞에 펼쳐져 있었다. 작은 오두막들은 부두를 바라보며 줄지어 서 있었다. 항구가 하나, 네모난 교회가 하나 있었으며, 마을 위로는 거대한 산봉우리 두 개가 솟아 있었다.

"저쪽에 경찰서가 있군." 제이미가 말했다. "저 앞에 차 좀 대 봐, 실라."

"왜요?"

"그냥 내가 대라고 하면 대!"

실라가 경찰서 앞에 차를 댔다. 모두 차에서 내렸다.

"부엌에 누가 있군." 제이미가 문을 두드렸다.

키가 큰 빨간 머리 남자가 젖은 손을 행주로 문지르며 문을 열었다. 체크무늬 셔츠 위에 낡은 파란색 양모 스웨터를 겹쳐 입고 있었지만, 두꺼운 바지는 검은색 경찰복이었고, 커다란 부츠도 경찰 배급용이었다.

"이 지역 경찰이신가요?" 제이미가 물었다.

"예, 맞습니다. 해미시 맥베스라고 해요. 무슨 일이신가요?"

"좀 들어가도 되겠습니까?" 제이미가 덜덜 떨며 물었다. "정말 빌어먹게 춥네요."

"들어오세요." 해미시가 돌아서서 그들을 거실로 안내했다.

"차나 커피 한잔 드실래요?"

실라가 미소 지었다. "주시면 정말 고맙겠어요. 저는 커피로 할게요."

"쓸데없는 소리 말라고." 제이미가 으르렁댔다. "우린 여기 일하러 온 거야."

"그럼 어디 말씀해 보시죠." 해미시가 노골적으로 그에게 반감을 표시하며 말했다.

"우린 스트래스클라이드 텔레비전에서 나왔습니다. 이 근처에서 촬영지를 물색하는 중이에요. 형사물을 제작할 예정입니다."

"퍼트리샤 마틴브로이드 씨의 책을 드라마로 제작한다는 그거겠군요." 해미시가 말했다. "여긴 어떤가요? 이곳보다 더 예쁜 장소는 찾을 수가 없을걸요."

"여긴 안 돼요. 너무 부르주아 냄새가 나요." 제이미가 말했다.

해미시가 이맛살을 찌푸렸다. "그 말 참 오랜만에 들어 보네요. 로호두에서는 얼마나 시간을 보내셨어요?"

"방금 도착했습니다."

"그렇다면 너무 빠른 판단이라는 생각 안 드세요?"

"난 늘 판단은 빠르게 내립니다." 제이미가 말했다. "딱 1분이면 어떤 장소든 그 느낌과 냄새를 알 수 있거든요."

"저와 비슷한 점이 많으시군요." 해미시 맥베스가 말했다. "저도 딱 1분이면 어떤 사람이든 느낌과 냄새를 알 수 있거든요."

그가 손수건을 꺼내 코 앞으로 가져갔다. 실라는 웃음이 터지려는 것을 억지로 참아야 했다.

"어쨌든 저희가 여기 온 건, 뭔가 조언을 얻을 수 있을까 해서예요."

"커피 한잔 없이는 안 될 것 같은데요." 해미시가 친근하게 말했다. "제 걸 내리는 김에 여러분 것도 준비해 드리죠. 그런데 성함이……?"

"실라. 실라 버포드예요. 제가 도와 드릴게요."

그녀가 부엌으로 해미시를 따라갔다. "저기요," 실라가 다급하게 말했다. "아무 제안이라도 좀 해 주세요. 제가 오늘 종일 차를 몰고 돌아다니는 중이거든요."

"저 사람은 누굽니까? 제작자예요?"

"아니요, 각본가요. 피오나가 제작자예요."

"그런데 왜 저 사람이 모든 결정을 내리는 거죠?"

"스코틀랜드 BBC가 제작비를 대는데, 제이미가 그쪽에서 가장 선호하는 시나리오 작가거든요."

"누군가 저런 사람을 좋아한다는 사실이 놀랍기만 하네요." 해미시가 무미건조하게 말했다. "저 피오나라는 여자분도 커피를 마실 것 같은가요?"

"아니요, 그녀는 제이미 말이라면 꼼짝도 못 해요." 실라는 자신이 왜 이 고지 경찰이라는 사람에게 이토록 마음을 터놓고 얘기를 하는지 의아해하며 대답했다.

그가 커피를 따른 머그잔을 그녀에게 건넸다. "제가 뭘 해드릴 수 있나 한번 보죠." 그들은 거실로 돌아갔다.

해미시는 자리에 앉아서 제이미를 바라보며 다정하게 미소지었다. "여러분에게 아주 적당한 장소를 제가 방금 생각해 낸 것 같네요."

실라는 해미시의 고지 억양에 갑작스럽게 치찰음이 강해지는 것은 그가 짜증이나 화가 났음을 의미한다는 사실을 차차 알아 가게 될 터였다.

"그게 어딘데요?" 제이미가 물었다.

"드림이라는 곳입니다. 여기서 그리 멀지 않아요."

"거기가 왜 그렇게 좋은데요?"

"좀 묘한 장소거든요. 협만 끄트머리에 있어요. 그리고 지역 전체에 불길함이 흘러넘치죠."

"우린 성이 필요해요." 제이미가 말했다. "주인공이 성에 살고 있거든요."

"드림에서 8킬로미터쯤 떨어진 곳에 닐 시장이 소유한 드림성이 있습니다. 한 미국인에게 임대했었는데, 그가 얼마 전에 짐을 싸서 떠났거든요. 제 생각엔 가구를 전부 다 창고에 집어넣었을 거예요."

"그건 상관없어요." 피오나가 처음으로 입을 열었다. 그리고 담배 연기를 내뿜었다. "촬영지로 사용하면서 사무실로도 이용할 수 있을 것 같네요."

"좋아요, 그렇다면 된 거네요. 드림에서 촬영을 하면 되겠어요."

"그럼 지금 가서 한번 살펴봅시다. 자, 어서 일어나, 실라, 커피는 그만 홀짝거리고 할 일이나 하라고."

실라가 해미시에게 사죄의 미소를 지어 보였다.

해미시가 그들을 따라 나가 실라에게 길을 가르쳐 주었다. 일행에게 손을 흔들어 작별 인사를 하고 나서, 안으로 들어가 닐 시장에게 전화를 걸었다. "가격 잘 쳐서 받으세요." 그리고 시장에게 전반적인 상황을 설명하고는 주의하라고 당부했다.

"그러지," 시장이 말했다. "자네에게 신세 졌구먼, 해미시."

"그 말 잊지 않고 있겠습니다." 해미시가 인사를 하고 전화를 끊었다. 그가 아는 한, 드림과 제이미는 서로 그런 취급을 당해도 쌌다. 언젠가 그는 드림에서 일어난 살인 사건을 해결한 일이 있었지만, 드림이 자신의 관할 구역임에도 불구하고 웬만하면 그곳에 가고 싶지 않았다.

"로스 지역의 플락톤은 어때요?" 드림으로 차를 몰고 가는 동안 피오나가 침묵을 깨고 물었다.

"플락톤!" 제이미가 콧방귀를 뀌었다. "이미 탐정 시리즈 두 개를 그 마을에서 촬영했어요."

"다 온 것 같은데요." 실라가 말했다.

좁고 가느다란 협만 끄트머리에 자리 잡은 드림은 높은 산으로 에워싸인 평지에 무리 지어 모인 몇 개의 오두막 군락이었다. 교회와 마을회관, 잡화점이 하나씩 있었고, 마을로 들어가는 길은 가파른 도로 하나밖에 없었다.

"장비를 여기까지 실어 오는 것도 보통 일이 아니겠네." 피오나가 투덜거렸다. 늦은 오후의 붉은 태양 빛이 산등성이의 갈라진 틈을 통과해 드림으로 홍수처럼 쏟아져 내리고 있었다. 실라는 마을이 마치 지옥의 불구덩이 같다고 생각했다.

"마을은 그냥 지나쳐 가고 날이 어두워지기 전에 그 성부터 들러 봅시다." 제이미가 명령했다.

시장이 자신의 사냥터지기 두 명에게 길목을 지키고 있다가 안내하라는 지시를 미리 내려놓지 않았다면 실라는 성으로 꺾어지는 지점을 모르고 지나쳤을 터였다. 그녀는 바퀴가 빙판에 헛도는 것을 느낄 때마다 이따금 차를 멈추면서 눈 덮인 도로를 조심스럽게 운전했다. 마침내 성의 모습이 시야에 들어왔다.

마지막 신호등의 빨간 불빛이 눈앞에서 흘러넘쳤다. 성은 고지 지역에 빅토리아 양식이 한창 유행하던 절정기에 지어진 고딕 양식의 건물이었다. 심지어는 모조 도개교와 포트컬리스*도 있었다. 그러나 성을 건축한 첫 번째 주인의 자본이 다 떨어지는 바람에 해자까지는 파지 못했다.

시장이 문에서 그들을 맞이했다. 작은 키에 오래된 트위드 정장을 말쑥하게 차려입고 있었다. 사람 좋아 보이는 주름진 얼굴에, 눈동자는 옅은 푸른색이었다.

"방문하실지도 모른다고 맥베스 순경이 미리 연락을 줬습니다. 들어오시죠."

시장은 홀에 있는 거대한 벽난로에 큰 불을 피우고 의자를 마련한 후 낮은 탁자를 그 앞에 놓아둔 참이었다. 탁자 위에는 위스키병과 술잔이 미리 준비돼 있었다.

그들은 서로를 소개했다. 제이미의 심술궂은 측면은 드림을 촬영 장소 후보지에서 완전히 제외하고 실라에게 계속 운전을 시키고 싶었지만, 앞에 놓인 위스키병이 그의 마음을 누그러뜨리고 있었다. 실라는 운전을 해야 했기에 술은 마시지 않았다. 피오나는 아예 술은 입에도 대지 않는 사람이었다. 술이 위험한 약물과 같다고 생각했기 때문이다. 대신 대마초를

* 아래로 내리닫는 쇠창살 문이다.

피웠고, 대마 합법화를 추진하는 단체의 일원으로 활동하고 있었다. 따라서 제이미가 술 한 병을 독식했다.

퍼트리샤의 책 『만조의 사건』을 읽어 본 시장은 제이미가 책을 각본화하는 것에 관해 열정적으로 떠들어 대는 동안 점점 더 기대감에 부풀었다.

마침내 온갖 이야기와 허풍과 술에 녹초가 되어 제이미는 곯아떨어졌고, 피오나가 배턴을 이어받아 가격 협상에 들어갔다. 그리고 결국 여행에 너무도 지친 까닭에 애초에 의도했던 가격보다 훨씬 비싼 가격에 합의를 보고 말았다. 성이 촬영 장소뿐 아니라 제작사 사무실로 쓰기에도 적합했고, 시장도 열정적으로 도우려는 듯 보였기 때문이다.

계약이 성사되고, 실라가 모든 방의 사진을 찍었을 때, 그는 일행에게 로흐두로 돌아가 토멜성 호텔에서 하룻밤 묵어 가라고 권유했다.

제이미는 곯아떨어져 있다가 억지로 일어난 참이라 로흐두로 가는 내내 영 기분이 좋지 않았다. 그래서 호텔에 들어서자마자 곧장 바로 향했다.

피오나는 글래스고에 있는 해리 프레임에게 전화를 걸었다. "여기 드림이에요." 그녀가 지친 목소리로 말했다.

"드림이 대체 어딘데?" 해리가 물었다.

"지구 끄트머리라고요." 피오나가 말했다. "그렇지만 제이미가 만족했고, 모든 게 다 잘 해결됐어요." 그녀는 성에 관해 열변을 토했지만, 그곳에 도착해 계약이 성사되기까지 일어났던 이런저런 성가신 상황에 관해서는 일부러 언급하지 않았다.

닐 시장은 자신의 사냥터 관리 책임자에게 말했다. "냉장고에 가면 큼직한 사슴 뒷다릿살과 훈제연어 옆구릿살이 있을 거네. 내일 로흐두의 맥베스 순경에게 내가 고맙다고 인사 전한다고 하고 가져다주게. 아니, 그럴 것 없네. 해미시를 못 본 지도 꽤나 오래됐으니, 내가 직접 들고 가는 게 낫겠군."

"아, 정말 고맙습니다." 30분 후 시장이 선물 꾸러미를 들고 문 앞에 나타나자 해미시가 환하게 미소 지으며 말했다.

"자네가 해 준 일에 비하면 아무것도 아니지, 해미시." 시장이 그를 따라 부엌으로 들어갔다. "그렇지만, 참 나, 그들이 책 내용을 어떤 식으로 바꾸려고 하는지 알게 된다면 마틴브로이드 여사가 대체 뭐라고 할지 상상도 안 가는군."

"뭘 어떻게 고치려고 하는데요? 술 한잔 드릴까요?"

"딱 한 잔만 하세, 해미시." 그들은 부엌 탁자에 함께 자리 잡고 앉았다. "그러니까 그게 말이지…… 자네도 『만조의 사건』 읽어 봤나?"

해미시가 고개를 저었다.

"책은 나쁘지 않아. 플롯이 좀 복잡하지. 하지만 그건 숙녀의 책이라네. 내 말이 무슨 뜻인지 자네도 알 거야. 주인공은 레이디 해리엇 비어라는 스코틀랜드 귀족이야."

"그녀의 아버지가 백작이나, 뭐 그쯤 되는 건가요?"

"주인공의 부모에 관해서는 전혀 언급되어 있지 않네. 단지 이 레이디 해리엇이라는 주인공이 헌신적인 하인들과 함께 고지의 성에 사는 걸로만 나오지. 드라마에서는 그녀의 나이가 줄어들 거야. 책에서는 엄하고 단정한 외모에 대략 마흔쯤 되었거든. 그런데 그 역할을 육감적인 금발 배우 퍼넬러피 게이츠가 맡게 될 거라더군. 최근 방영한 프로그램에서 그 여자는 상상의 여지를 전혀 남기지도 않고 완전히 다 보여 줬거든. 음모까지 염색한 게 아니라면, 그 여자는 진짜 금발이 틀림없어."

"아주 훌륭한 탐정이 되시겠네요." 해미시가 건조하게 대꾸했다.

"어쨌든 드라마에서 그녀는 자기 성에서 공동체를 운영하면서 대마초도 피우고 자유연애를 하는 히피 귀족으로 바뀔 예정이라네."

"느낌이 60년대풍이네요."

"배경이 60년대야."

"마틴브로이드 씨도 그 사실을 아나 모르겠네요." 해미시가 말했다.

"아마도 알고 있지 않을까? 책은 이미 절판이 되어 버렸으니, 뭐든 하자는 대로 할 것 같은데. 다시 밝은 밤이 돌아오면 난 기쁘기 그지없겠어. 이 긴 북부의 겨울이 사람을 의기소침하게 만들거든. 하지만 어쨌든 자네에게 정말 고맙네. 촬영이 시작돼서 임대료를 받게 되면, 난 스코틀랜드에서 멀리 떨어진 어딘가로 여행을 떠날 수 있게 될 테니까."

"상황이야 어찌 됐든 간에, 저는 그들이 마틴브로이드 씨의 책으로 무슨 짓을 할지 못 들은 걸로 하고 그냥 입 다물고 있으렵니다. 작가가 그 사실을 모르고 있다 하더라도 알려 주지 않을 거예요. 지금 얘기해서 화나게 하는 것보다는 조금이라도 시기를 늦추는 게 나을 것 같으니까요. 드림은 요즘 어때요?"

"전과 마찬가지야. 악귀들의 살아 있는 무덤이라고."

"이 드라마를 제작하는 게 주민들 사이에 활기를 불어넣어 줄 겁니다. 목사님이나 마을 촌장님과 친하게 지내라는 말도 해 주셨어요?"

"물론이지. 그 피오나라는 여자가 그런 일을 어떻게 처리하는지는 잘 알더라고."

"보나 마나 촬영 소식을 듣자마자 또 어리석은 동네 아줌마들이 당장에 영화배우라도 될 것처럼 들떠서 한바탕 소란을 피울 것 같네요."

"자네도 드림 사람들이 어떤지 잘 알지 않나, 해미시. 분명히 두 부류로 나누어질 거야. 텔레비전에 얼굴이라도 한번 비치려고 미친 듯이 애쓰는 사람들과 자신이 카메라를 인정하지 않는다는 사실을 보여 주려고 촬영장 주변에서 뚱한 얼굴로 어슬렁거리는 사람들."

해미시가 웃음을 터뜨렸다. "그리고 안식일에는 촬영도 못하게 하겠죠."

"난 마을 사람들에게 알리지 않을 거야. 계약서를 손에 넣기 전에는 말하지 않을 걸세."

피오나는 토멜성 호텔 방 안에 누워 바깥에서 바람이 신음하는 소리를 듣고 있었다. 촬영 장소를 찾았으니 얼마나 다행이야! 이 시리즈가 마침내 그녀의 명성을 드높여 줄 터였다. 제발이지 제이미 갤러거만 상대하지 않을 수 있다면 얼마나 좋을까. 피오나는 그가 각색한 시나리오에 마음이 불편했다. 그녀는 플롯과 줄거리와 등장인물과 배역을 설정해 놓은, 제이미가 자칭 자기 '성서'라고 부르는 것을 읽어 봤다.

이 작품이 애거서 크리스티가 창조한 탐정 푸아로나 미스 마플 시리즈 같은 정규 텔레비전 탐정 드라마라면 얼마나 좋을까. 비록 해리 앞에서 영국 시청자에 관해 신랄하게 말하기는 했어도, 그녀는 대다수 시청자가 보통 사람들이라는 사실을 잘 알았다. 야망이 혈관을 타고 도는 듯했다. 어쨌든 그녀는 무슨 수를 쓰더라도 이번 작품이 제대로 만들어지게끔 최선을 다할 작정이었다.

몇 개 떨어진 방에서 실라 버포드도 깨어 있었다. 그녀는 퍼트리샤를 저녁 식사에 초대하면 어떻겠냐고 피오나에게 제안했었다. 그러나 피오나는 콧방귀를 뀌며 작가와는 될 수 있는 한 마주치지 않는 게 그들에게는 더 낫다고 일갈했다. 실라는 죄책감을 느꼈다. 나중에 퍼트리샤가 그들이 그녀의 책으로 무슨 짓을 벌이고 있는지 알게 되면 정말 골치 아픈 장면이 펼쳐지게 되리라는 확신도 들었다.

실라는 드림의 풍경을 처음 보자마자 마음에 들지 않았다. 너무 암울한 장소였다. 아마도 그 때문에 로호두 경찰이 자신들을 그리로 보냈으리라고 짐작됐다. 피오나가 처음에 했던 말이 옳았다. 글래스고 근처에도 아름다운 장소는 셀 수 없이 많았다. 조사원이던 실라의 역할은 어느새 피오나의 개인 비서로 바뀌어 버렸다. 짧은 경력 중에 처음으로 그녀는 텔레비전 밖에도 삶이라는 게 존재할지, 제정신으로 일해 나갈 만한 직업이 있기는 할지 궁금해지기 시작했다. 그녀는 프로그램 제작사에서 일한 지 이제 겨우 2년째였고, 이번 작품처럼 대규모 프로젝트에는 한 번도 참여해 본 적이 없었다. 아늑하고 인구가 밀집된 영국 북쪽 지역에 이처럼 거대하고 인적 드문 광활한 풍경이 펼쳐져 있다는 것 또한 놀랍기 그지없었다. 중앙난방이 켜져 있음에도 그녀는 떨고 있었다.

한편 드림 마을의 미용사 앨리스 매퀸은 흥분으로 잠을 이루지 못했다. 방송사에서 드라마를 촬영하러 드림에 온다니! 그들은 당연히 소속 미용사가 있을 터였다. 아니, 정말 그럴까? 그녀의 가게는 장사가 잘되지 않았다. 드림의 여자들은 6개월에 한 번 정도 파마를 하러 왔다. 하지만 그들 모두 제발 군중 장면에라도 얼굴을 내밀길 기대하고 있을 테고, 당연히 머리를 만지러 찾아올 게 뻔했다. 장사만 좀 되면, 인버네스에 있는 DIY 상점에서 새로운 조립식 부엌을 구매해 설치할 수도 있을 터였다. 그런 생각으로 뒤척이다가 앨리스는 마침내 잠이 들었고, 행복한 꿈속으로 빠져들었다. 꿈에서 그녀는 자신의 집 앞쪽 응접실에서 영업하는 미용사가 아니라, 분홍색 작업복을 입은 영리한 직원을 둔 근사한 헤어살롱의 주인이었다.

이웃인 에디 오브리 부인도 역시 흥분 상태였다. 그녀는 한때 마을회관에서 에어로빅 수업을 했었지만, 점차 마을 여자들이 흥미를 잃게 되면서 이제는 시간이 자신의 손바닥 위에 무겁게 놓여 있는 듯한 기분을 느꼈다. 에디는 아침이 되면 마을회관에 있는 게시판에 자신의 포스터를 가져다 붙여 놓아야겠다고 생각했다. 어쩌면 자신도 배역 하나쯤은 얻을 수 있지 않을까? 아침에 앨리스에게 들러서 머리부터 해야 할 터였다.

퍼트리샤 마틴브로이드는 전화벨 소리에 잠에서 깨어났다. 그녀는 침대에서 일어나느라 애를 먹어야 했다. 자정이 지났잖아! 대체 이 시간에 누구지?

그녀는 수화기를 들고 조심스럽게 물었다. "여보세요?"

"밤늦게 전화 드려서 죄송합니다. 스트러더스 부인이에요." 시노선 목사의 아내였다.

"무슨 일인가요?"

"작가님의 작품을 드림에서 촬영하게 되었다는 소식을 방금 전해 들었거든요!"

"드림이라, 거기가 어딘가요?"

"로흐두 바로 외곽에 있는 마을이에요. 어딘지 모르시는 건가요?"

"몰라요." 퍼트리샤가 음울하게 말했다. 제작사에서 촬영지로 드림을 선택했다면, 그건 그들이 서덜랜드에 왔지만, 그녀에게 연락조차 하지 않았다는 의미였다.

"그 사람들이 오늘 드림의 닐 시장님 성에 찾아갔었대요. 드림성을 사용할 예정이라던데요."

"오늘요? 그 사람들 아직도 여기 있는 건가요?"

"그럼요, 세 사람이에요. 지금 토멜성 호텔에 묵고 있어요."

"고마워요, 스트러더스 부인." 퍼트리샤가 말했다. 그리고 아침에 토멜성 호텔로 가서 왜 그들이 자신을 찾아와 상의하지 않았는지 알아볼 작정이었다. 드라마로 제작되는 건 어디까지나 그녀의 작품이 아니던가!

하지만 다음 날 아침 9시가 되어 호텔에 찾아갔을 때, 퍼트리샤는 자신이 찾고 있는 사람들이 이미 숙박비를 내고 떠났음을 알게 되었다. 그래서 로호두로 차를 몰고 가서 도로 표지판을 따라 드림으로 향했다. 태어나서 한 번도 가 본 적 없는 곳이었다.

차가 헛바퀴를 돌며 드림의 언덕을 미끄러져 내려가는 동안 그녀는 이를 악물어야 했다. 하늘은 어두웠고, 눈송이가 하나둘씩 떨어지기 시작하고 있었다.

그녀 옆으로 '스트래스클라이드 텔레비전'이라는 글자가 페인트칠되어 있는 커다란 밴 한 대가 협만 옆 잡화점 앞에 주차돼 있는 것이 보였다.

퍼트리샤는 그 옆에 차를 세우고 안으로 들어갔다. 피오나와 실라와 제이미가 가게 주인인 잭 케네디와 얘기를 나누고 있었다. 잡화점을 촬영 장소로 이용하기 위해 협상 중이었다.

퍼트리샤의 목소리가 그들의 대화를 자르고 들어갔다. "으흠, 나에게 먼저 전화를 걸어 협의하지 않다니 정말 놀랍기 그지없군요."

그들이 홱 돌아봤고, 피오나는 재빨리 당황스러운 표정을 감추었다. "어머나, 선생님," 그녀가 미소 지었다. "여기 일 끝내고 바로 전화드리려던 참이었어요. 이쪽은 우리 각본을 쓰실 제이미 갤러거 씨예요. 제이미, 이쪽은 원작자 퍼트리샤 마틴브로이드 선생님이에요."

실라는 제이미가 지독한 숙취에 빠져 있으며, 퍼트리샤의 작품을 경멸한다는 사실을 알았다. 그렇기에 제이미가 퍼트리샤를 보고 환하게 미소 지으며 인사를 건넸을 때 무척이나 놀랐다. "작가님을 뵙게 되다니 정말 영광입니다. 혹시 시간이 괜찮으시면, 저희가 여기 일을 처리하는 동안 함께 계시면서 일이 어떻게 돌아가나 확인도 하고, 그다음에 함께 점심을 드시면 어떨까요?"

퍼트리샤는 기분이 누그러졌다. "그럼 정말 좋겠네요."

"피오나, 나머지 사항은 당신이 여기 잭과 함께 조율하도록 해요." 제이미가 말했다. "우린 나가서 잠깐 얘기 좀 하죠, 실라."

그가 실라를 데리고 밖으로 나갔다. 그러고는 돌아서서 그녀를 마주 봤다.

"저 노인네가 내 원고에 어떤 내용이 들어 있는지 모르게 해야 해." 그가 식식거렸다. "그리고 당장 널 시장에게 달려가서 내가 지금 한 말 그대로 전해. 안 그랬다가는 계약이고 뭐고 다 없던 일로 하겠다고."

"어쨌든 작가 선생님도 조만간 다 아시게 될 거예요." 실라가 말했다.

"그냥 때가 되면 알게 내버려 두라고. 난 전에도 작가들과 함께 일해 봤고, 그 족속들이 얼마나 골치 아픈 인간들인지 잘 알아. 그들은 자기들이 쓰레기 조각을 쓴 게 아니라 무슨 『전쟁과 평화』라도 쓴 것처럼 수선을 떨어 댄다고. 저 여자도 어쩔 수 없이 이 상황을 받아들이게 될 거야. 계약서에는 작가가 대본에 관여할 수 있다는 조항 같은 건 단 한 줄도 들어가 있지 않으니까."

하지만 그렇다면 퍼트리샤에게 굳이 친절하게 굴 필요가 있을까? 성으로 차를 몰고 가는 동안 실라는 생각했다. 드림 성이 60년대 히피 공동체로 등장하게 된다는 사실을 알게 되면 퍼트리샤는 엄청난 충격을 받게 될 터였다.

시장은 자신의 소박한 방갈로에 있었다. "난 2년 전에 이리로 이사해 오고 성은 임대를 했어요." 그가 실라에게 커피 한 잔을 대접했다. "성은 난방은 물론이고 청소하기도 너무 힘들거든요."

실라는 자신이 방문한 이유를 시장에게 털어놨다.

"참 재미있네요. 나도 로흐두의 해미시 맥베스 순경과 그 얘기를 나눴었는데, 그가 이 상황에서 그 노부인에게 사실을 털어놓는 것은 너무 잔인한 일이 될 거라고 하더군요. 그러면서 작가가 좀 더 꿈을 꾸게끔 내버려 두자고 했어요. 사실을 알게 된다고 하더라도 작가가 할 수 있는 일은 없는 거잖아요, 안 그런가요?"

"맞아요, 하지만 출판사로 달려갈 수도 있죠. 그런다고 해도 달라지는 것은 없겠지만요. 그들도 텔레비전에서 자기들 작품을 난도질해 놓았다고 불평해 대는 작가들에게 이골이 나 있을 테니까요."

"난 작가에게 미안한 마음이 드네요. 퍼트리샤 마틴브로이드 여사는 어떤 분인가요?"

"연세는 70대지만, 매우 정정하세요. 이게 말이 되는지는 모르겠지만, 허영기는 많은데 속은 굉장히 여려요. 그렇지만 우리 총괄 제작자인 해리 프레임 씨가 생각하는 것보다는 훨씬 성격이 강할 것 같아요."

"반면에 당신은 굉장히 젊은 나이임에도 무척이나 경험이

풍부한 것 같네요, 아닌가요?" 시장이 두 눈을 빛내며 물었다.

실라가 웃음을 터뜨렸다. "나머지 사람들처럼 경직돼 있지 않아서 그럴 거예요. 덕분에 사람들을 일종의 상품이 아닌, 사람 그 자체로 받아들이죠."

"그 점에 관해서라면 드림에서 엄청나게 흥미로운 걸 보실 수 있을 겁니다." 시장이 갑자기 인상을 찌푸렸다. "어쨌거나 이 드라마 제작으로 인해 지난번 같은 문젯거리가 생기지 않길 바랄 뿐이에요."

"전에도 드림이 촬영 장소가 된 적이 있다는 말씀인가요?"

"아니요, 그런 뜻이 아닙니다. 당시 나는 멀리 나가 있었는데, 그때 젊은 잉글랜드 남자 하나가 마을로 이주해 왔었어요. 정말 잘생긴 젊은이였죠. 그가 이 지역 여자들 모두에게 추파를 던지고 다니면서 수많은 사람의 마음을 아프게 했습니다. 그러다가 결국에는 목사 부인에게 살해당했죠."

"맙소사, 그 기사 읽은 기억이 나요."

"가여운 해미시 맥베스가 그때 사건을 해결하다가 곤란한 지경에 처하고 말았어요. 그가 시체 한 구를 놓고 목사 부인에게 맞서서 자백을 받아 냈는데, 알고 보니 그 시체라는 게 그녀가 살해한 피해자가 아니었어요. 매우 귀중한 픽트족의 유골이었던 거예요. 그래서 전국 각지의 역사가와 고고학자가 그를 공격해 왔었죠."

"드림은 그 해미시가 추천해 준 거예요."

"그게 바로 그의 고지식 유머예요. 드림이 재미있는 장소이기는 하죠."

"재밌다는 게 무슨 의미인가요?"

"실라 양도 보면 알겠지만, 이곳은 협만 끝에 있는, 세상과 완전히 단절된 지역입니다. 외부인의 왕래가 거의 없어요. 잉글랜드 사람들에게 엄청난 악의와 저주를 퍼부어 대죠. 나는 이번 드라마에 얼굴이라도 내비치려고 서로 경쟁하느라 여자들이 서로의 목을 겨누지나 않았으면 좋겠어요. 진짜 고지인들은 저지대나 중부 스코틀랜드 사람들과는 완전히 딴판이에요. 앙심을 품게 되면 아주 제대로 악랄함을 드러내 보이거든요. 커피 한 잔 더 드릴까요?"

"아니요, 이제 가 봐야 할 것 같아요." 실라가 대답했다. 하지만 활활 타는 토탄불을 안타까운 시선으로 바라보다가 다시 말했다. "아, 좋아요, 마실게요. 저 없이도 다 잘 돌아갈 텐데요, 뭘. 저는 이번 여행에서 거의 운전사나 다름없거든요."

"눈발이 날리고 있어요. 악천후 예보도 있었고요. 밤에 묵을 곳을 찾아보셔야 할 것 같네요."

실라가 드림으로 돌아갔을 때 나머지 두 사람은 목사관에 있었다. 지난번 살인 사건 이후로 드림에는 성격이 뚱하고 키가 작은 제솝 목사가 소심한 성격의 아내와 새로 들어와 살고 있었다.

실라가 도착했을 때 목사는 일요일에도 촬영이 진행된다면 마을 사람들이 절대로 좋아하지 않으리라는 사실을 참을성 있게 설명하고 있었다.

"그건 걱정하실 필요 없습니다." 피오나는 제이미가 분노를 억누르고 있다는 걸 알아차리고는 재빨리 끼어들었다. "우리도 하루 쉬면서 하면 좋으니까요. 이 근처에 어디 점심 먹을 만한 곳이 있을까요?" 그녀 역시 심술도 나고 춥기도 해서 신경이 날카로웠다. 돌로 된 목사관 바닥으로부터 영구동토층의 추위가 다리를 타고 스멀스멀 기어오르는 것만 같았다. 담배가 간절했지만 목사 부인이 흡연에 반대한다고 선언한 참이었다.

"이 근방에는 없습니다." 목사가 말했다. "그렇지만 아내와 내가 방금 점심을 먹으려던 참이었거든요. 함께 드신다면 얼마든지 환영입니다."

"아니요, 우린 어차피 로흐두로 돌아가야 하니 거기 가서 뭘 좀 먹는 게 나을 것 같네요." 제이미가 말했다. "함께 가실래요, 퍼트리샤?"

"고마워요…… 제이미." 퍼트리샤는 서로 성이 아닌 이름을 부르는 데서 오는 동지애에 기분이 들떠서 말했다. "그럼 드림에서 처리할 일은 다 해결된 건가요?"

"이제 시작에 불과해요." 피오나가 말했다. "그렇지만 이번에 할 일은 다 했어요. 전 다시 돌아갔다가 총괄 제작자와 회계사, 변호사와 함께 와서 이번에 합의한 사항을 정리해 법적인 문제가 없도록 처리해야 해요."

그들이 로호두의 나폴리 레스토랑에서 점심을 들기 위해 함께 둘러앉았을 때, 창밖을 내다보던 실라는 하얀 눈발이 시야를 가리기 시작했음을 알아차렸다.

"그만 토멜성 호텔로 돌아가서 방을 잡는 게 좋을 것 같아요." 그녀가 제안했다. "이런 날씨에는 계속 차를 몰고 돌아다닐 수가 없어요."

제이미가 마시던 와인을 끝내고는 냅킨으로 입술을 닦아낸 후 차분하게 말했다. "작가님만 괜찮으시다면, 우린 지금 바로 글래스고로 출발해야 할 것 같네요."

"난 이런 날씨에는 실라처럼 젊은 아가씨가, 아니 젊은 아가씨뿐 아니라, 누구라도 절대 운전을 해서는 안 된다고 생각해요." 퍼트리샤가 말했다. "그래서 나도 호텔에 숙소를 잡을 겁니다."

제이미가 그녀에게 미소를 지어 보였다. "숙박비 계산서는 저희에게 보내 주세요. 아니요, 아닙니다, 그 정도는 저희가 해 드려야죠. 갑시다, 실라."

“이런 날씨에는 절대로 글래스고까지 못 갈 거예요.” 밴에 올라타며 피오나가 말했다.

“운전하는 게 실라의 일입니다.” 제이미가 으르렁거렸다.

그래서 실라는 필사적으로 눈보라를 헤치며 어떻게든 바퀴가 헛도는 것을 막아 보려고 핸들을 좌우로 움직이면서 언덕 위로 차를 몰았다. 하지만 황무지에 올라섰을 때, 결국 밴이 심하게 미끄러지면서 눈 언덕에 처박히고 말았다. 실라는 차를 다시 움직여 보려 애썼지만, 허사였다.

“얼른 밖으로 나가서 누군가에게 도움이라도 청해 보라고.” 제이미가 말했다.

“아니,” 피오나가 아무 감정도 실리지 않은 투로 말했다. “아무도 아무 데도 안 갈 거예요. 그냥 여기 앉아서 누군가 우릴 발견하길 기다려 보자고요.”

그날 저녁 해미시는 나폴리에 가서 저녁을 먹기로 마음먹었다. 눈보라는 여전히 포효 중이었고, 경찰서는 너무 춥고 황량했다.

지금 레스토랑에서 일하는 윌리 러몬트는 해미시 맥베스가 경사로 승진해 잘나가던 시절에 그의 부하 순경이었다. 하지만 해미시는 드림에서 시신을 뒤죽박죽으로 헷갈리는 바람에 직급이 강등되었고, 윌리는 경찰직을 떠나 레스토랑 주인의 아름다운 친척과 결혼해서 식당 경영에 뛰어들었다.

해미시가 음식을 주문했을 때 윌리가 식탁에 기대며 말했다. "여기 방송국 사람들이 왔었어요."

"아, 그렇군." 해미시가 말했다. "드림에서 드라마를 촬영하게 될 거야."

"이 날씨 좀 보라고요!" 윌리가 창밖을 흘낏 바라보았다. "그 젊은 아가씨가 거기까지 운전을 해서 가야 한다니."

"무슨 말을 하는 거야, 윌리?"

"그 시노선에서 왔다는 여자 작가가 그 사람들에게 토멜성 호텔에서 묵고 가라고 했지만, 일행 중에 있던 남자가 그 금발 아가씨에게 차를 몰고 출발하자고 하는 얘기를 들었거든요."

해미시는 욕설이 절로 나왔다. "젠장, 죽고 싶어 환장했군. 내 식사 따뜻하게 보관해 줘, 윌리."

해미시는 서둘러 경찰서로 돌아가서 산악구조대에 전화를 걸었고, 이렇게 말을 마무리했다. "멀리는 못 갔을 겁니다."

"날이 밝기 전에는 할 수 있는 일이 없지만, 그래도 새벽에 헬리콥터를 띄워 볼게요."

"일단 나라도 그들을 찾을 수 있나 한번 봐야겠네요." 해미시는 저녁을 시켜 놨다는 사실은 까맣게 잊고 침울하게 말했다.

그는 배낭을 꺼내고 커피 한 주전자를 내려서 보온병에 채워 넣었다. 샌드위치도 몇 조각 챙겼다. 그리고 스키복을 입고 고글을 착용한 후 설상화를 신고 숨죽여 저주의 말을 퍼부으면서 경찰서를 나섰다. 그는 자연이 흉포하고 예측 불가능한 힘이 아니라, 마치 월트 디즈니 만화에 등장하는 사랑스러운 동물이라도 되는 듯이 떠들어 대는 도시 사람들에게 악담을 퍼부어 댔다.

두 시간 후 그는 수색을 포기하고 로흐두로 향했다. 산악구조대와 마찬가지로 그도 새벽까지 기다려야 할 듯했다.

새벽 4시, 스트래스클라이드 텔레비전 밴의 엔진이 덜덜거리다가 꺼져 버렸다.

"어서 내려서 차 후드 열고 무슨 일인지 확인해 봐." 제이미가 소리 질렀다.

그러나 실라는 자신들이 눈 속에 너무 깊이 파묻혀서 문도 열 수 없다는 사실을 알아차렸다. 피오나가 얼굴이 하얗게 질려 말했다. "이러다 우리 질식사하겠어."

피오나와 실라는 앞좌석에 앉아 있었고, 제이미는 그들 뒤에 있었다. "눈에 구멍을 낼 만한 도구가 있나 한번 찾아봐야겠어요." 실라가 말했다. 그리고 좌석을 넘어가서 밴 맨 뒤로 힘들게 나아갔다. 기쁘게도 속이 빈 강철 파이프 하나를 찾아낼 수 있었다. 그게 왜 거기 있는지는 실라도 알지 못했지만.

"내가 창문을 열고 이걸 밖으로 내보내서 눈을 뚫고 올려

보내 공기가 통하게 해 볼게요." 그녀가 피오나에게 파이프를 건네주고는 다시 자리로 돌아갔다. 그리고 창문을 내린 후 단단한 눈 벽을 손가락으로 파내 터널을 만들기 시작했다. 그런 다음 파이프를 가져와서 그 안으로 밀어 넣고 위로 쿵쿵 쳐올렸다. "구멍이 막히지는 않았는지 이따금씩 다시 빼내 봐야 할 것 같아요."

"히터도 틀 수가 없잖아." 피오나가 징징댔다. "이러다 다 죽고 말 거야. 어떻게 이렇게 멍청할 수가 있어요, 제이미?"

"멍청한 건 내가 아니야." 제이미가 소리 질렀다. "운전 하나도 제대로 할 줄 모르는 저 한심한 계집애 때문이지. 여긴 대체 언제 날이 밝는 거야?"

"겨울에는 아침 10시나 돼야 밝을걸요. 그리고 우린 절대로 그렇게 오래 살아 있지 못할 테고요."

9시, 하늘이 뿌옇게 밝아 오기 시작하자 해미시는 다시 황량한 순백의 세상 속으로 출발했다. 눈은 그쳤고, 세상은 무시무시할 정도로 조용했다. 마치 고지 전체가 죽어 새하얀 수의에 덮인 채로 누워 있는 듯했다.

그는 설상화를 신고 앞으로 걸어 나가 로호두를 벗어나서 황무지 쪽으로 향했다. 길이 있었다고 짐작되는 곳으로 걸어가고 있었지만, 혹시라도 밴이 미끄러져서 도로를 벗어났을

지도 모른다는 생각에 끊임없이 좌우를 살피는 것도 잊지 않았다.

해미시는 문득 퍼트리샤가 그리스에서 보냈다고 했던 휴가를 떠올렸다. 이 적막한 황야 밖 세상 어딘가에서는 지금도 태양이 내리쬐고, 사람들은 해변에 누워 있을 터였다. 그는 서덜랜드에서 가능한 한 멀리 떠나가고 싶었다. 하지만 곧 그의 마음은 먼 곳의 태양 빛에서 돌아와 다시 드라마 제작 쪽으로 향했다. 그 일이 일어나기 전에 떠나고 싶다는 생각이 들었다. 그 일이라니, 무슨 일? 그의 마음이 소리 질렀지만, 바로 그때, 날카로운 그의 두 눈이 눈 더미 위로 튀어나와 있는 작은 파이프를 발견했다.

해미시는 장갑 낀 손을 눈 더미 속으로 집어넣었다. 곧 눈앞에서 녹색 금속이 반짝거렸다. 찾았군, 그는 안도했다. 이제, 그들이 살아 있기를 바라자고. 멀리서 헬리콥터 프로펠러 돌아가는 소리가 들려왔다.

해미시는 밴의 뒤쪽 창문이 나올 때까지 눈을 파내기 시작했다. 그리고 창문 안쪽을 들여다봤다. 피오나와 실라와 제이미가 온기를 얻기 위해 뒷좌석에서 함께 부둥켜안고 있는 것처럼 보였다. 유리창을 두드렸지만, 세 사람 모두 꿈쩍도 하지 않았다.

그는 뒤로 물러서서 다가오는 헬리콥터를 향해 미친 듯이 팔을 휘저어 대다가 헬리콥터가 착륙하면서 날리는 눈에서 자신을 보호하기 위해 눈 덮인 밴이 만들어 낸 둔덕 옆에 쭈그리고 앉았다.

실라는 착륙하는 헬리콥터의 포효 소리를 들으며 정신을 차리려 애를 썼다. "피오나!" 그녀가 소리를 지르며 옆에 있는 동료를 흔들어 깨웠다. "우리 구조됐어요."

그들은 둘 다 제이미를 깨우려 애썼지만, 그는 의식이 없는 듯했다.

실라는 햇살이 밴 주위로 비춰 들어오고 문이 활짝 열리던 순간을 죽을 때까지 잊지 못할 터였다. 그녀는 해미시 맥베스의 품 안으로 쓰러지며 울음을 터뜨렸다. "저 나쁜 놈 때문에 다 죽을 뻔했어요. 저 인간을 절대로 용서하지 않을 거예요."

"그래요, 알았으니까 얼른 헬리콥터에 타요." 해미시가 말했다. "저분들이 여러분을 병원으로 데리고 갈 겁니다."

구조대원들이 의식 없는 제이미의 몸을 헬기 안으로 들어 올리는 것을 산악구조대 팀장이 감독하며 말했다. "이자가 반드시 모든 구조 비용을 물게끔 해야 해요." 그가 투덜댔다. "대체 얼마나 멍청하기에 이런 날씨에 고지 도로를 차를 몰고 가려 한 걸까요?"

해미시는 허리에 손을 얹은 채 밝게 빛나는 하늘 위로 헬리콥터가 아주 작은 점으로 줄어들 때까지 지켜보고 서 있었다.

가벼운 산들바람이 일어나서 뺨을 쓰다듬었다. 바람이 서쪽에서 불어오고 있었다. 바람이 바뀌었다고 그는 생각했다. 해빙기가 오는군. 다음은 홍수와 진흙 차례였다. 참 대단한 지방이야!

그는 로호두로 천천히 돌아왔다. 오두막 굴뚝에서 연기가 올라가고 있었다.

마을의 중년 미혼 자매 제시와 네시 커리가 집 밖에 나와 있었다. 창백한 햇살이 그녀들의 안경에 반짝거렸다.

"저기 오는군!" 제시가 소리 질렀다. "어서 와서 이 눈 좀 쓸어 내라고."

"쓸데없는 소리 좀 마세요. 새벽부터 한숨도 못 자고 나가 있었어요." 그가 터벅이며 그녀들 곁을 지나갔다.

"그러면서 무슨 민중의 지팡이야!" 제시가 그의 뒤에 대고 소리 질렀다.

"나도 내가 경찰인 게 지긋지긋해지려고 해요." 해미시가 맞받아쳤다.

게다가 쉽지 않은 직업이기도 하다고 그는 생각했다. 부디 이 드라마 제작사가 멀리 사라져 주면 좋을 텐데. 왠지 느낌이 너무도 불길했다.

제3장

간음하지 말라,
득 되는 일이라고는 아무것도 없으니.
훔치지 말라,
속임수가 유리해도 빈 공적일 뿐이다.
거짓증언 하지 말라,
거짓이 자기 날개로 날아가게 두라.
탐내지 말라,
전통이 모든 형태의 경쟁을 승인하게 될 터이니.
아서 휴 클러프

인생의 황금기가 끔찍한 결말을 맞게 된다면, 우리는 그 시기를 기쁜 마음으로 돌아볼 수 없게 된다. 촬영 첫날이 될 때까지 몇 달이라는 기간을 인생의 황금기처럼 보내던 퍼트리샤 마틴브로이드에게도 역시 이 논리는 그대로 적용되었다.

긴 겨울 동안, 명성의 빛이 그녀의 기분을 한껏 부풀게 해 주었다. 현지 신문들이 그녀와 인터뷰를 했고, 그중에는 전국지도 하나 끼어 있었다. 비록 새로운 작품을 시작하지는 못했지만, '아직은'이라는 이 사소한 단어가 항상 그녀를 위로해 주었다. 퍼트리샤는 이 모든 흥분이 가라앉고 나면 자신이 다시 책을 쓸 수 있게 되리라고 확신했고, 그때가 되면 단어가 홍수처럼 쏟아져 나오리라는 사실도 의심하지 않았다.

퍼트리샤는 촬영 첫날 일찍 자리에서 일어나 신중하게 옷을 골라 입었다. 스코틀랜드 날씨치고는 드물게 화창한 날이었다. 서덜랜드 황무지와 호수도 구름 한 점 없는 하늘 아래 끝없이 이어질 듯이 뻗어 있었다. 오랫동안 입었지만, 앞으로도 영원히 입을 수 있을 듯하고 유행도 전혀 타지 않는 리버티 꽃무늬 원피스에 검은 밀짚모자가 잘 어울렸다. 만약 집배원이 일정을 조정해서 퍼트리샤가 사는 마을 끝 쪽부터 우편물을 배달하기로 마음먹지만 않았더라면, 그녀의 들뜬 기분은 더 오래 유지되었을 터였다. 하지만 마침내 출판사 로고가 찍힌 네모난 담황색 봉투가 우편함 속으로 미끄러져 들어왔다.

퍼트리샤는 그것을 집어 들어 탁자에 자리 잡고 앉은 후, 부친 소유였던 은제 종이칼로 봉투를 찢어 열었다.

그녀는 여섯 장의 책 표지를 꺼내 들었다.

그리고 충격 속에 그것을 빤히 내려다봤다. 그녀의 책 제목인 『만조의 사건』이 찍혀 있는 것은 확실했다. 퍼트리샤 마틴 브로이드라는 이름도 동그랗게 말린 형태의 흰색 글씨로 인쇄돼 있었다. 그러나 책 표지 전면에는 퍼넬러피 게이츠의 사진이, 그것도 나체 사진이 들어가 있었다. 등이 카메라를 향하고 있었지만, 퍼넬러피는 돋보기를 손에 들고 어깨 너머를 바라보며 육감적인 미소를 짓고 있었다. 게다가 퍼트리샤의 이름보다 더 큰 글씨로 '드라마 절찬 방영 중, 레이디 해리엇 역에 퍼넬러피 게이츠'라는 내용이 적혀 있었다.

표지 뒷면에는 드라마를 광고하는 내용이 들어가 있었는데, 각본가 제이미 갤러거와 제작자 피오나 킹을 비롯해 다른 등장인물의 목록도 나열돼 있었다.

퍼트리샤는 손이 떨렸다. 뭐가 잘못된 걸까? 그녀는 서점 선반 위에서 그런 식의 탐정소설을 본 적이 있었지만, 한 번도 사 본 적은 없었다. 작가가 원작자가 아니라 텔레비전 각본을 보고 책을 쓴 저질 글쟁이라고 가정했기 때문이었다.

평소 창백한 그녀의 얼굴에 분노의 색이 범람했다. 레이디 해리엇을 벌거벗은 여자로 묘사하다니. 우아하고 차분하며 지적인 레이디 해리엇을!

그녀는 부엌 찬장으로 다가가서 전년도에 교회 기금 모금 행사에서 당첨되어 상품으로 받아 온 위스키를 꺼내 유리잔에 따라 마셨다.

그런 다음 런던에 있는 페전트 출판사로 전화를 걸어 담당 편집자인 수 퍼시벌을 바꿔 달라고 부탁했다. 애초에 퍼트리샤는 그녀가 그 일을 하기에는 너무 어리다고 생각했었다.

"안녕하세요, 작가님!" 수 퍼시벌이 예의 그 코맹맹이 소리로 전화를 받았다. 그녀의 목소리를 들을 때마다 퍼트리샤는 몸서리가 쳐졌다.

"방금 책 표지를 받았어요." 퍼트리샤가 말을 시작했다.

"정말 근사하게 나왔죠?"

퍼트리샤는 숨을 깊이 들이마셨다. "너무 역겨워요. 충격적이네요. 즉시 바꿔 줘야겠어요."

"뭐가 문젠가요? 제가 보기에는 최고인데요."

"내가 창작한 주인공과 벌거벗은 여배우가 대체 무슨 상관이 있는 거죠? 게다가 그런 책을 누가 사겠어요? 책 표지 때문에 내가 마치 드라마를 소설로 다시 쓰는 싸구려 글쟁이가 된 것 같잖아요."

"잠깐만요," 수 퍼시벌이 날카롭게 말했다. "선생님도 책을 팔고 싶으신 거잖아요, 아닌가요?"

"당연하죠."

"그렇다면 됐네요. 서점은 텔레비전에서 방영될 작품이라고 하면 엄청난 부수를 주문할 거예요. 그 표지 없이는 실제로 판매량이 매우 적을 수 있어요. 그렇지만 선생님이 그런 식으로 생각하신다니 유감이네요. 선생님의 다음번 책이 증쇄될 때는 다른 방법이 있나 찾아보도록 할게요."

화가 나서 벌겋게 달아올라 있던 퍼트리샤의 양 볼이 서서히 제 색깔을 되찾았다.

"여보세요?" 수 퍼시벌이 물었다.

“네, 네.” 퍼트리샤가 많이 누그러진 목소리로 대답했다. “난 홍보에 대해서는 잘 모른다는 걸 이해하시리라 믿어요.”

“그건 저희에게 맡겨 주세요, 선생님. 선생님은 이제 스타가 되실 거예요.”

퍼트리샤는 작별 인사를 하고 천천히 수화기를 내려놓았다. 다음번 책이 증쇄될 때는. 사실 책 표지에 뭘 집어넣든 그게 뭐 그리 대수인가? 어쨌든 독자가 읽게 될 것은 자신의 책 아닌가.

조시 게이츠는 평소 일어나던 시간인 오전 11시에 잠에서 깨어났다. 퍼넬러피가 첫 촬영에 들어가는 날이라는 사실이 기억났다. 그는 미소 지었다. 기분도 평상시와는 다르게 무척이나 좋았다. 퍼넬러피가 제발 좀 천천히 마시라고 사정을 해대던 통에, 지난밤에는 술도 맥주 1천 시시밖에 마시지 않았기 때문이었다. 그는 퍼넬러피가 새로 맡은 역할이 만족스러웠다. 출연료도 상당했고, 이번 형사물 덕에 이름도 날릴 것 같았다. 그렇게 되면 사람들도 더는 그녀를 매춘부 취급 하지 않을 터였다.

조시는 유난히도 사고방식이 구식이었다. 스카이 TV와 케이블 텔레비전 채널에는 옷을 벗고 뒹구는 장면이 차고 넘쳤지만, 조시는 그런 사실은 전부 무시했다. 퍼넬러피가 그 이외의 다른 사람을 위해 옷을 벗는 것은 그의 남성성을 훼손하는 일이었다.

그는 촬영장에는 절대로 나타나지 않겠다고 아내에게 약속한 참이었다. 퍼넬러피는 그를 껴안아 주고는 혹시라도 그가 나타나면 자기가 연기에 집중하지 못할 거라고 말했었다.

조시는 시간을 어떻게 보내야 할지 게으르게 생각해 봤다. 아무래도 세인트빈센트가에 있는 존스미스 서점에 가서 읽을 거리라도 찾아보는 게 좋을 듯했다.

그는 침대에서 기어 나와 전날 밤 벗어 버린 옷가지를 다시 걸쳐 입었다.

서점은 여느 때처럼 붐볐다. 그는 문고판 책 몇 권을 훑어보며 돌아다니다가 충동적으로 서점 직원에게 혹시 앞으로 출간될 서적 목록을 볼 수 있는지 물어봤다.

직원이 그에게 가을 신간 목록을 건네주었고, 그는 퍼트리샤 마틴브로이드라는 이름을 발견할 때까지 색인을 훑어보았다. 그는 색인이 가리키는 쪽으로 책장을 넘겼고, 잠시 후 『만조의 사건』을 홍보하는 전면 광고를 멍하니 내려다보고 있는 자신을 발견했다. 책의 표지가 눈부시게 펼쳐져 있었다. 그는 아내의 벌거벗은 사진을 두 눈을 부릅뜨고 노려보다가 "이 난잡한 년!"이라고 크게 소리 질렀다. 서점 직원들은 조용히 하던 일로 돌아갔다. 어느 서점에든 그날그날 감당해야 할 정신

나간 인간 몇 명쯤은 할당돼 있기 때문이었다.

분노로 땀을 뻘뻘 흘리면서, 그는 지도가 진열된 구역으로 가서 도로 지도책 한 부를 홱 잡아 뽑은 후 분노로 뿌옇게 흐려진 두 눈을 끔뻑여 맑게 하면서 드림 마을의 위치를 찾아냈다. 그런 다음 서덜랜드 지역 토지측량부 지도 한 부를 사서 서점 밖으로 성큼성큼 걸어 나가 숨을 꿀꺽꿀꺽 삼켰다.

"내 이년을 죽여 버리고 말겠어!" 그가 지나가는 사람들이 놀라서 기겁하도록 크게 고함을 질렀다.

세인트빈센트가를 천천히 걸어가던 경찰관 두 명이 잠시 멈춰 서서 멀어져 가는 조시의 모습을 바라봤다.

"골통." 경관 한 명이 간결하게 말했다.

"나 저 인간 알아." 다른 한 명이 말했다. "조시 게이츠라고 여배우하고 결혼한 남자야. 보나 마나 잔뜩 취했을걸."

"그를 어떻게 아는데?"

"작년에 만취해서 행패 부리는 걸 체포했었거든."

"그런데 누굴 죽이겠다는 거야?"

"저런 식으로 계속 살아 봐야, 자기 자신 말고 또 누굴 죽이겠어. 따뜻한 파이나 한 조각 먹으러 갈까?"

피오나는 드림성에 임시로 마련된 사무실에 앉아 연필 꽁무니를 씹고 있었다. 첫 화 대본을 읽고 너무 화가 나서 그에 대해 항의하자 제이미 갤러거가 한바탕 소란을 피우며 그녀를 해고하겠다고 위협한 것이다. 해리 프레임은 그녀에게 빠져 있으라고 얘기했다. "스코틀랜드 BBC에서 제이미의 작품을 원해. 그게 그들이 얻어야 할 결과물이라고."

제이미가 카메라 앵글과 조명에까지 참견을 해 대는 상황이니, 피오나는 갈수록 자신의 처지가 일개 심부름꾼보다도 하찮아지리라고 느꼈다. 그는 피오나뿐 아니라 제작 관리자인 할 포사이드와 연출가 자일스 브라운과도 싸움을 일삼았다.

또한 제이미는 실라 버포드도 해고하려고 수작을 부렸다. 호텔에서 그녀의 방으로 들어가려고 시도하다가, 그녀가 접수대로 전화를 걸어 도움을 청해서 토멜성 호텔의 건장한 사냥터지기 두 명이 나타나 그를 실라의 방에서 억지로 끌어냈기 때문이었다.

그러나 해리 프레임은 실라에 관한 주제로 대화가 옮겨 가는 것은 거부했다. "그 친구는 성장 가능성이 커요." 그는 이렇게 주장했지만, 피오나는 해리 역시 실라의 옷 속으로 기어들고 싶어 하는 거라고 씁쓸하게 생각했다.

바깥에는 햇볕이 쨍쨍 내리쬐고 있었지만 성 안은 춥고 어두웠다.

피오나는 한숨을 쉬고 다시 한번 예산을 훑어봤다. 제이미가 잘 먹고 고주망태로 취해 토탄 늪지에 빠져서 영원히 사라져 버린다면 얼마나 좋을까.

30분 후에 해미시 맥베스가 드림성으로 들어섰고, 복도에서 그와 마주친 실라는 그가 사냥감의 위치를 알려 주는 포인터 개처럼 보인다고 생각했다. 코를 공중으로 치켜들고, 우뚝 멈춰 서는 바람에 한쪽 다리는 들어 올린 채 서 있는 모습이 영락없는 사냥개 같았다.

"이게 무슨 냄새죠?" 그가 물었다.

"나는 아무 냄새도 안 나는데요." 실라가 푸른 눈을 순진하게 초롱초롱 빛내며 말했다. "아, 아마 향냄새일지도 몰라요. 지금 첫 촬영에서 공동체 장면을 찍고 있거든요."

"대마초 냄새예요." 해미시가 말했다.

"대마초요? 어머, 그럴 리가요. 착각일 거예요. 우리가 술은 많이 마셔도 대마초는 안 해요."

해미시가 바쁘게 코를 킁킁거리며 앞으로 움직였다.

"당신 지금 상상의 나래를 펼치고 있는 거라니까요." 해미시가 가차 없는 발걸음으로 피오나의 사무실을 향해 가는 동안 실라가 말했다. 그녀가 목소리를 높여 다시 소리 질렀다. "우리 중에 대마초를 피우는 사람이 있으리라고 믿는 건 아니겠죠!"

해미시는 피오나의 사무실 문을 열고 안으로 들어갔다.

창문은 활짝 열려 있었다.

"어머나, 로흐두의 맥베스 씨군요." 피오나가 말했다.

해미시는 창문 쪽으로 다가갔다. 피오나의 사무실은 1층이었다. 그가 밖으로 몸을 기울이고 화단에서 대마 꽁초 하나를 집어 들어 피오나 앞에 내밀었다. "당신 거죠?"

"저기요, 순경 아저씨," 피오나가 말했다. "난 엄청난 스트레스를 받고 있어요. 내가 코카인을 하는 것도 아니잖아요. 굳이 물어보신다면, 나는 대마초가 합법화되어야 한다고 생각하는 사람이에요. 이건 인체에 아무런 해도 없어요. 그냥 기분 전환용 약제일 뿐이라고요."

"내가 작년에 절벽으로 떨어진 차량에서 운전자를 구조해 살려 놓은 일이 있어요. 그가 바로 당신의 그 기분 전환용 약제를 피우고 있었다고요. 킹 씨, 난 경찰이고, 이건 불법입니다."

"피오나라고 부르세요."

"피오나든 킹 씨든, 당신은 지금 법을 위반한 거예요."

피오나는 하찮은 대마초 한 대로 자신의 경력이 눈앞에서 무너지는 것을 보았다.

그녀는 핸드백으로 손을 뻗었다. "우리 이 문제를 좀 더 우호적으로 풀어 볼 수도 있을 것 같은데요, 경관님."

"날 매수할 생각이라면 꿈도 꾸지 말아요. 지금도 당신은 충분히 곤란한 상황에 처해 있으니까요."

"당신을 매수하려는 게 아니에요." 피오나가 의도적으로 울먹이다시피 한 목소리를 냈다. "내가 정말 조금 가졌다는 걸 보여 주려는 거예요."

"그렇다면 보여줘 봐요."

피오나가 꾸러미 하나를 꺼내 내밀었다.

해미시가 고개를 돌려 실라에게 말했다. "문 닫아요." 실라가 문을 닫고 피오나 뒤로 가서 섰다.

"내가 걱정하는 건 당신의 돈에 혹할 수 있는 이 마을 사람들이에요." 해미시가 말했다. "나는 드라마 제작에 혼선을 주고 싶은 생각은 없어요. 당신에게 경고하는 거예요. 당신이든 다른 누구든 간에 다시는 이 물건을 가지고 있는 걸 내가 보게 하지 말아요." 그가 꾸러미를 주머니에 집어넣고, 대마 꽁초는 다시 창문 밖으로 던졌다.

그가 떠나고 나서 피오나는 안도의 한숨을 내쉬었다. 그녀는 대마초에 중독되거나 한 것은 아니었다. 그게 바로 대마의 좋은 점이었다. 여의치 않으면 끊으면 그만이었다. 그렇지만 아까의 꽁초에는 아직 대마가 조금 남아 있었다. 그녀는 창문을 넘어가서 꽁초를 찾기 시작했다.

퍼넬러피는 자신의 트레일러 안에서 도입부 촬영을 위해

의상을 갈아입으며 조시가 글래스고에 안전하게 있다는 사실에 감사했다. 옷은 속이 거의 다 비치는 가벼운 재질의 인디언 가운이었고, 그 속에는 아무것도 입지 않기로 되어 있었다. 첫 장면은 드림 호숫가에 있는 레이디 해리엇의 공동체 일원과 함께하는 촬영이었다. 퍼넬러피는 북쪽으로 떠나 다시 미래를 설계할 계획이었다. 시리즈가 제작되어 방영되기 시작할 때쯤, 그녀는 자기 이름으로 개설한 새로운 독립 계좌에 최종 출연료를 받아 집어넣을 작정이었다. 조시에게는 부부 공동계좌에 수표가 들어가지 않는 이유가 다름 아니라 출연료가 미뤄지고 있기 때문이라고 설명할 생각이었다. 그런 다음 조시를 떠나 런던으로 갈 테고, 부디 운이 따라 준다면, 남편은 그녀를 찾기도 전에 술독에 빠져 죽게 될 터였다.

퍼넬러피의 분장을 돕기 위해 한 여성이 도착했고, 그다음에는 실라가 그녀를 세트장까지 데려다주러 왔다. "마을 사람들이 이 의상을 어떻게 생각할지 모르겠네요." 실라가 말했다. "우리의 유명한 저자는 두말할 필요도 없고요."

"그건 내가 신경 쓸 일이 아니잖아요." 퍼넬러피가 말했다. "피오나가 알아서 처리하겠죠."

부둣가에는 첫날 촬영을 구경하기 위해 꽤 많은 관중이 모여 있었다. 60년대 비틀스 스타일 의상을 차려입은 히피족을 연기할 배우들이 주변을 돌아다니고 담배를 피우며 대화를 나누고 있었다. "상대 남자 배우는 어떤 것 같아요?" 다른 배우들과 합류하기 위해 이동하는 동안 실라가 퍼넬러피에게 물었다.

"괜찮아요." 퍼넬러피가 대꾸했다. 하지만 속으로는 경감 역을 맡은 저베이스 하트가 만취해서 행패를 부려 대는 조시와 고통스러울 만큼 닮았다고 생각했다. 그러나 절대로 다른 배우 흉을 봐서는 안 된다는 게 그녀가 배우 생활을 하며 가장 먼저 깨달은 사실이었다. "어쨌든 그는 오늘 찍을 장면에는 등장하지 않을 거예요. 그러니 나도 오늘은 그를 만나지 못하겠죠."

"다들 각자 위치로." 비쩍 마르고 늘 초조해 보이는 자일스 브라운 감독이 소리 질렀다. 그의 얼굴에는 제멋대로 자라난 턱수염이 덥수룩하게 덮여 있었다.

실라는 퍼넬러피가 코트 벗는 것을 도와주었다. 모여 선 마을 사람들 사이에서 헉하고 숨을 들이마시는 소리가 들려왔다.

상상의 여지라고는 아예 남기지 않는 의상이군, 해미시는 생각했다. 퍼넬러피의 풍만하게 굴곡진 몸매가 얇은 가운을 통해 다 드러나 보였다.

글래스고에 있을 때 출연진은 춥고 음산한 교회에서 대사를 연습하고 또 연습했었다. 고지 날씨는 맑고 따뜻했으며 출연진을 대하는 분위기도 호의적이었다.

그때 고함 소리가 들려왔다. "멈춰요! 이런 걸 계속하게 놔둘 수는 없습니다."

모두가 뒤를 돌아봤다. 작은 체구의 제숍 목사가 모여 선 인파를 헤치고 앞으로 돌진해 나오고 있었다.

"저 여자는 거의 알몸이 아닙니까!" 그가 소리 질렀다.

피오나가 재빨리 앞으로 나섰다. "이건 그냥 드라마 촬영일 뿐이에요." 그녀가 달래듯이 말했다.

목사의 얼굴은 분노로 벌겋게 달아올라 있었다. "내 교구에서 이런 짓을 계속하도록 그냥 내버려 두지는 않을 겁니다."

그때 해미시는 퍼트리샤의 차가 드림으로 향하는 언덕길을 달려 내려오는 것을 보았다. 한층 더 골치 아파지게 생겼군, 그는 생각했다.

퍼트리샤가 차에서 내려 몰려선 군중 속으로 비집고 들어가더니 천천히 앞으로 나서며 권위적인 목소리로 말했다. "내가 원작자예요. 좀 지나갈게요."

잠시 후, 그녀는 히피들과 거의 벗은 것이나 다름없는 퍼넬러피의 모습에 아연실색해 그 자리에 우뚝 섰다. 그 순간 자신의 또 다른 책도 재출간되리라는 기대감에 느꼈던 모든 기쁨이 달아나 버렸다. "이 우스꽝스러운 분장은 다 뭡니까?" 그녀가 가느다란 목소리로 물었다.

목사가 동지가 나타났음을 감지하고는 홱 돌아봤다. "저 여자 꼴을 좀 보십시오." 그가 떨리는 손가락으로 퍼넬러피를 가리키며 소리 질렀다.

퍼트리샤는 그쪽을 바라봤지만 즉시 시선을 돌렸다.

"그게 이렇게 된 겁니다, 목사님," 제이미 갤러거가 거짓 미소를 띠고 말했다. 하지만 눈빛에는 살기가 어려 있었다. "레이디 해리엇은 고지에 있는 이 공동체를 이끄는 사람이고—"

"나의 레이디 해리엇이!" 조금 전만 해도 벌겋게 달아올라 있던 퍼트리샤의 얼굴이 이제는 백지장처럼 하얗게 변했다. 그녀는 차를 타고 이곳으로 오는 동안 책 표지에 벌거벗고 누워 있던 퍼넬러피 게이츠의 모습은 단지 홍보를 위한 곡예나 다름없는 거라고 스스로를 위로했었다. 디킨스의 문고판에 기묘하지만 눈에 확 띄는 표지가 씌워져 있던 걸 본 적이 있지 않던가. 하지만 이 매춘부 같은 여자가 레이디 해리엇을 연기하다니, 고상하고 용감하고 지적인 레이디 해리엇 역을 맡다니, 그건 참을 수 없는 고통이었다.

"내가 허용할 수 없어요." 그녀가 말했다. "내 책에는 히피 공동체에 관한 내용 같은 건 등장하지도 않아요."

"선생님 책 속에는 드라마로 제작할 만한 게 아무것도 없어요." 제이미가 말했다. "참 나, 제발 진정 좀 합시다. 이건 그냥 약간의 시적 허용에 불과하다고요."

"내가 촬영을 멈추게 하겠어요!"

"이 상황에서 선생님이 할 수 있는 일은 아무것도 없어요." 제이미가 말했다. "계약서에 서명했잖아요."

퍼트리샤는 피오나를 빤히 바라봤다. "이 사람 말이 사실인가요?"

"예, 맞아요."

"그런데 이자는 누굽니까?" 제이미의 생김새를 이미 잊어버린 퍼트리샤가 물었다.

"우리 각본가 제이미 갤러거 씨예요."

"사기꾼." 퍼트리샤가 제이미에게 말했다. "그렇지 않다면 왜 내 책을 드라마로 만든다고 말해 놓고는 내용을 전부 다 바꾸는 거죠?"

"텔레비전에 방영하기 좋게끔 하려는 겁니다." 제이미가 말했다. "누가 이 여자 좀 세트장에서 내보내고 여기 다시는 얼씬도 못 하게 해 줄래요?"

"내 교구 안에서 포르노 촬영은 절대로 못 할 테니 그런 줄 알아요." 목사가 으르렁댔다.

"아무래도 우리 모두 성으로 가서 대화로 이 상황을 풀어봐야겠네요." 피오나가 말했다.

"저쪽 상황은 좀 어떤가요?" 해미시가 닐 시장에게 물었다.

"아무래도 폭풍이 몰아치고 있는 것 같아. 마틴브로이드 여사에게 죄송할 따름이야. 상당히 크게 충격을 받은 것 같거든."

"지금은 좀 조용해진 것 같은데요." 그가 피오나의 사무실 쪽으로 귀를 기울이며 말했다. "난 스코틀랜드 BBC가 제이미를 그렇게 높이 평가한다는 얘기를 듣고 정말 놀랐어요. 도대체 뭔가 지적인 작품을 써낼 능력이라고는 손톱만큼도 없는 사람 같거든요."

"자네 〈축구 열기〉 봤는가?"

"그거 안 본 사람이 있을까요?" 해미시가 대꾸했다. 〈축구 열기〉는 스코틀랜드 축구 애호가들의 삶과 열정에 관한 텔레비전 다큐멘터리였다. 매우 재치 있고 영리하고 매혹적인 그 작품은 전 세계로 팔려 나갔다.

"글쎄, 그게 제이미가 쓴 거라네."

"그래서 사람은 겉만 보고 평가하면 안 되는 거죠." 해미시가 쓸데없이 무게를 잡으며 말했다.

"이번 작품도 완성된 후에 보면 세련되고 영리해 보일 거야."

"시장님 말이 맞을 수도 있겠네요." 해미시가 말했다. "저기들 오네요."

목사가 피오나와 자일스 브라운, 제작 관리자인 할 포사이드와 함께 등장했다. 모두 웃으며 떠들고 있었다.

"그럼 다 해결된 겁니다." 자일스가 목사의 등을 두드렸다.

"정말 너그러우십니다." 목사가 말했다.

뇌물을 먹였군, 해미시는 생각했다.

그런 다음 제이미가 왔다. 그는 한 마디도 하지 않고 곁을 스쳐 지나갔다. 퍼트리샤는 어디 있지? 해미시는 의아했다.

그들이 모두 떠나고 나서 해미시는 피오나의 사무실에서 대본을 손에 움켜쥔 채 홀로 앉아 있는 그녀를 발견했다.

퍼트리샤가 고개를 들고 해미시를 바라봤다. 눈빛이 어두웠다. "놈이 이 책임에서 교묘히 벗어나기 전에 반드시 내 손으로 죽여 버리고 말 거예요."

"누구를요?"

"제이미 갤러거. 내가 모두가 보는 앞에서 그에게 죽여 버릴 거라고 말했어요." 그녀가 울음을 터뜨렸다.

해미시는 퍼트리샤 옆에 앉아 그녀의 어깨에 팔을 둘렀다. "자, 진정하세요. 그냥 작가님 책에 관해서만 생각하세요."

"생각하고 있어요." 퍼트리샤가 흐느꼈다. "그런데 이걸 좀 보라고요!"

그녀가 커다란 핸드백 걸쇠를 풀고 책 표지 하나를 꺼내 보였다.

"아, 세상에." 해미시가 말했다. "이 사람들 하는 짓하고는. 그렇지만 일전에 제인 오스틴의 『에마』 문고판을 봤는데, 만약 그게 무슨 작품인지 모르고 봤다면 아마 포르노라고 생각했을 거예요. 성에 올라오기 전에 몇몇 언론사에서 해안가에 나와 있는 걸 봤어요. 그리로 가서 기자들에게 작가님 작품에 관해 들려주면 어떨까요? 그게 광고 효과를 가져다줄지도 모르잖아요."

퍼트리샤가 눈물을 닦고 코를 풀었다. "모든 게 악몽 같아요. 다 없던 일로 했으면 좋겠어요. 이게 내 꿈의 마지막인가 봐요."

"완전히 새로운 독자층을 갖게 되실 거예요. 그럼 꿈의 시작이 될 수도 있죠."

"난 이런 책 표지에 끌리는 독자들은 원치 않아요." 퍼트리샤가 책 표지를 핸드백 속에 다시 집어넣고 철컥 소리를 내며 백을 닫았다. "대체 세상이 어떻게 돌아가는 걸까요?" 그녀가 당황스러운 표정으로 주변을 둘러보며 말했다.

세상이 계속 앞으로 나아가서 당신을 뒤에 남겨 두고 떠나간 거예요, 해미시는 생각했지만, 입 밖으로 소리 내서 말하지는 않았다.

퍼트리샤에게 작별 인사를 하고 그는 해안가로 돌아갔다. "어떻게 목사님의 허락을 얻은 겁니까?" 그가 피오나에게 물었다.

"교회에 기부하기로 했어요. 그리고 저것도." 그녀의 손이 퍼넬러피를 가리켰다.

퍼넬러피는 같은 가운 차림이었지만, 속에는 긴 실크 속옷을 걸치고 있었다.

"그 장면은 아예 촬영 안 하기로 한 거예요?"

"아, 좀 외설적인 장면은 사람들이 볼 수 없게 세트장 안에서 해결하기로 했어요." 피오나가 말했다. "퍼트리샤는 어딨나요?"

"실컷 울려고 집으로 돌아갔어요. 적어도 내 생각에는 그래요. 내용을 그렇게 많이 바꿀 거면 애초에 왜 그분의 책을 산 건가요?"

"스코틀랜드에서 촬영하고 싶었고, 일단 플롯도 나쁘지 않거든요. 그러니 그녀는 고마운 줄 알고 그냥 입 다물고 있어야 해요."

마을 사람도 하나둘씩 촬영장을 떠나기 시작했다. 촬영 자체가 너무 지루했기 때문이었다. 같은 장면을 너무 여러 번 반복해 찍기도 하고, 중단된 시간도 너무 길었으며, 장면도 몇 개 되지 않았다.

해미시도 마지못해 경찰서로 돌아가기로 했다. 가서 뭔가 해결해야 할 임무가 있는지 찾아봐야 할 듯했다.

돌아가는 상황을 지켜보며 느꼈던 불편한 마음이 따사로운 햇살 아래 스르르 녹아 사라지는 듯했다. 이제는 퍼트리샤도 최악의 상황을 목격했으니, 차츰 충격을 극복해 나갈 터였다.

그는 드라마 제작사가 들어옴으로 인해 마을 여성들 사이에 질투와 경쟁이 시작될까 봐 걱정했지만, 오히려 마을 사람들은 모든 게 지루하다고 느끼는 모양이었다.

드림 마을의 잡화점 위층에서는 주인인 잭 케네디의 아내 아일사 케네디가 거울에 비친 자신의 새로운 머리 모양을 빤히 들여다보고 있었다. 아무래도 음흉한 앨리스 매퀸이 그녀가 텔레비전에 출연할 기회를 앗아 가려고 수작을 부린 것 같다는 생각이 들었다. 앨리스에게 가기 전에, 그녀의 불타는 빨간 머리는 거의 허리까지 길게 늘어져 있었다. 하지만 이제는 60년대 유행하던 구식 스타일의 짧은 머리가, 끝이 바깥으로 말린 채 얼굴을 감싸고 있었다. 앨리스는 구식 머리 모양만 할 줄 알았다. 아일사는 자신의 모습을 보며 인상을 찌푸렸다. 거울로 그녀의 뒤에 나타난 남편의 얼굴이 보였다.

"머리에 무슨 짓을 한 거야?"

"잘랐어." 아일사가 대답했다.

"꼭 겁에 잔뜩 질린 사람처럼 보여. 당신, 앨리스 옆에는 가지도 않을 거라고 했던 것 같은데. 저 빌어먹을 촬영 때문에 그러나 본데, 당신은 그쪽과는 아무 상관도 없어. 그 여배우 꼴 못 봤어? 거의 발가벗고 있었잖아. 목사님이 옷을 입게 했으니 망정이지."

"아, 저리 가." 아일사가 소리를 꽥 질렀다. "당신하고 얘기하면 골치만 아파."

제이미 갤러거는 마을회관에서 흘러나오는 음악 소리를 듣고 안으로 천천히 걸어 들어갔다. 마을 여성들이 에디 오브리의 지시에 따라 에어로빅을 하고 있었다.

그는 오랫동안 그들을 바라보고 서 있다가 다시 피오나를 찾기 위해 밖으로 나갔다. "지금 내가 하는 말을 믿을 수 없을 걸요." 피오나를 찾았을 때 그가 말했다. "마을회관에 있는 여자들에게서 시간 왜곡 현상이 나타나고 있어요. 저렇게 많은 60년대 머리 모양은 내 생전 본 적이 없다니까."

"나도 한번 가서 볼게요." 피오나가 말했다.

아일사 케네디가 머리를 감아 기분 상하는 머리 모양을 다 풀어 버리고 매끄럽게 흘러내리도록 말리고 있을 때, 최근에 사귄 친구 홀리 앤드루스가 아래층에서 그녀를 불렀다. "위에 있어, 아일사?"

"내려갈게." 아일사가 머리를 빗질하며 대답했다. 그리고 층계를 내려가 아래층 가게로 갔다.

홀리는 남편이 사망한 후 드림에 있는 작은 오두막집으로 이사 온 중년의 토실토실한 여성이었다. 남편이 죽기 전에는 레어그 외곽에 있는 큰 집에서 살았지만, 그가 세상을 떠나자 그 집을 팔아 버렸다. 홀리의 갈색 머리는 아일사가 열심히 감은 머리 모양과 똑같았다.

"머리에 무슨 짓을 한 거야?" 홀리가 헉하고 숨을 내쉬었다.

"무슨 짓을 했다고 생각하는데? 감았어. 꼭 나이 먹은 비틀스 팬 같잖아."

"그들이 우리가 이런 머리 모양을 하길 원한단 말이야." 홀리가 소리 질렀다. "나 너무 흥분돼 죽겠어. 앨리스는 할 수 있는 게 이것밖에 없어서 우리에게 전부 다 60년대 머리 모양을 해 준 건데, 지금 촬영하는 드라마가 60년대 배경이잖아. 그래서 제작사 사람들이 우리 머리 모양에 열광해서 우리를 군중 장면에 다 출연시킬 거래."

아일사가 부드럽게 흘러내리는 자신의 머리채를 움켜잡았다. "내가 무슨 짓을 한 거지?"

"얼른 앨리스를 찾아가서 다시 해 달라고 해." 홀리가 재촉했다.

10분 후, 앨리스는 오만한 미소를 지으며 아일사의 목에 파마보를 둘러 주었다. "난 내가 무슨 일을 하는지 알고 한다고."

그녀가 말했다. "그 드라마 배경이 60년대라는 걸 알고 있었다니까."

아일사는 화가 나서 한마디 쏘아붙이고 싶었지만 꾹꾹 눌러 참았다. "얼른 머리나 해 줘." 그녀가 투덜댔다.

드림 마을의 농부 지미 매클라우드는 아내 낸시가 판석을 깔아 놓은 부엌 바닥을 하이힐을 신고 비틀비틀 걸어 다니며 자기도 드라마에 출연하게 되었다고 선언하는 소리를 끔찍한 기분으로 듣고 있었다.

"당신은 벌거벗은 여자와는 절대로 어울리지 않을 거야. 내가 그렇다면 그런 줄 알아." 지미가 말했다.

하지만 아내는 깔보는 시선으로 그를 바라볼 뿐이었다.

"내가 그 빌어먹을 걸 지금 당장 끝장내고 말지." 그가 문 옆 고리에 걸어 둔 외투를 움켜쥐고 성큼성큼 걸어 나갔다.

드림성에 있는 사무실에서 피오나는 실라의 안내로 들어오는 지미 매클라우드를 진이 빠진 표정으로 올려다봤다. 둥근 어깨에 주름진 얼굴, 게처럼 옆으로 걷는 작은 체구의 남자였다.

"내 아내를 드라마에 출연시킨다니, 이게 다 무슨 일입니까?" 지미가 해명을 요구했다.

피오나가 그에게 미소 지었다. 이미 두 명의 성가신 다른 남편을 상대해 봐서 정확히 어떻게 대처해야 할지 잘 알고 있었다.

"이쪽으로 잠깐 서 보세요." 그녀가 요구했다. 그러고는 양손을 들어 올려 사각형 렌즈 모양을 만든 후에 그것을 통해 당황스러워하는 지미를 이리저리 바라봤다. "완벽해." 그녀가 말했다.

"지금 무슨 말을 하는 겁니까?"

"내가 보기에 당신은 완벽한 고지인이에요." 피오나가 말했다. "우리 군중 장면에 정말 잘 어울릴 것 같아요."

지미가 입을 쩍 벌리고 그녀를 바라봤다. 이미 얼굴에서는 분노가 사라지고 있었다. "출연료도 드릴 겁니다, 물론이에요." 피오나가 말했다. "맞아요, 우린 당신 얼굴에 깃든 고결함이 필요해요. 한잔하시겠어요, 성함이……?"

"매클라우드, 지미 매클라우드예요." 지미가 허둥지둥 앞으로 나가서 자리에 앉았다. 심장이 튀어나오기라도 할 듯이 심하게 뛰었다. 어린 시절 그는 돈만 생기면 영화를 보러 갔었다. 지금 그는 알 수 없는 요정이 나타나 지팡이를 흔들어서 자신을 로버트 레드퍼드로 변신시키기라도 한 것 같은 기분이었다. 피오나가 그에게 위스키 한 잔을 넉넉하게 따라 주었다.

"드라마의 성공을 위해, 건배." 피오나가 말했다.

"맞아요," 지미가 호두처럼 쭈글쭈글한 얼굴에 미소를 지었다. "영화 산업을 위해 건배."

"영화 산업," 피오나가 말했다. "이제 당신도 그 일원이 된 거예요."

지미의 마음이 자긍심으로 터질 것만 같았다.

제이미 갤러거는 허영심과 위스키로 잔뜩 부풀어 올랐다. 자기 혼자서 드라마 전체를 만들어 낼 수도 있을 것 같았다. 심지어 어떤 카메라 앵글을 사용해야 할지에 관해서까지도 그가 감독에게 이야기하지 않았던가. 물론 바쁘게 하루가 흘러가는 동안, 그가 한 몇 가지 선택에 피오나가 반대하고 나서기는 했지만, 사실 최종 선택은 해리 프레임에게 달려 있었다.

제이미는 토멜성 호텔 바를 나와 자기 방으로 가서 해리 프레임에게 전화를 걸었다.

"제작진과 나는 여기서 아주 훌륭하게 협업하고 있어요, 해리." 그가 말했다. "하지만 딱 한 사람, 내가 도저히 잘 지낼 수 없는 사람이 있는데, 피오나가 그러네요. 아무래도 다른 사람으로 대체해야 할 것 같아요."

수화기 저편에서 그 의견에 반대하는 해리의 꺽꺽대는 목소리가 들려왔다. 광고에는 이미 피오나의 이름이 실려 나간 참이었다. 제이미는 결국 자신이 발을 빼겠다고 협박하기 시작했고, 해리는 굴복하고 말았다.

10분 후, 피오나는 휴대전화로 해리의 이야기를 듣고 있었다. "나한테 이러면 안 돼요, 해리."

"나도 어쩔 수가 없어, 피오나. 내가 자기에게는 다른 걸 찾아 줄게."

"내가 제이미를 죽여 버릴 거예요."

"내가 내일 그리로 갈게."

"오면 뭐가 달라지는데요?" 피오나가 소리를 꽥 지르고는 전화를 끊은 후 차가운 시선으로 허공을 빤히 바라봤다.

다음 날 아침, 퍼트리샤는 일간지 《스코츠맨》을 읽기 위해 자리에 앉았다. 이제는 마음이 진정되는 느낌이었다. 그녀는 촬영장에서 멀찍이 떨어져 앉아 책이 출간되기만 기다릴 작정이었다. 그러면 독자들이 텔레비전으로 제작된 드라마와 비교해 그녀의 작품이 얼마나 뛰어난지 지적해 줄 터였다. 그때 〈축구 열기〉를 쓴 유명 각본가로 소개된 제이미 갤러거의 인터뷰 기사가 보였다. 인터뷰에서 제이미는 자신이 어떻게 『만조의 사건』과 레이디 해리엇이라는 주인공을 창조해 내게 되었는지 이야기하고 있었다. 퍼트리샤에 관해서는 물론이고 드라마가 그녀의 책을 각색한 것이라는 내용은 언급조차 없었다.

"내가 이 인간을 죽여 버리고 말겠어." 퍼트리샤가 식식거렸다. 그러고는 신문을 갈기갈기 찢어 버렸다.

앵거스 해리스는 사망한 친구 스튜어트 캠벨의 글래스고 아파트에서 슬픈 마음으로 그의 유품을 정리하며 앉아 있었다. 앵거스는 자신이 멀리 미국으로 떠나 있던 동안 친구가 에이즈로 사망했고, 유언장을 통해 자신에게 아파트와 유품을 물려주었다는 사실을 얼마 전에야 알게 되었다.

스튜어트는 매우 고군분투하던 작가였다. 트렁크 하나가 원고로 가득 차 있었다. 앵거스는 뭘 어떻게 해야 할지 알 수 없었다. 어쩌면 문인 대리인을 찾아 친구의 원고를 보내 봐야 할지도 모르겠다는 생각이 들었다. 혹시 그중 하나라도 출간 기회를 잡게 될지 누가 알겠는가. 그는 원고를 하나씩 꺼내 보다가 〈축구 열기〉라는 제목의 대본을 발견하고 손을 멈췄다.

그는 천천히 원고를 넘겨봤다. 텔레비전 다큐멘터리 원고였다. 그리고 인상을 찌푸렸다. 미국 PBS에서 방영했던 작품이지만, 거기에는 스튜어트의 이름이 올라가 있지 않았다. 그리고 그것은 원래 스코틀랜드 BBC에서 제작한 작품이었다.

바로 그때 앵거스는 《스코츠맨》에서 〈축구 열기〉와 관련된 내용을 읽었던 기억이 났다. 그는 신문을 찾아 들고 와서 제이미 갤러거의 인터뷰를 확인했다.

제이미의 인터뷰 기사를 읽는 동안 그의 마음속에서 모든 상황이 맞아떨어지기 시작했다. 언젠가 스튜어트가 그에게 제이미 갤러거라는 각본가가 텔레비전 대본 쓰는 법을 작가들에게 가르치는 저녁반 수업을 운영한다는 내용을 편지로 써 보낸 적이 있었다.

"그 사기꾼 같은 놈이 스튜어트의 작품을 훔쳐 간 게 틀림없어." 앵거스는 혼잣말을 했다.

그는 곧바로 조사에 착수했다. 먼저 스코틀랜드 BBC에 전화를 걸었지만, 그들은 스튜어트라는 이름은 들어 본 적이 없다고 답해 왔다. 그는 어느 교회 지하실에서 진행되었던 제이미의 수업 참석자들의 이름을 찾아보려 노력했다. 하지만 기록이라고는 전혀 남아 있지 않았고, 그 수업에 관해 기억하는 사람도 없었다.

앵거스는 폭력적인 기질이 자신의 약점임을 알았다. 하지만 가여운 스튜어트가 죽었고, 누군가 그의 대본을 훔쳐서 국제적인 명성과 영광을 얻었다는 사실은 도저히 참고 넘어갈 수가 없었다. 그 제이미 갤러거라는 인간은 드림에 있었다.

앵거스는 거기까지 차를 몰고 가서 그와 맞서 보기로 했다.

조시 게이츠는 숙취에서 깨지도 못한 채, 퍼스 외곽에 있는 민박집에서 제이미 갤러거의 인터뷰 기사를 읽으며 베이컨과 달걀로 아침 식사를 하고 있었다. 이놈이 바로 그의 아내가 텔레비전 속에서 관능미를 과시하게끔 뒤에서 조종하고 있는 작자였다.

"내가 얼마나 무서운 인간인지 놈이 알게 해 주겠어!" 조시가 소리 질렀다.

식사를 하던 다른 사람들이 시선을 돌렸다. 그들은 지난밤 술에 취해 밤새 구역질을 해 대던 미친놈이 바로 조시가 틀림없다고 생각했다. 덕분에 그들은 밤새 한숨도 자지 못하고 깨어 있어야 했다.

다음 날 피오나는 악몽 속을 걷는 것처럼 다녔다. 제이미와 그의 얼굴에 떠오른 승리의 조소를 차마 참고 바라볼 수가 없었다.

해리 프레임은 아침 일찍 인버네스로 비행기를 타고 날아와서 택시를 타고 드림에 도착했다. 늘 이런 식이지, 피오나는 생각했다. 나는 한 푼이라도 아끼려고 전전긍긍인데, 저 인간은 택시비로만 한 번에 150파운드를 써 대니.

"일주일 더 머물면서 제발 제이미 비위 좀 잘 맞춰 봐." 해리가 타이르듯이 말했다. "그러면 없던 일이 될 수도 있으니까."

"어떤 각본가도 이 정도의 힘을 갖지는 못해요." 피오나가 말했다.

"〈축구 열기〉 이후로 그는 아무것도 한 게 없어. 그런데도 모두 그 작품 얘기만 하고 있다고."

피오나가 대본을 집어 들었다. "〈축구 열기〉는 영리하고 재기 넘쳤는데, 이건 그냥 쓰레기에 불과해요."

"그래도 제이미는 자기가 뭘 하고 있는지 아는 사람이야." 해리가 말했다.

"그래요? 그럼 이 드림이라는 장소부터 한번 얘기해 보죠. 〈만조의 사건〉 촬영지로 이곳은 협만에 위치해 있지만, 일반적인 해변에서처럼 파도가 밀려오고 밀려가지 않아요. 또한 책의 절정은 봄철 조수 때인데, 지금은 여름이고 밀물이 들어오지도 않는다고요."

"우린 책 내용 그대로 가지 않을 거잖아." 해리가 말했다. "아, 무슨 일이야, 실라?"

"앵거스 해리스라는 분이 무척 화가 나서 찾아왔어요." 실라가 말했다. "그의 친구 스튜어트 캠벨이라는 분이 〈축구 열기〉 원고를 썼는데, 제이미가 그걸 훔쳐 간 거라고 주장하는데요."

"들여보내요." 피오나가 재빨리 말했다.

앵거스 해리스는 적당히 그은 피부에 잘생긴 금발의 남자였다.

"대체 무슨 일이신가요?" 피오나가 물었다.

"이거요!" 앵거스는 자신이 찾아낸 〈축구 열기〉 대본을 들어 보였다. "내 친구 스튜어트 캠벨은 내가 미국에 있을 때 사망했어요. 그가 자기 아파트와 유품을 내게 상속했습니다. 난 그의 물건들을 정리하다가 이걸 발견했고요. 스튜어트는 제이미 갤러거가 운영했던 드라마 각본 수업을 들었고, 내가 기억하기로는, 그 수업에 참석한 사람들은 갤러거의 의견을 듣기 위해 다양한 원고를 제출했었습니다. 그런데 그 빌어먹을 자식이 스튜어트의 원고를 베껴 뒀다가 그가 죽었다는 소식을 듣고는 자기 것처럼 방송국에 제출한 거라고요."

"확실한 증거라도 있나요?"

"아직은 없습니다. 하지만 찾게 될 겁니다. 이 원고를 들고 신문사로 갈 거니까요. 그럼 스튜어트와 같이 수업을 들었던 사람 중에 누군가 그 기사를 읽고 전면에 나서 줄 테죠."

"제이미를 찾아서 이리로 데리고 와." 해리가 실라에게 명령했다.

그들은 제이미가 나타날 때까지 침묵 속에 기다렸다. 마침내 그가 나타났을 때, 피오나는 어느 정도 만족감을 느끼면서 앵거스 해리스가 방문한 이유를 설명했다.

제이미는 엄청나게 화를 냈다. "감히 내가 누구라고!" 그가 헉헉거렸다. "그건 내 대본이야. 다른 누구의 것도 아니라고. 그때 수업을 들었던 작자들은 그저 한 무리의 패배자나 다름없었어. 그래서 난 그 수업 자체를 아예 포기했었다고. 유명인이나 동경하면서 희망이라고는 조금도 보이지 않는 인간들에게 내 시간과 재능만 낭비하고 있었던 거지. 맞아, 그 스튜어트 캠벨이라는 작자가 누구였는지 기억나는군. 아무짝에도 쓸모없는 호모 자식이었다고."

앵거스가 그의 코에 주먹을 날렸고, 제이미는 비틀거리며 뒤로 물러났다. 그의 얼굴에서 피가 흘러내렸다. "경찰 불러!" 제이미가 울부짖었고, 피오나가 수화기를 집어 들었다.

30분 후 그곳에 도착한 해미시 맥베스는 자신을 반기는 목소리와 서로를 비난해 대는 목소리를 구분하려 애쓰며 안으로 들어갔다. 그중에서도 제이미 갤러거의 목소리가 가장 컸다. "이 개자식을 폭행죄로 고소하겠어!"

"잠깐만요," 해미시가 달래듯이 말했다. "앵거스 해리스 씨라고 하셨죠? 제가 이해하기로는 상황이 이렇게 된 것 같군요. 당신이 〈축구 열기〉의 대본을 죽은 친구의 유품 속에서 발견했고, 그래서 친구분이 그걸 쓴 거라고 결론지어 이리로 찾아온 거네요."

"난 그 친구가 쓴 게 분명하다는 걸 알아요." 앵거스 해리스가 대꾸했다. "그 친구 스타일이라고요."

"저자를 고소한다고!" 제이미가 말했다.

"잠시만요," 해미시가 온화하게 말했다. "이 원고 문제부터 처리해야 할 것 같네요. 내가 글래스고 경찰에 전화를 걸 테니까, 거기서부터 문제를 해결해 보죠. 그 수업에 참여했던 사람을 찾는 일은 그쪽에서 하는 게 더 쉬울 수 있으니까요."

제이미의 얼굴에서 분노가 서서히 사라졌다. "고소 건은 없던 얘기로 합시다. 스튜어트에게 호모라고 한 건 내가 미안해요. 난 법정에 드나들면서 시간을 낭비하고 싶지는 않아요. 당장에 해야 할 일이 있어서요."

"그렇지만 내 생각에 원고 문제는 수사를 해야 할 것 같은데요." 피오나가 점잖게 말했다. "표절은 정말 심각한 범죄니까요."

"이 나쁜 년!" 제이미가 소리 질렀다. "나 때문에 자리에서 떨려 난 걸 복수하려고 네가 꾸민 짓인 걸 모를 줄 알아!"

"내가 제대로 찾아왔군." 앵거스 해리스가 제이미에게 말했다. "당신이 〈축구 열기〉 같은 지적이고 즐거운 대본을 썼을 거라고는 단 1초도 믿을 수가 없어. 이제 당신은 죽은 목숨인 줄 알아."

"내가 조사해 보겠습니다." 해미시가 말했다. "당신이 화낼 만한 이유는 충분한 것 같네요, 해리스 씨. 그렇지만 함부로 사람을 치고 다니시면 안 됩니다." 그가 해리 프레임에게로 돌아섰다. "조사해 보고 뭐 나오는 게 있으면 알려 드리죠."

로호두에서는 마을 의사 브로디 선생이 시노선 목사의 아내에게서 매우 심란한 전화 한 통을 받았다. "마틴브로이드 여사 때문에 걸었어요. 누군가를 죽이겠다고 고래고래 소리를 지르면서 동네를 헤매고 다니는데, 우리 마을 맥리터 선생님은 지금 휴가 중이라서요."

브로디 선생은 시노선으로 차를 몰았다. 그리고 황량한 주도로에서 처음 마주친 사람이 바로 주먹을 불끈 쥐었다 폈다 하면서 길을 따라 위아래로 헤매고 있는 퍼트리샤였다.

의사는 차에서 내렸다. "마틴브로이드 여사 아니신가요? 제가 댁으로 모셔다 드리겠습니다."

"그냥 내버려 둬요." 퍼트리샤가 웅얼거렸다.

"숙녀분이 이런 식으로 헤매고 다니면 보기 안 좋습니다." 의사가 말했다.

그녀가 충격을 받은 듯한 멍한 표정으로 그를 올려다보다가 급기야는 울음을 터뜨렸다.

"차에 타세요." 의사가 강한 어조로 말했다.

그가 퍼트리샤의 집으로 차를 몰았다. 지난번에도 시노선 의사가 휴가 중일 때 한 번 방문한 적이 있어서 길은 알았다. 당시 퍼트리샤는 자신이 심장마비로 고생하고 있다고 생각했지만, 의사는 급성 소화불량 진단을 내렸다.

"자리에 앉으세요." 그녀의 집에 도착하자 의사가 말했다.

"그리고 대체 무슨 일로 이 지경까지 된 건지 제게 말씀해 보세요."

퍼트리샤는 이야기하고 또 이야기했다. 그녀는 의사에게 책 표지를 보여 주었다. 그리고 퍼넬러피 게이츠를 세트장에서 보았을 때 느꼈던 끔찍한 심정을 털어놓으며 서럽게 흐느꼈다. "이제 난 웃음거리가 되고 말 거예요. 그 갤러거라는 작자를 죽여 버리고 말겠어요."

"미친 사람처럼 혼잣말하면서 길거리를 헤매고 다니면 그거야말로 웃음거리가 되는 겁니다." 브로디 선생이 꾸짖듯이 말했다. 잠시 후, 그는 퍼트리샤가 많이 차분해지고 이성적으로 돌아왔음을 깨달았다.

"죄송해요." 그녀가 말했다. "내게 무슨 일이 일어난 건지 모르겠네요."

"여기 친구는 없으신가요?" 브로디 선생이 물었다.

"교회 신도들과는 알고 지내요."

"진짜 친구 말이에요. 어깨에 기대 울 수 있는 친구요."

"여기에는 그럴 만한 친구가 없어요." 퍼트리샤가 예의 그 속물근성을 드러내며 말했다. "여기 사람들과는 신분이 다르잖아요."

"나 같으면 그런 낡아 빠진 태도는 벗어 버리고 밖으로 나가 사람들에게 조금 더 다가갈 것 같네요. 그게 싫으시면 부인과 같은 부류에 속한다고 생각되는 사람들이 있는 곳으로 가시는 게 나을 테고요. 부인께 진정제를 드리지는 않을 겁니다. 저는 그 약효를 믿지 않거든요. 그렇지만 혹시라도 다시 오늘처럼 감당하기 어려울 만큼 기분이 안 좋아지면, 제게 전화를 걸거나 로호두에 있는 제 진료실로 오셔서 대화를 나눠 보시는 게 좋을 것 같네요. 이런 상황에서는 대화만큼 좋은 해결책이 없거든요."

차를 몰고 로호두로 돌아갔을 때, 브로디 선생은 해미시 맥베스가 부둣가를 따라 천천히 걷다가 자신에게 손을 흔드는 것을 보았다.

"대체 어떻게 된 겁니까? 작가 선생이 정신을 거의 놓아 버렸다면서요?" 해미시가 물었다.

"이곳 고지에서는 참 소문도 빠르게 퍼져." 의사가 말했다. "그 가여운 노파가 자기 작품이 무참하게 짓밟힌 걸 보고는 잠시 정신이 나갔어."

"전 이 드라마 제작 어쩌고 하는 게 다 마음에 안 들어요." 해미시가 말했다. "그게 드림 사람들에게 도움이 되면 좋기는 하겠죠. 제작사에서 돈으로 뭔가 할 수 있을 테니까요. 하지만 그 외에는 다 느낌이 안 좋아요. 그 피오나라는 여자 제작자는 각본가라는 제이미 갤러거 때문에 해고를 당했고, 글래스고에서 왔다는 젊은 남자 하나는 자기 친구가 쓴 〈축구 열기〉 대본을 제이미가 훔쳐서 자기 것인 양 써먹었다고 주장하고 있어요. 이미 폭력 사건도 일어났어요. 그 젊은 남자 이름이 앵거스 해리스인데, 그가 제이미의 코를 주먹으로 한 방 먹였거든요. 걱정스러운 점이 한두 가지가 아니에요. 아니면, 텔레비전 쪽 사람들이 원래 이런 식으로 일을 하는 걸까요!"

제4장

나는 외로운 거리를 걸어갔다.
바람이 노래하듯이 불어왔다.
경찰의 발걸음 소리를 들을 수 있었다.
앞뒤로 뚜벅이며 오가는.
윌리엄 메이크피스 새커리

고지인의 근검절약 정신이 뼛속까지 배어 있는 닐 시장은 드림성 앞마당에 세워 놓은 제작사 식당 트레일러에서 점심을 먹고 있었다. 화창한 날씨였고 모두가 기분 좋아 보였다. 퍼트리샤와 앵거스 해리스의 소동이 한바탕 일어난 지 일주일이 지난 날이었다.

피오나 킹이 들어와서 음식 한 접시를 담더니 그와 합석했다. "일은 잘돼 가고 있나요?" 그가 물었다.

"제이미가 어딘가 멀찍이 떨어져 처박혀 있는 까닭에 모든 게 순조롭게 진행되고 있어요." 피오나가 대꾸했다. "해리는 대본 내용을 좀 바꾸고 싶어 하는데, 제이미가 어디로 가는지 알리지도 않고 가서 지금 엄청나게 화가 나 있어요."

"자기 친구가 〈축구 열기〉 대본을 썼다고 주장하는 그 젊은이와 무슨 관련이 있나요?"

"그럴 수도 있죠. 제이미가 영원히 나타나지 않았으면 좋겠네요. 만약 내 맘대로 하라고 하면, 난 다른 각본가를 투입할 것 같아요. 그의 대본에서는 생기라고는 느껴지지 않아요. 물론 해리는 전적으로 찬성하고 있기만, 내 눈에는 너무 구식 같아 보이거든요. 혹시 드라마 〈발리키스에인절〉 보셨어요?"

"예, 봤어요."

"사실, 그건 켈트족의 엉뚱하고 별난 기질, 그것도 아일랜드 켈트족의 특이한 기행을 그려 내는 작품이지만, 그럼에도 언제까지나 대중의 사랑을 받을 게 확실하죠. 위안도 되고, 재미있고, 사려 깊기까지 하니까요."

"난 당신이 추구하는 자질이 사려 깊음이라고 생각하지는 않았는데요." 시장이 눈을 반짝였다. "당신이 일요일 저녁 시간대 시청자를 어떻게 매도했는지, 나도 주워들은 바가 있거든요."

"그동안 난 변했어요." 피오나가 말했다. "나는 성공하고 싶어요. 게다가 이곳에는 뭔가가 있어요. 삶의 질이 달라요."

"오늘 날씨가 화창하기는 하죠." 시장이 조심스럽게 말했다. "이런 날씨에는 드림조차도 살기 좋은 곳으로 보이는 법이니까요. 하지만 이곳은 과한 열정과 경쟁의식이 있는 곳입니다. 특히 길고 어두운 겨울철에는 정말 살기 힘든 곳이 될 수도 있어요."

피오나가 몸을 부르르 떨었다. "제발 겨울은 다시 떠올리게 하지 마세요. 정말이지 우리 모두 얼어 죽는 줄 알았어요. 심지어 제이미는 저체온증에서 구사일생으로 살아났잖아요. 워낙 술을 많이 마셔서 실라와 나보다 훨씬 심각한 상태가 됐던 거지만요."

"마틴브로이드 여사에 관한 소식은 없었나요?"

"네, 정말이지 작가들이란 지긋지긋한 종족이에요."

"그건 그렇고, 난 당신이 이미 해고된 줄 알았어요."

피오나가 한숨을 쉬었다. "오늘이 내가 여기 있는 마지막 날이 될 뻔했죠."

해리 프레임의 커다란 체구가 문간을 어둡게 가렸다. "이젠 정말로 제이미가 어디로 갔는지 알아내서 데려와야 할 것 같아." 그가 말했다. "실라에게 찾아보라고 했어."

그 순간 토멜성 호텔 지배인은 실라를 위해 제이미의 방 문을 따고 있었다. "그가 짐을 챙겨서 떠난 건 아닌지 확인하고 싶어서 그래요." 실라가 말했다.

존슨 씨가 문을 활짝 열었다. "들어가 보세요."

실라는 찌든 담배 연기와 위스키 냄새에 인상을 찌푸리며 안으로 걸어 들어갔다. "청소 직원이 아직 여기는 치우지 못한 모양이네요." 존슨 씨가 말했다. "늦은 시간이라는 건 알지만, 일손이 많이 달려서요. 그럼 혼자 천천히 둘러보세요. 다 보고 나서 열쇠는 접수대에 맡기시면 됩니다."

실라는 옷장 문을 열었다. 셔츠 여섯 장과 정장 한 벌, 파카 한 점, 우비 한 점이 걸려 있었다. 옷장 바닥에는 부츠와 구두 몇 켤레가 놓여 있었다.

그녀는 뒤로 물러섰다. 옷장 꼭대기에는 제이미의 여행 가방이 있었다. 실라는 욕실로 들어갔다. 오래 사용한 듯한 칫솔과 압착 롤러에 끼워 둔 치약 하나가 세면대 위에 놓인 컵 속에 세워져 있었다.

그녀는 돌아서서 방으로 들어가 침대 옆 탁자 서랍을 열었다. 그리고 제이미의 차량 열쇠와 운전면허증을 빤히 내려다봤다.

실라는 침대에 걸터앉았다. 제이미가 어디 있든 간에 가까운 곳에 있는 것은 분명했다. 어쩌면 어딘가에서 술에 취해 뻗어 있는지도 모를 일이었다. 하지만 그때 실라는 자신이 걸터앉은 침대에 사람이 사용한 흔적이 없다는 사실을 깨달았다. 지배인은 청소 직원이 아직 방을 치우지 않았다고 말하지 않왔던가.

그녀는 어쩌면 제이미가 표절 의혹에 기분이 상해 있을지도 모른다는 생각이 들었다. 아니, 잠깐만, 그건 피오나의 표현이었다. 사실 제이미는 원고 하나를 통째로 훔쳤다는 혐의를 받지 않았는가.

실라는 경찰서로 찾아가 그 친절한 경찰을 만나 보기로 했다. 그라면 이 지역 술집에 관해 잘 알고 있을 테니 어디에 가서 제이미를 찾아야 할지도 알고 있을 터였다.

부둣가를 따라 차를 몰고 가는 동안, 그녀는 햇빛이 따스하게 내리비추는 로흐두의 풍경과 겨울철 황량하기만 하던 하얀 지옥의 대조적인 모습을 떠올리지 않을 수 없었다. 자신이 이곳에 있다는 사실이 너무도 이상하게 느껴졌다. 그녀뿐 아니라 글래스고에 있는 친구들도 스코틀랜드의 먼 북쪽에 있는 이 지역에 관해서는 거의 알지 못했다.

장미가 경찰서 정문 위에 걸린 파란 등을 넝쿨로 칭칭 휘감아 돌며 흐드러지게 피어 있었고, 해미시 맥베스는 앞마당에서 눈을 감은 채 태양을 올려다보며 휴대용 접의자에 기대 누워 있었다.

실라는 양해를 구하는 듯한 헛기침을 했다. 해미시가 눈을 떴다. "명상 좀 하는 중이었어요." 그가 방어적으로 말했다. "커피 한잔 드실래요?"

실라는 그 제안을 받아들였다. 그러자 해미시가 말했다.

"여기 앉아 계세요. 내가 들어가서 커피를 타고 의자도 하나 더 내올게요."

그녀는 갑판 의자에 기대앉았다. 무척이나 평화로웠다.

길가에 있는 학교 교실에서 아이들이 구구단 4단을 외우는 소리가 들려왔고, 협만 위 어딘가에서 배 한 척이 게으르게 통통거렸다. 머리 위 푸른 하늘에는 말똥가리 두 마리가 날아가고 있었다.

해미시는 작은 탁자 하나를 정원에 내다 놓고 자신이 앉을 의자도 하나 가져다가 실라 옆에 놓았다. 그런 다음 다시 집 안으로 들어가 커피잔과 비스킷 접시가 놓인 쟁반 하나를 들고 나타났다.

"자, 그럼," 그가 실라 옆에 앉아 편안하게 말했다. "무슨 일로 오셨나요?"

"제이미를 찾을 수가 없어요."

실라는 해미시가 진심으로 걱정하는 듯한 모습에 놀랐다.

"그거 안 좋은데요." 그가 말했다. "호텔 방은 확인해 봤나요?"

"했어요. 그런데 짐은 그대로 남아 있어요. 자동차 열쇠와 칫솔까지도요. 그를 찾아오라는 지시를 받았는데, 어디서부터 시작해야 할지 모르겠어요. 어디 술집에 틀어박혀 있는 것 같아요."

"어젯밤 술집이 문 닫던 시간에는 아무 데도 없었어요." 해미시가 말했다. "내가 순찰을 돌았거든요. 운전해서 집에 갈 수 없을 만큼 취한 사람에게서 자동차 열쇠를 빼앗으려고요. 그를 마지막으로 본 게 언제죠?"

"어제 이른 저녁이요. 우린 드림 위쪽 산에 올라가 있었어요. 드라마가 원래 죽 시간순으로 찍는 게 아니라 장면별로 나눠서 찍거든요. 어제는 레이디 해리엇이 살인자에게 쫓겨 산 위로 올라가는 장면을 촬영했어요. 헬리콥터를 사용할 수 있을 때 그 장면을 촬영해야 해서요. 모든 장비를 산 위로 옮겨 가야 했거든요. 제이미도 그때는 거기 있었어요. 소리 지르면서 온갖 지시를 내리고 모든 사람을 모욕해 대면서요. 그가 그 원고를 도용한 건지 아닌지는 알아냈나요?"

"스트래스클라이드 경찰에 있는 친구에게 조사를 부탁했어요. 아직은 아무런 소식이 없네요. 그 앵거스 해리스라는 젊은이는 아직 촬영장 근처에 있어요?"

"며칠 있다가 떠났어요."

"제이미가 산에서 내려온 건 봤나요?"

실라가 이맛살을 찌푸렸다. "기억이 안 나요. 우리 같은 말단 스태프들은 산에서 걸어 내려왔거든요. 어떤 산인지 알아요?"

"무척 가파르지만, 오르내리기는 수월한 산이죠."

"맞아요, 그 산이요. 내 생각에 제이미는 헬기를 타고 내려왔을 거예요."

"그가 무슨 옷을 입고 있었나요? 등산복 차림이었어요?"

"아, 두꺼운 부츠에 청바지, 격자무늬 셔츠 그리고 작업복 재킷 차림이었어요. 해는 있었는데, 날씨는 상당히 추웠거든요."

"커피 마저 마셔요." 해미시가 말했다. "난 옷 갈아입고 나올게요."

햇살 속에 앉아서 실라는 제이미에게 뭔가 심각한 일이 일어났을지도 모른다는 불길한 느낌을 애써 떨쳐 냈다. 주요 범죄 사건이라고는 다뤄 본 적이 없는 마을 경찰이 괜히 방송사가 나와 있으니 지나치게 행동하고 있는 게 분명했다.

해미시가 셔츠와 튼튼한 코르덴 바지와 재킷을 걸치고 등산화에 배낭까지 짊어진 차림으로 나타났다. "당신은 촬영장으로 돌아가 있어요. 내가 그 산에 다시 올라가 볼게요."

드림 뒤쪽의 비탈진 산길을 터벅이며 올라가는 동안, 해미시는 지금 자신이 누군가 좋아하는 사람을 찾아가는 거라면 얼마나 좋을까 생각했다. 그는 높이 솟은 산 위쪽을 올려다봤다. 뒤에서 잭 케네디가 따라오고 있었다. 그는 그저께 제작사가 촬영을 진행했던 장소가 어디인지 해미시에게 알려 주겠다며 가게를 아내에게 맡겨 둔 채 자원하고 나섰다.

"그 얼간이는 분명히 만취해서 죽어 자빠져 있을 겁니다." 잭이 말했다. "이 영화 산업이라는 게 여자들이 사방으로 뛰어다니면서 암탉처럼 꼬꼬댁거리게 한다니까요."

"마을 여자 중에 산에 함께 올라갔던 사람이 있나요?"

"없어요. 그날 일찍이 다들 떼로 몰려 있는 장면을 촬영했는데, 우리 집사람 아일사도 선웃음을 짓고 아무 말이나 지껄여 대면서 아주 바보짓을 하더라고요."

그들은 힘들여 위로 올라가서 두 개의 바위 절벽 사이로 구불구불 나 있는 가파른 길에 이르렀다. 어느새 마을의 소음이 사라지고 사방이 고요했다. 등산화가 바위를 긁어 대고 잭이 헐떡이는 소리만이 들려올 뿐이었다. 잭은 등반이 너무 힘들다는 걸 막 깨닫기 시작한 참이었다.

해미시는 가시금작화 덤불에 실밥 두 가닥이 얽혀 있는 것을 보고 그것을 빼내서 셀로판 봉투에 집어넣었다.

오르막을 한참 올라간 끝에, 그들은 꼭대기의 헤더가 만발한 고원에 도착했다.

잭이 갑자기 털썩 주저앉으며 헐떡였다. "여기가 촬영했던 장소예요."

"좀 쉬어요." 해미시가 말했다. "나는 주변을 둘러볼게요."
잭은 헤더 밭에 몸을 눕히고 눈을 감았다.

해미시는 여기저기 걸어 다니며 주변에 아무렇게나 던져진 이런저런 쓰레기를 집어 들었다. 구겨진 담뱃갑, 빈 콜라 캔, 담배꽁초, 초콜릿 비스킷 포장지, 종이컵 등이었다. 그는 가지고 온 비닐봉지에 쓰레기를 주워 담아서 바위 위에 봉투를 내려놓은 후 돌을 하나 집어 그 위에 괴 놓았다.

그는 손으로 눈 위를 가렸다. 말똥가리 한 마리가 온난 상승기류를 타고 게으르게 날고 있었다. 그때 뿔까마귀의 거친 울음소리가 들려와 그는 소리가 나는 쪽으로 걸음을 재촉했다.

평원은 황량하고 넓게 트인 자갈 비탈로 뚝 떨어져 내려갔다. 그곳 자갈 비탈 위 헤더 밭에 제이미 갤러거가 똑바로 누워 있었다. 까마귀 두 마리가 시체의 눈알을 파먹고 있었다.

해미시는 역겨움에 양손을 휘저으며 아래로 미끄러져 내려갔다.

"쟉!" 그가 불렀다. "여기예요! 이쪽이에요!"

곧 쟉의 커다란 덩치가 그의 위로 나타났다. "아이고, 맙소사." 쟉이 고개를 돌렸고, 곧 구역질하는 소리가 들려왔다.

해미시는 힘겹게 몸을 비틀어 등에 짊어진 배낭에서 휴대전화를 꺼냈다. 스트래스베인 경찰 본부로 전화를 걸려고 했지만, 신호가 잡히지 않았다. 고지의 산속에서 싸구려 휴대전화를 사용하면 흔히 겪는 일이었다.

"쟉!" 해미시가 소리 질렀다. "나는 여기 시체와 함께 있어야 하는데, 전화가 안 터져요. 가서 도움을 요청해요. 스트래스베인으로 전화를 걸어요!"

아일사 케네디는 부둣가에 서서 마을 위로 높이 솟은 산꼭대기를 보려고 성능 좋은 망원경을 들고 손으로 조작하고 있었다. "오늘 저녁에 자기와 함께 스트래스베인에 갈 수 있을지 모르겠어." 그녀가 홀리에게 초조한 목소리로 말했다. "쟉이 그 로흐두 경찰하고 산에 올라갔거든. 자기도 우리 그이 성격 알잖아. 산에서 돌아왔는데 집도 비어 있고 차도 준비돼 있지 않으면, 아마 엄청나게 화를 낼 거라고."

"남편이 자기한테 독불장군처럼 굴도록 그냥 내버려 두면 안 돼." 홀리가 말했다.

아일사가 빨간 머리를 홱 치켜들었다. "아무도 나한테 독불장군 노릇은 못 해. 잠깐만, 저기 오고 있네." 아일사가 망원경을 낮추었다. "얼굴이 새하얗게 질려 있어. 제정신이 아닌 것 같은데."

"산에는 뭐 하러 올라갔는데?" 홀리가 물었다.

"그 각본가를 찾는다고 갔어."

"뭔가 나쁜 일이 일어났나 봐." 홀리가 말했다. "에디, 앨리스!" 그녀가 손을 흔들어 두 여자를 불렀다. "그 각본가에게 무슨 일이 생겼대. 쟉이 그를 찾으러 올라갔는데, 지금 완전히 정신 나간 사람처럼 돌아오고 있어."

에디와 앨리스가 더 많은 사람을 불러 모았다. 소문은 드럼성에까지 퍼져 나갔고, 쟉이 마을로 달려왔을 때는 마을 사람 모두가 그를 기다리고 있었다.

"그가 죽었어요!" 쟉이 소리 질렀다. "눈알도 없어요. 그가 죽었어요!"

피오나가 살짝 몸을 돌렸다. 실라는 그녀가 "하느님 고맙습니다"라고 혼잣말하는 소리를 들었다.

"그가 죽었을 리가 없어." 해리 프레임이 소리 질렀다. "그런데 눈이 없다는 소리는 뭐야?"

"해미시가 경찰에 전화를 걸라고 했어요." 쟉이 헐떡이며 가게 안으로 달려 들어갔다. 문을 통과해 들어갈 수 있는 사람은 모두 안으로 들어가 그의 주변에 몰려섰다.

쟉은 스트래스베인 경찰서로 전화를 건 후, 계산대 뒤에 놓인 의자에 주저앉았다. 그리고 계산대 아래서 위스키 한 병을 꺼내 들어 병째 길게 들이마셨다.

"대체 눈이 없다는 게 무슨 말입니까?" 해리가 계산대 쪽으로 사람들을 밀치고 들어서며 물었다.

충격에서 회복되어 이제는 이 극적인 상황을 즐기기 시작한 쟉이 시체의 끔찍한 모습을 모두에게 설명했다.

"그는 이 사실을 알고 있었어요." 실라가 피오나에게 말했다.

"그가 누구야? 그리고 뭘 알았는데?" 피오나가 날카롭게 물었다.

"해미시 맥베스, 그 경찰이요. 내가 도움을 청하러 찾아갔었거든요. 제이미가 혹시 만취 상태로 쓰러져 있을지 몰라 여기저기 술집을 좀 찾아다녀 보려고요. 그런데 그가 제이미 일을 너무 심각하게 받아들이면서 자기가 어제 우리 회사가 촬영했던 곳으로 당장 출발하겠다고 하더라고요. 그는 뭔가 잘못되었다는 걸 알고 있었던 거예요."

피오나는 얼굴이 하얗게 질리더니 정신을 잃었고, 앞뒤에서 밀어 대는 사람들이 아니었다면 가게 바닥에 그대로 쓰러질 뻔했다.

산 위에서 해미시 맥베스는 시체를 흘낏거렸다. 그는 제이미가 급성 알코올 중독으로 죽었을지도 모른다는 가망 없는 희망에 매달렸다. 하지만 시체의 머리를 베개처럼 받치고 있는 탄력 있는 헤더 뭉치를 아래로 눌러 보고는 낭패감에 작게 탄식을 내뱉었다. 시체의 뒤통수는 뭉개져 있었다. 시신을 뒤집어 자세히 살펴보고 싶었지만, 현장을 보존해야 한다는 사실을 알고 있었기에 참아야만 했다.

그는 발뒤꿈치를 들고 주저앉아 주변을 둘러봤다. 만약 제이미가 뒤에서 뭔가 둔탁한 물체에 맞아 쓰러진 거라면 왜 엎

드린 방향으로 쓰러지지 않았을까? 어쩌면 제이미가 확실히 죽었는지 확인하기 위해 살인자가 시체를 돌려 눕혔을지도 모른다.

헤더 들판의 문제점은 발자국을 남기지 않는다는 점이었다. 그건 그렇고 대체 누가 살인을 저질렀을까? 앵거스 해리스가 전날 밤까지도 여기에 남아 있었을까? 아니면 피오나? 아니면 퍼트리샤?

이런 날 날씨가 이처럼 완벽하다는 사실이 참으로 역설적으로 느껴졌다. 관광객들은 경치를 감상하겠다고 일부러 멀리 서덜랜드까지 찾아왔지만, 이곳의 산들은 자주 안개에 휘감겨 있었고, 마을은 퍼부어 대는 빗줄기에 흠뻑 젖어 잿빛으로 어둡기 일쑤였다. 그러나 오늘은 소풍하기 좋고 게으르게 늘어져 있기도 좋은 휴일이었지, 눈알이 까마귀에게 파먹힌 죽은 남자와 함께 산꼭대기에 앉아 있을 만한 날은 아니었다.

그때 멀리서 경찰 사이렌 소리와 헬기 프로펠러가 털털거리는 소리가 들려왔다. 그에게는 일생의 골칫거리인 스트래스베인의 블레어 경감은 얼마 전 휴가를 떠났다. 운이 좋으면 아직도 휴가 중일지 몰랐다. 그러나 헬기가 갑자기 산꼭대기로 치솟아 올랐다가 헤더 평원으로 하강하기 시작하는 동안, 해미시는 아래쪽을 흘낏거리는 블레어의 뚱뚱하고 못생긴 얼굴을 알아봤다.

헬리콥터가 착륙했고, 블레어가 두 명의 부하 수사관 해리 맥내브와 지미 앤더슨과 함께 헬기에서 내려 천천히 회전하는 날개 아래로 종종걸음 치기 시작했다. 그들 뒤에는 키가 크고 비쩍 마른 병리학자 싱클레어 씨가 서 있었는데, 오랜 세월 사체를 검시하는 일이 천성을 멍울지게 하기라도 했는지 여느 때처럼 뚱한 표정이었다.

"이게 다 무슨 일이야?" 서서히 잦아드는 헬리콥터 엔진 소리 위로 블레어가 소리 질렀다.

"죽은 사람은 제이미 갤러거라고 하고, 스트래스클라이드 텔레비전이 이곳에서 촬영 중이던 탐정 드라마 시리즈의 각본을 쓴 사람입니다." 그리고 해미시는 시체를 찾아낸 경위를 설명했다.

"가학적인 살인이군." 블레어가 말했다. "누군가 눈알을 파냈어."

"까마귀예요." 해미시가 말했다. "까마귀들이 얼굴에 들러붙어 있었어요."

"그럼 살인이 아닐 수도 있다는 건가?"

"뒤통수가 뭉개져 있습니다."

"아, 그렇군. 그런데 자넨 그걸 어떻게 알아냈나? 시체는 하늘을 보고 누워 있는데?"

"시신에는 손도 대지 않았습니다. 그의 머리가 놓인 곳의 헤더를 밑으로 눌러 봤어요."

블레어가 툴툴거렸다. 또 다른 헬기가 착륙하기 위해 하늘에서 포효하더니 감식반을 현장에 내려 주었다.

시체 위로 천막이 세워졌다. 돌아서 있던 블레어가 다시 홱 돌아섰다. "자네는 마을로 돌아가서 자네 임무에나 충실하게, 맥베스. 여긴 우리 전문가들이 책임질 테니까."

"용의자가 대단히 많습니다." 해미시가 날카롭게 말했다.

"아, 그래, 그렇다면 자네 보고서에 다 집어넣게. 내가 나중에 지미 앤더슨을 보내 줄 테니까."

해미시는 짜증이 잔뜩 난 채로 산에서 내려갔고, 바로 그때 피터 데이비엇 총경을 태운 또 한 대의 헬리콥터가 현장에 내려앉았다. 대체 무슨 돈으로 이 모든 헬리콥터 출동 비용을 대는 거야, 해미시는 생각했다. 이런 식이면 올해 남은 기간 모든 경찰의 경비가 삭감될 게 뻔했다.

데이비엇 총경이 블레어에게 성큼성큼 다가가 보고를 들었다.

"해미시 맥베스는 어디 있나?" 블레어가 보고를 끝내자 총경이 물었다.

"해야 할 일이 있어서 내려보냈습니다. 그가 여기에 있을 필요는 없으니까요."

"그가 용의자에 관해 알고 있는 내용은 없나?"

"있었습니다. 그에 관해 뭐라고 하긴 하더라고요."

"맙소사, 이 사람아, 해미시야말로 누가 범인일지 추론해 낼만 한 좋은 아이디어가 있을 거야. 종종 생각해 봤는데 말이네, 블레어, 그 마을 순경에 대한 자네의 질투심이 수사에 방해가 되지 않게 하는 게 좋을 거야. 내가 직접 맥베스를 만나러 가 봐야겠군."

데이비엇 총경이 헬리콥터를 향해 성큼성큼 걸어갔다. 블레어는 숨죽여 욕설을 내뱉었다. 그는 해미시 맥베스가 장황한 고지 헛소리 외에는 아무 할 말이 없기를 간절히 기도했다.

해미시가 경찰서에 도착했을 때 데이비엇 총경이 그를 기다리고 있었다.

"안으로 들어가지." 데이비엇 총경이 말했다. "들어가서 자네가 알고 있는 사실을 얘기해 보게."

해미시가 총경을 경찰서 사무실로 안내하고는, 소매로 책상의 먼지를 문질러 닦았다.

"자, 처음부터 시작해 볼까. 누가 피해자가 죽기를 바랐을 것 같은가?"

그래서 해미시는 자신이 드림성을 추천했던 순간부터 그간 무슨 일이 있었는지까지 개괄적으로 이야기하기 시작했다.

"자네는 왜 드림을 추천했는가?" 총경이 그의 말을 자르며 물었다. "들어가기도 힘들고, 그렇다고 경치가 좋은 곳도 아니잖나."

해미시가 그를 향해 모호한 표정을 지어 보였다. "그 드라마가 수사물이라는 얘기를 들었을 때, 조금은 삭막한 장소가 필요할 것 같다는 생각이 들었습니다."

그는 피해자가 퍼트리샤 마틴브로이드의 작품을 난도질해 놓은 탓에 원작자가 겪어야 했던 고통에 관해서도 이야기했다. 피오나의 해고와 앵거스 해리스라는 청년이 찾아와 자기 친구의 원고를 각본가 제이미 갤러거가 훔쳤다고 비난했던 사건에 관해서도 들려주었다. 그리고 이렇게 이야기를 마쳤다. "제이미 갤러거는 야비한 알코올 중독자였습니다. 보아하니 모두를 괴롭히며 돌아다녔던 것 같습니다."

"누군가 실제로 제이미의 목숨을 위협한 적이 있나?"

"그럼요, 드라마 원작자도 그중 한 명인걸요." 해미시가 약간 주저하며 말했다.

"그럼 그녀를 불러들여야겠군. 자넨 보고서를 작성하게. 그리고 블레어와 함께 수사에 참여하고."

"예, 노력해 보겠습니다." 해미시가 한숨을 쉬었다. "하지만 경감님은 저와 함께 일하고 싶어 하지 않을 텐데요."

"그도 좋은 사람이야. 일도 열심히 하고."

취하지 않았을 때는 그렇겠죠, 해미시는 생각했다.

"물론 그가 자네를 좀 시기하고 있다는 건 나도 아네. 그건 그렇고, 할버턴스마이스 양은 잘 지내고 있는가?"

해미시는 얼굴을 붉혔다. 그는 한때 프리실라 할버턴스마이스와 약혼한 사이였고, 그 덕분에 데이비엇 총경에게 각별한 관심을 받기도 했다. 특히 극도로 속물인 데이비엇 부인의 총애도 받았다.

"프리실라는 런던에 있습니다." 해미시가 말했다.

"토멜성 호텔에서 부친을 도와 일하는 게 아니고?"

"그럴 필요가 없거든요. 호텔 지배인이 일을 굉장히 잘해서요."

데이비엇 총경이 작은 소리로 껄껄 웃었다. "자네들 사이가 잘 진전되지 않아서 안타깝군. 우리 집사람이 가장 크게 실망했어. 하지만 한편으로는 프리실라 할버턴스마이스 양이 동네 순경의 아내가 되리라고 누가 상상이나 할 수 있겠나."

"그건 그렇죠." 해미시는 차분한 성품과 매끄러운 금발이 매력적인 프리실라의 화사한 모습을 머릿속에서 밀어내려 애쓰며 대꾸했다.

"어쨌든, 자네는 보고서부터 작성하게. 블레어는 나중에 자네와 합류할 테니." 전화벨이 큰 소리로 울리기 시작했다. 해미시가 수화기를 집어 들었다. 블레어의 흉포한 목소리가 데이비엇 총경을 바꿔 달라고 말했고, 해미시는 수화기를 넘겨주었다.

데이비엇 총경이 조용히 듣고 있다가 탄성을 지르며 대답했다. "잘됐군. 아주 잘했어. 아무래도 우리가 범인을 잡은 것 같은데. 잘하면 내일 수사를 마무리할 수도 있겠어."

총경이 전화를 끊었다. "블레어가 글래스고 경찰서에서 전화 한 통을 받았는데, 그곳 경찰 두 명이 이번 드라마 시리즈 주연을 맡은 퍼넬러피 게이츠의 남편 조시 게이츠가 세인트 빈센트 거리 한복판에서 '내 이놈을 죽여 버리고 말겠어'라고 소리 지르는 걸 목격했다고 하네. 알고 보니 그는 자기 아내가 다양한 작품에서 야한 역할을 맡는 것에 분노해서 수도 없이 행패를 부린 모양이야. 덕분에 그쪽 업계에서는 아주 잘 알려져 있다고 하는군. 그가 스미스 서점에 가서 신간 자료 목록을 보여 달라고 하고는 '이 난잡한 년!'이라고 소리 지른 다음, 서덜랜드 토지측량부 지도를 한 부 달라고 했다네. 판매 보조원 말에 따르면, 그 신간 자료 목록에서 퍼넬러피 게이츠의 벌거벗은 모습이 나와 있는 『만조의 사건』 표지가 실린 쪽이 펼쳐져 있었다고 하는군. 그러니 이제 우린 그를 찾아내기만 하면 되는 거지."

해미시는 짜증이 잔뜩 난 채 소외감을 느끼며 보고서를 작성했다. 대체 무슨 일이 일어나고 있는지 알고 싶어 조바심이 났다. 조시 게이츠가 살인을 저질렀을까? 그렇다면 그자는 어딘가에 숨어 있을 터였다.

그는 퍼트리샤 마틴브로이드가 이 소식을 들었을지 궁금했다. 분명히 지금쯤이면 살인 사건에 관한 소식은 들었을 터였다. 그리고 앵거스 해리스는 어디 있을까?

지미 앤더슨이 그를 찾아왔을 때는 저녁 8시였다. 지미의 긴 코가 햇볕에 붉게 그을려 있었다.

"보고서는 다 작성했어요?" 지미가 지친 몸으로 의자에 기대앉으며 물었다.

"벌써 스트래스베인으로 보냈어요." 해미시가 말했다. "컴퓨터의 경이로움 덕분이죠."

"음, 이번 사건은 멋지게 마무리되었어요. 술 좀 있어요?"

그들은 부엌에 있었다. 해미시는 찬장으로 가서 싸구려 위스키 한 병을 꺼내 왔다. 지미에 관해 오랫동안 잘 알고 있던 그로서는 좋은 몰트위스키를 지미에게 낭비하고 싶지 않았다. "그래 결국에는 조시 게이츠가 범인인 건가요?"

"맞아요, 그가 범인이에요."

"자백했어요?"

"아니요, 붙잡았을 때 이미 죽어 있었어요."

"그렇다면 어떻게 그가 범인인 걸 알았어요? 사인은 뭐예요?"

"병리학자의 보고서를 기다리고 있지만, 보기에는 자기 구토물에 질식사한 것 같아요. 드림 외곽의 길옆에 있는 언덕에 누워 있었어요. 마을 사람 하나가 발견해서 신고했죠."

"그런데 그가 범인이라는 건 어떻게 알았는데요?" 해미시가 성급하게 물었다.

"양손에 피가 묻어 있었어요. DNA도 확인해 볼 거예요. 그렇지만 우린 그게 제이미의 혈흔으로 밝혀질 거라고 거의 확신해요."

"그의 아내는 거기에 관해 뭐라고 해요?"

"그가 원래 폭력적인 사람이라 이번 드라마 촬영만 마치고 나면 어쨌든 그를 떠날 작정이었다고 하더라고요."

"사건이 너무 편리하게 해결되네요." 해미시가 투덜거렸다. "그럼 촬영은 어떻게 되는 거예요? 취소한대요?"

"아니요, 내 생각에는 해리 프레임이 이번 사건으로 굉장한 홍보 효과를 볼 작정인 것 같아요. 글래스고로 돌아가서 잠시 쉰 뒤에 다른 각본가를 알아볼 거라고 하더라고요."

"왜 다른 사람을 알아봐요? 제이미가 이미 대본을 다 쓴 거 아니었어요?"

"그는 처음 2화하고 배역, 줄거리, 배경, 장소 등이 적힌 소위 자기 '성서'라는 것만 써 놨대요. 그러니 남은 대본을 쓸 누군가나 누군가들이 필요하겠죠. 아니면 완전히 대본을 새로 쓰거나요. 피오나 킹 말로는 제이미의 대본은 완전히 쓰레기였대요."

"그럼 그녀는 해고되지 않고 그냥 남게 되는 건가요?"

"난 그 여자가 해고된 줄도 몰랐어요."

"제이미가 해고했었거든요. 아주 야심 찬 여자예요, 적어도 내 생각에는요."

"어이쿠, 이젠 그 여자는 물론이고 다른 누구도 더는 걱정 안 해도 돼요. 얼마나 다행이에요, 벌써 사건이 해결됐으니. 거기 드림이라는 곳은 왠지 사람을 으스스하게 만드는 곳이거든요."

해미시는 생각에 잠긴 채 그를 바라봤다. 지나치게 딱딱 들어맞는 듯해서 어쩐지 마음이 편치 않았다. 조시는 자기 손에 피를 묻힌 채 시체로 발견됐다. 하지만 왜 손에 피가 묻어 있을까? 만약 그가 제이미의 뒤통수를 바위나 병이나 뭔가 단단한 물체로 후려친 거라면, 그리고 그럴 수 있을 만큼 가까이 있었다면, 피는 손뿐 아니라 옷에 사방으로 튀었을 터였다.

"이렇게 한번 생각해 보면 어떨까요." 해미시가 천천히 말했다. "조시는 제이미가 이미 살해된 후에 그의 시체를 보게 된 겁니다. 그런데 그때는 제이미가 머리 뒤쪽을 가격당했기 때문에 엎드려 있었으리라고 생각해 볼 수 있는 거죠. 그리고 조시는 그가 죽었는지 확인하기 위해 시체를 뒤집어 본 거고요."

"그런 걸 뭐 하러 신경 써요?" 지미가 위스키를 다 마신 다음 유리잔을 내려놓고 자리에서 일어섰다. "다 끝났잖아요."

곧 스트래스클라이드 직원들과 배우들과 기자들이 드림에서 모두 철수했다. 그들이 떠났다는 사실을 확인이라도 하는 듯이 날씨가 바뀌더니 따뜻한 바람이 대서양에서 드림의 긴 협만으로 비를 불러들였다. 산꼭대기는 안개로 뒤덮였다. 축축함이 모든 것을 관통해 갔고, 마을 사람들의 기분도 몹시 날카로워졌다.

흥분과 화려함은 모두 사라졌다. 에디의 에어로빅 수업에도 결심이 굳은 여성 두 명만이 출석했고, 미용실로 이용하던 앨리스의 거실도 텅 비어 버렸다.

제솝 목사는 '외부 침략군'이 떠나갔으니 기뻐해야 한다고 생각했지만, 왠지 마음이 편치 않았다. 모두가 아무 일도 아닌 일로 다투었고 불만스러워 보였다.

그는 아내가 교구 운영에 별로 도움이 되지 않는다고 느꼈다. 작고 평범한 외모의 아일린 제솝은 마을과 관련된 일에는 아무런 관심이 없었다. 하지만 제솝 목사는 자홍색 털실로 뭔가 뭉실뭉실한 것을 뜨고 있는 아내의 모습을 바라보면서 마을 여자들에게 뭔가 흥미로운 것을 찾아 주는 게 바로 목사 부인으로서 그녀의 임무라고 엄숙하게 생각했다.

"내가 뭘 도와주면 되겠어요?" 아일린이 목사관 거실의 침침한 불빛 속에서 그를 향해 근시처럼 눈을 깜빡이면서 물었다. 제솝 목사는 돈을 절약하기 위해 소켓에 무조건 40와트짜리 전구를 끼워야 한다고 주장하는 사람이었다.

"당신이 뭔가 부인네들이 할 만한 활동을 조직해 보면 좋을 것 같네요." 목사가 심술궂게 말했다. "직물을 짜든 뭘 하든 말입니다."

"그 사람들이 왜 직물 같은 걸 짜고 싶어 하겠어요?" 아일린이 물었다. "여자들은 막스앤드스펜서 같은 백화점에서 옷을 사 입잖아요. 그리고 나는 물레질할 줄 몰라요."

"그럼 뭐라도 생각해 봐요. 당신은 '좋은 아침입니다, 좋은 저녁이네요'라는 말 말고는 마을 여자들과 단 한 마디도 나누지 않잖아요. 그들과 사귀어 보라고요."

아일린이 한숨을 억눌렀다. "내가 할 수 있는 일이 있나 볼게요."

처음에 아일린은 남편의 입을 다물게 하려고 일종의 모험처럼 그 일을 생각해 냈다. 다음 날 그녀는 용기를 내서 잡화점으로 갔다. 아일사가 계산대에 기대서 손톱을 손질하고 있었다.

"어머, 어쩐 일이세요, 제솝 부인?" 아일사가 물었다.

"제가 마을 여성들을 위해 무슨 모임이라도 조직해 볼까 생각 중이거든요." 아일린이 소심하게 말했다. "스코틀랜드 전통춤이라든가, 뭐 그런 걸 배워 봐도 좋을 것 같고요."

"전통춤은 우리도 다 출 줄 알아요." 아일사가 안타깝다는 듯이 살짝 미소 지었다. "실은 다들 드라마에서 한 역할씩 할 수 있을 거라고 기대하고 있었는데, 지금은 전부 풀이 팍 죽어 버렸어요."

아일린은 다시 용기를 내서 말했다. "우리가 우리 힘으로 영화를 만들 수 없다는 게 안타까울 뿐이죠."

"그거 정말 좋은 생각이네요, 제솝 부인, 하지만—"

"아일린이라고 부르세요."

"아일린, 좋아요. 아주 좋은 생각이지만, 우리 중에는 영화 제작에 관해 아는 사람이 아무도 없잖아요."

"남편에게 캠코더가 한 대 있어요. 그리고 내가 책을 좀 구해서 각본을 쓰면 될 것 같아요. 실은 대학 다닐 때 연극부 단원이었거든요. 그리고 스코틀랜드 전통극 대본도 두 편 정도 써 봤어요."

아일사가 목사 부인을 놀란 눈으로 쳐다봤다. 그녀는 희끗희끗한 머리에 안경을 끼고 옷도 아무렇게나 걸쳐 입고 있었다. "놀랍네요." 아일사가 말했다. "부인이 아마추어 연극 같은 걸 했으리라고는 상상도 못 했어요."

"물론 목사님과 결혼하기 전이었죠." 아일린은 성질 더럽고 지배욕이 강한 남자와의 결혼이 수년간 자신의 삶을 어떻게 짓밟았는지 씁쓸하게 생각했다. "저기, 이러면 어떨까요, 아일사? 오늘 저녁에 목사님이 인버네스에 가실 거예요. 그러니 당신이 우리 계획에 관심 있어 하는 사람들을 모아서 목사관으로 와 함께 얘기를 나눠 보는 거예요. 연극에도 군중 장면 같은 게 있거든요. 그러니 마을 사람 모두를 출연시킬 수도 있을 거예요."

아일사가 갑자기 미소 지었고, 그녀의 파란 눈이 반짝거렸다. "아시다시피, 그 정도야 별로 힘든 일도 아니에요. 몇 시에 볼까요?"

"7시요."

"좋아요, 그때 만나요."

제솝 목사는 아내가 마을 사람들을 배우로 써서 아마추어 영화를 제작할 예정이라고 말했을 때, 처음에는 놀랐지만 곧 만족스러움을 느꼈다.

"당신이 마침내 교구 운영 임무를 진지하게 받아들이는 것을 보니 기쁘군요." 그가 까칠하게 말했다. 천성적으로 칭찬 같은 건 믿지 않는 사람이기 때문이었다. 칭찬을 해 주면 허영기만 많아진다는 게 그의 생각이었다.

살인 사건이 일어나고 몇 주가 지난 어느 날, 해미시 맥베스는 갑자기 퍼트리샤에게 전화를 걸어 봐야겠다고 생각했다. 그는 그녀가 감탄해 마지않았던, 스트래스베인 중고 의류점에서 구매한, 새빌가*에서 맞춘 양복을 입고 차를 몰고 시노선으로 가서 퍼트리샤의 집으로 향했다.

거실에서 불빛이 흘러나오고 있었다. 낮은 출입문 쪽으로 다가가는 동안 그는 바쁘게 타자 치는 소리를 들을 수 있었다.

그는 문을 두드리고 기다렸다. 마침내 퍼트리샤가 문을 열었다.

"어쩐 일인가요?"

"그냥 안부나 여쭈려고 들렀습니다." 해미시가 말했다.

"들어오세요, 그렇지만 길게 시간을 내지는 못해요. 글을 쓰고 있거든요." 퍼트리샤가 그를 거실로 안내하고는, 다시 타자기 뒤로 들어가 앉아 왜 찾아왔느냐고 묻는 듯한 시선으로 바라봤다.

"어떻게 지내시는지 궁금해서 왔어요."

"잘 지내요." 퍼트리샤의 손가락이 초조하게 자판 위 허공을 맴돌았다.

"닐 시장님께 들었는데, 제작사에서 다른 대본 작가를 구해

* 영국 런던의 고급 양복점이 많은 거리이다.

시리즈를 계속 제작해 나갈 거라고 하던데요."

"난 더는 그 건에 관심 없어요." 퍼트리샤가 말했다. "보시다시피, 다시 글을 쓰고 있고, 그 사실이 다른 무엇보다 중요하거든요."

해미시는 의자에 등을 기댄 채로 그녀를 찬찬히 바라봤다. "그렇지만 살인 사건 때문에 여사님도 홍보에 상당히 덕을 보셨잖아요. 여사님의 인터뷰를 텔레비전에서 여러 차례 봤거든요."

"내 생각에는 아주 좋은 인상을 심어 준 것 같아요." 퍼트리샤가 만족스러운 듯이 말했다.

해미시는 그녀가 매우 냉정하고 속물 같고 잘난 체하는 듯한 인상을 심어 주었다고 생각했다.

"그래, 무슨 내용을 쓰고 계세요?"

"다 끝낼 때까지는 내용에 관해 얘기하고 싶지 않네요. 그럼 불운이 찾아올 것 같아서요."

"어쨌든 행운을 빕니다."

"고마워요. 뭐 더 하실 말씀 있나요?"

"아니요, 없습니다. 그냥 가볍게 대화나 나누려고 온 거예요."

"정말 친절하시지만, 난 정말 일을 해야 하거든요." 해미시는 모욕감을 느끼며 그곳을 떠났다. 애초에 왜 자신이 그녀를 가엽게 여겼는지 짜증스러울 지경이었다. 그 노파는 손톱도 안 들어갈 만큼 목석같은 사람이 분명했다!

여섯 명의 각본가가 스트래스클라이드 텔레비전 회의 탁자에 둘러앉아 있었다. 그중 책임 각본가는 데이비드 데버리라는 잉글랜드인으로, 마르고 신랄하며 명석했다. 해리 프레임은 그가 마음에 들지 않았지만, 그의 손길이 제이미의 원고를 좀 더 재치 있고 유머 넘치게 바꾸어 놓았다는 사실만은 인정해야 했다. 레이디 해리엇 역할에 생기가 불어넣어졌다. 공동체 부분은 없애기로 했다. 하지만 레이디 해리엇은 금발에 육감적인 퍼넬러피 게이츠가 계속 맡기로 했고, 경감을 유혹하는 내용은 그대로 유지하기로 했다.

"새로운 내용을 전부 리허설해 보고, 가능한 한 빨리 촬영지로 돌아갑시다." 해리가 말했다.

커피 기계 앞에서 잔을 채우고 있던 실라가 어깨 너머로 피오나를 바라봤다. 보통은 딱딱하게 굳어 있는 피오나의 얼굴이 오늘은 환하게 빛을 발하는 듯했다. 이제는 멋대로 할 수 있게 됐으니까, 실라는 생각했다. 제이미가 사라진 후 목표 지향적이고 야심 차게 바뀐 회사 분위기가 피오나에게 경이로운 영향을 미치고 있었다.

게다가 제이미는 그냥 죽은 것도 아니었다. 죽음과 함께 치욕도 떠안았다. 살인 사건이 불러일으킨 홍보 효과 덕분에 제이미의 대본 쓰기 수업을 들었던 작가 중 두 명이 나타나서 당시 스튜어트가 〈축구 열기〉의 대본을 그들에게 보여 주었으며, 그것을 제이미에게 제출했었지만, 그가 그것을 잔인하게 쓰레기 취급했고, 그 탓에 스튜어트는 너무도 심한 무기력에 빠져 다시는 글을 쓰지 않겠다고 말했다는 사실을 증언했다.

실라는 자신이 고지로 돌아가기를 고대하고 있음을 깨달았다. 해미시 맥베스의 모습이 떠올랐다. 해미시가 제이미의 살인 사건에 관해 정말 어떻게 생각했을지 궁금했다. 퍼넬러피 게이츠는 남편의 죽음을 전혀 슬퍼하지 않았다. 하지만 제이미의 살인 사건에는 당혹스러움을 느낀다고 실라에게 고백했다. 남편이 자신을 구타하기는 했지만, 그렇다고 제이미를 살해했다고? 절대로 그럴 리 없다는 것이 그녀의 주장이었다.

만약 해미시가 퍼트리샤의 소설 같은 책 속의 등장인물이라면, 그는 피오나가 자신의 자리를 지키고자 제이미를 살해했다는 것을 증명해 냈을 거라고, 실라는 꿈꾸듯이 생각했다. 하지만 그는 단지 마을 순경일 뿐이었다. 그리고—

"커피 어떻게 된 건가, 실라?" 해리가 요구했다.

실라는 한숨을 쉬었다. 해리는 자신이 페미니스트라고 주장했지만, 주장하는 바를 실천에 옮기는 사람은 절대로 아닌 듯했다.

그녀는 컵을 쟁반에 올리고 탁자로 가지고 갔다. 그녀의 마음은 다시 살인 사건으로 돌아갔다. 스코틀랜드 BBC는 〈축구 열기〉의 저작권료를 스튜어트의 유산 상속자에게 지급하기로 동의했는데, 그건 다시 말해서 앵거스 해리스가 엄청난 돈을 벌게 되었다는 의미였다. 또한 그는 스튜어트의 원고 여러 편을 한 출판사에 팔기도 했다.

앵거스 해리스가 살인을 저지른 거라면 얼마나 깔끔한 일이 될까. 하지만 아무도 알리바이를 증명해 보라는 요구를 받지 않았다. 그냥 조시가 저지른 짓이다. 그것으로 수사는 종결되었다.

제5장

어리석은 해리엇에게 닥친 운명에 관해
이야기하려고 들면
나는 울 것 같은 기분이 된다.
하인리히 호프만

아일린 제솝은 졸린 눈으로 텔레비전 제작사 직원들이 돌아오는 모습을 지켜봤다. 이제 누가 비전문가인 그녀의 노력에 관심을 보이겠는가. 지금까지 모든 게 너무 순조롭게 진행된다 했었다. 여자들은 그녀가 수년 전에 써 놓았던, 스코틀랜드를 배경으로 하는 코미디를 마음에 들어 했다. 덕분에 그녀도 몇 년 만에 처음으로 자신이 중요하고 인기 있는 사람이 된 듯한 기분을 느꼈다.

아일린은 지친 몸을 이끌고 잡화점으로 터벅이며 걸어갔다. 아일사는 다시 60년대 머리 모양으로 돌아가 있었고, 마을회관에서는 에디의 운동 교실에서 틀어 놓은 음악 소리가 쿵쿵거리며 울려 나왔다.

"어머, 어서 와요, 아일린." 아일사가 그녀를 반갑게 맞이했다. "당신도 촬영에 참여할 건가요?"

아일린이 고개를 저었다.

"어머, 촬영기사들을 따라다니다 보면 조언을 얻을 수도 있을 텐데요."

"아무도 내 소규모 아마추어 극에 더는 관심을 두지 않을 것 같아서요." 아일린이 슬프게 말했다.

"어머, 그런 말 말아요! 우리는 몇 년 만에 처음으로 시간 가는 줄 모르고 즐겁게 참여했는걸요. 내가 장담하건대, 우리 작품이 저 제작사가 만드는 작품을 능가할 거예요."

아일린이 근시처럼 눈을 끔뻑였다. "그 말은 다들 우리 영화를 계속하고 싶어 한다는 건가요?"

"당연하죠." 아일사가 온통 주근깨투성이 팔을 계산대 위에 기대 놓았다. "생각해 봐요, 우린 항상 저녁에 영화를 촬영하는데, 그때쯤 되면 텔레비전 제작사는 철수하잖아요. 그러니 당연히 계속할 수 있죠."

아일린이 환하게 미소 지었다. "정말 잘됐어요. 목사님도 리허설은 물론이고 촬영도 전혀 개의치 않거든요."

"당연히 그래야죠." 아일사가 웃으며 말했다. "우린 안식일에 영화를 찍지도 않고, 벌거벗은 여자가 나오지도 않잖아요."

"제발 이번 텔레비전 촬영분에는 다들 옷을 입고 나왔으면 좋겠어요." 아일린이 걱정스럽게 말했다. "목사님 혈압이 상당히 높거든요."

"왜 항상 남편을 목사님이라고 불러요? 꼭 빅토리아 시대 소설에 나오는 사람처럼."

"콜린이라고 해야 하는데, 그이가 다른 사람들 앞에서 얘기할 때는 자기를 목사님이라고 부르는 걸 더 좋아해서요."

"웃기네요. 그렇지만 원래 남자들이 그렇기는 하죠."

〈만조의 사건〉 드라마 촬영이 순조롭게 진행되어 가는 동안, 실라 버포드는 제작 직원들이 모이기만 하면 끊임없이 일 이야기만 해 대는 까닭에 밤이면 토멜성 호텔로 돌아가는 것이 극도로 꺼려진다는 사실을 깨달았다. 그녀는 점점 더 텔레비전 제작 일에 흥미를 잃고 있었다. 그래서 자신이 이쪽 계통에서 발을 빼지 못하는 이유가 단지 어머니가 딸의 직업을 너무 자랑스러워할 뿐 아니라, 친구들도 그녀가 정말 흥미진진한 직업을 갖고 있다고 생각하기 때문은 아닌지 의아해지기 시작했다. 때로는 자신이 음료나 커피를 이리저리 옮겨 가고 운반하고 접대하는 하녀나 다름없다는 기분이 들곤 했다.

첫 주가 지나고 그녀는 경찰서로 차를 몰았다.

"저기 그 금발이 해미시 맥베스를 찾아왔어." 제시 커리가 동생 네시에게 말했다. "도대체가 해미시는 여자라면 사족을 못 쓴다니까."

실라는 두 쌍의 두꺼운 안경 뒤에서 자신을 뚫어질 듯이 바라보며 평가하는 두 자매의 눈을 불편하게 신경 쓰며 경찰서 부엌문을 두드렸다.

"들어와요." 해미시 맥베스가 밝은 목소리로 말했다. "무슨 일 있는 겁니까?"

"아니요, 그냥 텔레비전에 관한 수다에 진력이 나서요." 그녀가 그를 따라 부엌으로 들어갔다.

"촬영은 잘 진행되고 있죠?" 해미시가 물었다.

"아, 시계처럼 정확하게 찍고 있어요. 대본도 좋고 다들 마음도 잘 맞아요. 마치 제이미는 아예 존재조차 하지 않았던 사람인 것 같다니까요."

해미시는 장작 난로 위에 낡은 주전자를 올려놓았다. "따듯한 저녁이잖아요." 실라가 말했다. 그녀는 스트래스클라이드 텔레비전 로고가 찍힌 티셔츠와 밑단을 자른 청바지에 커다란 부츠를 신고 있었다. "그런데도 매일 장작을 때나 봐요?"

"방금 저녁을 올려놓으려던 참이었거든요. 식사 같이할래요? 치킨 캐서롤뿐이기는 하지만요."

"그래도 괜찮다면…… 저야 고맙죠."

"좋아요. 그럼 저녁 될 때까지 커피부터 마시고 있자고요…… 그럼 제이미는, 편리하게도, 죽었고, 모두가 행복해진 거네요. 피오나는 원래 자리를 지키고, 앵거스 해리스는 돈을 벌고, 퍼넬러피 게이츠는 남편을 잃었지만 어차피 그를 별로 좋아하지도 않았었고요. 그래, 퍼넬러피는 어떻게 지내고 있나요?"

"놀랍도록 잘 지내고 있어요." 실라가 건조하게 말했다. "실은 스타가 돼 가고 있다고 해야겠네요."

"그게 무슨 뜻이에요?"

"점점 무슨 여왕이라도 된 듯이 굴고 있거든요. 그게 정말 이상해요. 제이미가 살아 있을 때는 사람도 좋고, 좀 가라앉아 있다가 촬영이 시작되면 그제야 생기를 되찾았어요. 열심히 노력은 해도 실력이 받쳐 주지는 않는, 하지만 외모는 뛰어난 그런 배우였다고요. 그런데 지금은 사소한 일에도 버럭버럭 화를 내서 다들 달래느라고 애를 먹고 있어요."

주전자가 끓는 동안 침묵이 흘렀다. 해미시는 머그잔 두 개에 인스턴트커피를 타서 탁자로 들고 가 실라 옆에 앉았다.

"그럼 당신은 조시가 살인자라는 사실이 밝혀졌을 때 놀랐나요?" 그가 물었다.

실라는 커피를 한 모금 마시고는 매끄러운 이마에 주름을 잡았다. 아주 예쁜 아가씨라고 해미시는 생각했다. 거의 동시에 '그만, 해미시, 평생 떠안고 살아갈 만큼 충분히 거절당했잖아!'라는 생각이 퍼뜩 스쳐 갔다.

"그랬어요." 실라가 말했다. "그냥 느낌이에요."

"왜죠?" 해미시가 궁금하다는 듯이 물었다.

"글쎄요, 조시가 범인이라는 유일한 증거는 그의 손에 묻어 있던 혈흔뿐이었잖아요."

"나도 그 생각을 했어요. 그는 산에 올라가서 주변을 어슬렁거리며 돌아다니다가 제이미가 죽어 있는 걸 발견했을 수도 있어요. 시체가 뒤집혀 있었거든요."

"제이미가 무엇에 맞아서 쓰러졌는지 경찰이 알아냈나요?"

"돌덩이요. 그의 두개골에 남아 있던 극소량의 흔적을 찾아냈죠. 그렇지만 살인자는 그걸 멀리 던져 버리면 그만이었을 거예요. 그가 누워 있던 헤더 들판 바로 아래쪽이 넓은 자갈 비탈이거든요. 범인이 돌덩이를 그쪽으로 던진 거라면, 그걸 찾아내기란 절대 쉽지 않을 테니까요."

"찾아보기는 했나요?"

"그럼요, 경찰들이 팀을 이루어 개미 떼처럼 산을 오르면서 수색했는걸요." 그렇게 말하고는 해미시가 입을 살짝 벌린 채 얼음처럼 굳어 버렸다.

"왜 그래요?" 실라가 날카롭게 물었다.

"방금 뭔가가 기억났어요." 그가 중얼거렸다. 겨드랑이에서 땀이 뚝뚝 흘러내렸다. "잠깐만요."

해미시는 화장실로 가서 셔츠를 벗고, 땀을 닦아 말린 후, 침실로 가서 깨끗한 셔츠를 꺼내 갈아입었다. 이러고도 내가 경찰 자격이 있단 말인가? 그날 산에 올라갔을 때, 그는 헤더 밭에서 이런저런 증거품을 찾아내 배낭 속에 챙겨 넣고는, 시체를 찾은 후에는 모든 것을 깨끗이 잊어 먹었다. 증거품을 집어넣었던 비닐봉지와 두 가닥의 실밥을 보관했던 셀로판 봉투는 옷장 바닥에 던져 두었던 배낭 안에 그대로 들어 있었다. 지미가 전화를 걸어 수사가 종결되었다고 알려 주었을 때, 그는 배낭에 관해서는 까맣게 잊고 있었다. 산에서 내려올 때 그것을 감식반에 넘겨주었어야만 했다.

그는 부엌으로 돌아갔다. "캐서롤을 오븐에 집어넣을 테니까, 이제 거실로 가죠. 여긴 너무 덥네요."

실라는 거실에 자리 잡고 앉아 호기심 어린 시선으로 그를 바라봤다. "뭔가 굉장히 충격을 받은 것 같은데, 맞죠? 내가 뭐 실수한 거라도 있어요?"

"아니, 그런 거 아니에요. 보고서에 적어 넣었어야 할 내용을 빠뜨린 게 방금 기억이 나서요."

"나 때문에 괜히 일도 못 하는 거 아니에요?"

"무슨 소리예요, 내일 해도 되는 일이에요."

부엌문을 노크하는 소리가 들려왔다. 해미시가 문을 열러

다가갔다. 커리 자매가 그를 밀치고 안으로 들어서더니 거실까지 곧장 걸어 들어갔다.

"안에 손님이 계신 줄은 몰랐네, 안에 손님이 계신 줄은 몰랐어." 같은 말을 늘 두 번씩 반복하는, 짜증 나는 습관이 있는 제시가 말했다. "상추를 좀 가져다주려고 왔는데. 우리 정원에서 재배한 거야, 우리 정원에서. 그런데 이쪽은……?"

"방송사 직원인 실라 버포드 양입니다." 해미시가 말했다. "실라, 이분들은 커리 자매라고, 제시와 네시 아줌마예요."

"만나서 반갑습니다." 실라는 경찰서에 도착한 순간부터 자신을 매서운 눈초리로 노려보고 있던 두 자매에게 인사를 건넸다.

"드림에 무슨 문제가 있는 건가?" 네시가 물었다.

"드림에 문제가 있는 건가." 제시가 따라 했다.

"아니요, 그냥 안부차 들른 거예요."

"할버턴스마이스 양이 곧 로흐두로 돌아온다는 소식은 없었나?" 네시가 물었다.

"할버턴스마이스 양 소식은 들은 바가 없어요." 해미시가 뻣뻣하게 대꾸했다.

"그만큼 예쁜 아가씨도 드물지." 네시가 말했다.

"그만큼 예쁜 아가씨도." 제시가 따라 했다.

"여기 있는 해미시와 약혼까지 했었다우. 그런데 해미시가 그 처자의 진가를 몰라봤지."

"진가를 몰라봤지."

"그래서 멀리 떠나갔어요."

"멀리 떠나갔지."

"마음에 상처만 잔뜩 입고."

"쓸데없는 소리 좀 그만하세요." 해미시가 화가 나서 소리 질렀다. "상추 가져다주신 건 정말 고맙지만, 제가 지금 저녁 먹으려고 준비하던 중이라서요."

"우린 갈 거야, 갈 거라고." 제시가 거만하게 말했다. 해미시가 그들을 밖으로 안내했다.

"정말 미안해요." 그가 말했다.

실라가 씽긋 미소 지었다. "할버턴스마이스 양이 누구예요? 토멜성 호텔과 무슨 관련이라도 있나요?"

"그녀의 부친이 그 호텔 소유주예요. 우린 한때 약혼한 사이였는데, 잘 안 됐어요. 그게 다예요. 음식 가져올게요."

그들은 난로에 물을 부어 불을 꺼뜨리고 밤공기가 안으로 들어오도록 문과 창문을 열어 놓은 다음 함께 부엌에 자리 잡고 앉았다.

"여긴 거의 어두워지는 법이 없네요, 정말 놀라워요." 실라가 말했다.

"그래도 밤은 늘 찾아오죠. 6월에는 밤새도록 밝아요."

"적어도 겨울이 되기 전에는 촬영을 마치고 이곳을 떠날 수 있겠죠." 실라가 지난겨울 겪었던 일을 떠올리며 몸을 부르르 떨었다.

"그렇게 눈이 많이 온 건 드문 일이에요." 입으로는 이렇게 말했지만, 해미시의 마음은 온통 옷장 바닥에 놓인 비닐봉지에 가 있었다. 화가 나면 늘 그랬듯이 그의 억양에 치찰음이 강해졌다. "다시 퍼넬러피 게이츠 얘기로 돌아가 보죠. 그녀는 방송사에 고용된 거잖아요. 그런데 왜 감독이든 누구든 간에 그녀에게 신파 배우 같은 행동은 집어치우고 연기나 제대로 하라고 쓴소리를 안 하는 건가요?"

"그녀가 드라마 주인공이잖아요. 그리고 주인공들은 배역이 얼마나 사소하든 가장 큰 영향력을 행사하니까요."

"그녀는 마약 같은 거 안 해요?" 해미시가 대마초를 피우던 피오나를 떠올리며 물었다. "혹시 각성제 같은 거라도?"

"아니요, 내 생각에 그녀는 조시 때문에 억눌려 있다가, 그가 사라지고 나니까, 억압돼 있던 감정을 사방에 터뜨려 대는 것 같아요."

"내 생각에는," 해미시가 말했다. "외설적인 장면들이 잘려 나가지 않았다면 그럴 수도 있을 것 같네요."

"맞아요, 그 장면들은 그대로 있어요. 그녀가 내일 경감을 유혹할 거예요. 성 안에 사주식 침대와 모든 게 갖추어진 세트장도 설치했어요. 그렇지만 어쨌든 마을 사람들의 눈에서는 멀리 떨어져 있을 거예요."

"그건 잘됐네요." 해미시가 말했다. "목사님도 그 점에 관해서는 할 말이 있을 듯하니까요."

"내 생각에는 목사님 부인, 아일린이 자기 영화를 제작하고 있는 것 같아요."

"전혀 존재감도 없던 그 조그만 부인이! 도저히 못 믿겠어요."

"사실이에요. 마을 여자 한 명이 그러는데, 아일린이 대학 다닐 때 연극 대본을 썼대요. 그래서 마을 여자들이 그 대본을 연기하고, 아일린이 캠코더로 그걸 촬영하고 있나 봐요."

"그럼 목사님은 뭐라고 한대요?"

"만족스러워하는 것 같아요. 우리들이 돌아온 걸 마음에 안 들어 하시잖아요. 하지만 피오나가 교회에 꽤 큰 금액을 기부했거든요. 이 닭고기 정말 맛있네요. 그건 그렇고 그냥 궁금해서 그러는데, 작가 선생님은 어떻게 지내시나요?"

"다시 글을 쓰고 있어요."

"제이미가 살해되던 날에는 어디 있었대요?"

"산책하고 있었다던데요."

"나는 그분이 살인자가 아닐까 생각했었어요." 실라가 말했다. "당시에 굉장히 분노해 있었거든요. 얼굴도 꼭 중세 사람 같은 분위기잖아요. 보나 마나 굉장히 무자비한 사람으로 변할 수도 있을 거예요."

"그분이 그렇게 무자비하다면," 해미시가 말했다. "실력 좋은 변호사를 구해서 계약을 파기하려고 시도하고도 남았을 겁니다."

"당신 말이 맞아요."

해미시는 그녀를 찬찬히 바라봤다. "확실히 당신은 조시가 제이미를 살해했다는 사실을 전혀 믿지 않는군요."

"상상력을 좀 발휘해 봤을 뿐이에요. 아마도 탐정소설을 너무 많이 읽어서 그런 게 아닌가 싶어요. 경찰이 어련히 잘 알아서 하겠어요."

해미시는 아무 말도 하지 않았지만, 스트래스베인 경찰이 언론의 압박 때문에 가장 쉬운 결론으로 너무 고맙다는 듯이 넙죽 뛰어들어 버린 것은 아닐까 곰곰이 생각했다.

"식사에 곁들여 마실 만한 와인이 없어서 정말 미안해요." 그가 말했다.

"아니에요, 오히려 그 때문에 여기 있는걸요." 실라가 말했다. "호텔에서 먹는 저녁은 늘 술판이 돼 버리거든요."

"그럼 이제 당신 얘기를 좀 해 봐요. 텔레비전 업계에는 어떻게 뛰어들게 됐어요?"

"난 미국 그리니치빌리지 워싱턴 광장에 있는 뉴욕 대학교에 다녔어요. 거기서 영화를 공부했죠. 단편영화를 제작해서 헬레나루빈스타인상도 받았어요. 하지만 향수병이 심해져서 졸업하자마자 글래스고로 돌아와 스트래스클라이드 텔레비전에 입사 원서를 냈어요. 그들은 내가 바닥부터 시작해서 요령을 익혀 가야 한다더군요. 그때부터 2년을 근무했는데, 난 아직도 바닥에 있어요. 커피를 타 나르고, 호텔을 예약하고, 미니버스를 운전하면서요."

"그렇다면 왜 BBC나 ITV나 다른 케이블 채널로 옮겨 가지 않는 건가요?"

"갑자기 이 업계 전체가 지긋지긋해져서 차라리 컴퓨터 과정이나 수강해 볼까 생각하는 중이거든요. 컴퓨터 그래픽에 관심이 있어서요."

"결국 아름다운 여성들은 전부 다 컴퓨터를 배우는 신세가 돼 버리는군요."

"할버턴스마이스 양도 그쪽으로 갔나 보죠?"

"맞아요." 그가 퉁명스럽게 말했다. "커피 더 줄까요?"

실라는 괜히 그녀에 관해 언급했다고 생각했다. 분위기에서 날씨와는 관계없는 싸늘한 한기가 느껴졌기 때문이다.

그녀가 커피를 다 마시자 해미시가 말했다. "괜찮으시다면, 난 이제 보고서를 좀 작성해야 할 것 같은데요."

"저녁 잘 먹었어요. 다음번엔 제가 대접할게요."

"아, 그래 주시면 정말 좋죠."

"내일은 어때요?"

해미시는 잠시 주저했다. "당신 휴대전화 번호를 주면 내가 전화할게요."

전화 안 할 거면서, 실라는 차를 세워 둔 곳으로 걸어가면서 슬프게 생각했다.

실라가 가고 나서, 해미시는 침실로 건너가 배낭을 끌어내서 비닐봉지를 꺼내 안에 든 내용물을 바닥에 쏟았다. 별거 없네, 그는 안도감을 느꼈다. 오래된 콜라 캔 몇 개와 담배꽁초 몇 개가 있었고, 성냥갑도 하나 있었다. 보통 탐정소설 같은 데서는 성냥갑 겉에 악명 높은 나이트클럽이나 추잡한 술집 광고가 있었지만, 그가 찾은 성냥갑에는 아무것도 찍혀 있지 않았다. 그때 그는 실밥 두 가닥을 넣어 둔 작은 봉투를 보았다. 푸른색 트위드 천 실밥이었다. 조시가 입었던 옷일까?

그는 앞에 놓인 것을 어디 멀리 치워 버리고 다 잊는 게 낫겠다고 생각했다.

사건 종결.

퍼트리샤 마틴브로이드는 출판사에서 편지 한 통을 받았다. 그녀는 커다란 담황색 봉투를 손에 올려놓고 무게를 가늠

해 본 뒤 봉투를 열었다. 그리고 책 표지와 담당 편집자 수 피시벌의 편지를 꺼냈다.

친애하는 퍼트리샤 선생님,

보시다시피 책의 표지를 바꿨습니다. 살인 사건을 고려해 봤을 때, 예전 것이 너무 천박해 보일 수도 있겠다는 느낌이 들어서요. 선생님도 이번 것이 마음에 드셨으면 좋겠습니다.

새로운 표지에는 트위드 재질의 승마 재킷에 반바지를 입고, 초록색 스타킹에 브로그를 신은 퍼넬러피 게이츠가 헤더가 무성한 언덕에 서서 드림 마을을 내려다보고 있었다. 이번에는 퍼트리샤 마틴브로이드라는 이름이 더 크고 두드러져 보이게 인쇄돼 있었다.

그녀는 안도의 한숨을 내쉬었다. 모든 것이 꽤 순조롭게 진행되고 있었다. 해리 프레임은 공동체 장면은 없애기로 했다는 말을 전하려고 전화를 걸어 왔었다. 퍼트리샤는 미소를 지었다.

이제 촬영장을 방문해서 그들이 작업하는 모습을 지켜볼 때가 된 듯했다. 그녀는 새 표지가 마음에 들었다. 아니, 매우 마음에 들었다.

"커피에서 구정물 맛이 나잖아요." 퍼넬러피 게이츠가 커피를 트레일러 벽으로 쏟아 버렸다. "좀 마실 만한 걸 가져와요."

"직접 가져다 마셔요." 실라가 말했다. "대체 자기가 뭔 줄 알고 이러는 거죠? 당신 요즘 완전히 미친 사람처럼 행동하고 있다고요."

퍼넬러피가 눈을 가늘게 뜨고 그녀를 바라봤다. "당신 방금 일자리를 잃었어요, 실라. 내가 오늘 해리 프레임에게 말할 거예요."

실라는 트레일러 문을 열고 밖으로 걸어 나갔다. 그러고는 열린 문으로 안에다 대고 소리 질렀다. "목이나 확 부러져라!"

"아니, 대체 무슨 일이야?" 자일스 브라운 감독이 그녀 쪽으로 다가왔다.

"저 싹수없는 여자 때문에요." 실라가 말했다. "더는 저 여자의 못된 성질머리를 받아 줄 수가 없어요."

"어쩔 수 없어, 실라, 그냥 참는 수밖에." 자일스가 말했다. "퍼넬러피가 계속 기분 좋은 상태로 있어야 촬영을 하지. 다른 배우를 알아보기에는 때가 너무 늦었어. 제이미가 죽는 바람에 제작비도 너무 많이 초과한 거 잘 알잖아. 우리가 퍼넬러피를 홍보하는 데 들인 모든 노력을 생각해 봐. 나도 알아, 알다마다. 다들 왜 조시가 퍼넬러피를 때렸는지 그 이유를 깨닫기 시작하고 있잖아. 내가 가서 얘기해 볼게."

그는 트레일러 안으로 들어갔다. 퍼넬러피가 푸른 눈으로 그를 사납게 바라봤다. "그 망할 계집애 해고해요." 그녀가 말했다.

"그래, 생각해 볼게." 자일스가 지친 듯이 말했다. "저기, 퍼넬러피, 지금까지 잘해 왔잖아. 우리 모두 이리저리 뛰어다니면서 자기를 살피고 있는 거 모르겠어?"

"해고하고 나서 나한테 알려 줘요." 퍼넬러피가 냉정하게 말했다. "이 정사 장면을 촬영하고 싶잖아요, 아닌가요? 그렇다면 아무도 날 화나게 하지 않는 게 좋을 거예요. 그리고 마실 만한 커피나 가져다 달라고요."

"물론이야, 퍼넬러피. 원하는 대로 해 줄게."

퍼넬러피는 혼자 미소 지었다. 그리고 암페타민 통을 꺼내 두 알을 삼켰다. 그것이 그녀에게 촬영에 필요한 활기를 불어넣어 줄 터였다. 조시가 죽은 이래로 그녀의 삶은 더할 나위 없이 좋았다.

그녀는 억압적인 부모 밑에서 자랐고, 학교 선생님들에게도 미움을 받았으며, 조시에게도 학대당했다. 그러나 이제는 부모님과 마주칠 일이 거의 없었고, 조시는 죽었다. 더는 그녀를 속박할 사람이 아무도 없었고, 그녀를 괴롭히려는 모든 나쁜 놈에게 복수할 자유가 있었다. 그녀는 조시의 죽음 이후 매우 피로감을 느끼고 있었으며, 그 모든 충격의 와중에 한 친구가 기분을 '각성'시켜 준다는 그것을 소개해 주었다. 퍼넬러피는 살면서 처음으로 모든 상황을 내려다보는 듯한 강한 기분을 느꼈다.

"허튼짓할 생각 하지 마." 자일스 브라운이 남자 주인공 역할을 맡은, 아니, 야수 같은 남자 악당 주인공인 경감 역을 맡은 저베이스 하트에게 말했다. "자넨 정사 장면을 수행하는 게 아니라 연기하는 거야. 퍼넬러피 때문에 골치 썩을 일은 충분히 겪었어. 그 여자가 강간을 당했다고 비명을 지르게 하고 싶지는 않다고."

"나도 자기가 무슨 신의 선물이라도 되는 듯이 밥맛없게 구는 여자에게는 손톱만큼도 관심 없어요." 저베이스가 냉소적으로 말했다.

"너무 노골적으로 연기하지는 마. 〈네 번의 결혼식과 한 번의 장례식〉에서 본 것처럼 하라고. 보일 듯 말 듯, 어깨끈이나 살짝 내리는 식으로."

저베이스는 체격이 건장하고, 한때는 잘생겼던 얼굴이 술 때문에 많이 상해서 이젠 누군가 그 얼굴을 스펀지로 바꾸기라도 한 것처럼 이목구비가 흐릿하게 변해 있었다. 술을 그렇게 마셔 대기는 해도, 그는 매우 유능한 배우였고 촬영에 늦는 법도 없었다.

"대체 퍼넬러피에게 무슨 일이 일어난 겁니까?" 그가 물었다. "내 말은, 처음 촬영을 시작했을 때는 함께 일하는 게 정말 즐거웠다고요. 그런데 지금은 싹수도 없고 매사에 불평만 해 대잖아요."

"아무래도 남편이 살해당한 게 우리가 생각하는 것보다 훨씬 큰 충격을 준 것 같아." 자일스가 계속 달래듯이 말했다.

"어쩌면 퍼넬러피가 죽였을지도 몰라요."

"아니야, 자기 구토물에 질식해 죽었어. 그건 의심의 여지가 없어."

"저기요, 감독님, 퍼넬러피를 저녁 식사에 초대해서 좀 진지하게 대화를 나눠 보면 어떨까요? 기분도 좀 가라앉혀 주고요. 다들 잘해 나가고 있잖아요. 그녀도 얼마 전까지는 괜찮았는데, 지난 며칠 새 점점 더 포악해진 것 같아서요."

"내가 한번 말해 볼게." 자일스가 한숨을 쉬었다. "자네 이 정사 장면 찍는 거에 관해서는 마을 사람들에게 절대 떠벌리지 않은 거지?"

"조개처럼 입 꽉 다물고 있었어요. 내가 원래 그런 사람입니다." 저베이스가 불편하게 자세를 바꿔 앉으며 말했다. 실은 전날 저녁 자신이 무슨 말을 떠들어 댔는지 전혀 기억해 낼 수 없는 까닭이었다.

드림으로 가는 길에, 퍼트리샤는 로흐두에 차를 세우고 식료품을 좀 사기 위해 파텔 씨네 잡화점에 들렀다. 파텔 씨네 가게가 시노선에 있는 잡화점보다 갖춰 놓은 상품이 다양했기 때문이다. 가게 안에는 다른 손님도 여럿 있었지만 퍼트리샤에게 다가가 "어머, 텔레비전에서 봤어요"라고 말하며 사인을 해 달라고 요청하는 사람은 하나도 없었다. 여느 때처럼 퍼트리샤는 그 점이 무척이나 실망스러웠다. 사실 로흐두 주민 대부분은 그녀가 인터뷰하는 모습을 텔레비전으로 보았지만, 자신들이 본 장면이 전혀 마음에 들지 않았다. 따라서 절대로 그녀를 아는 척하지 않겠다고 다짐하고 있었다.

하지만 퍼트리샤는 파텔 씨가 인도 사람이라는 이유로 그에게 굉장히 자상하게 굴었다. 그녀는 대영 제국이 인도를 잃었다는 사실을 지금까지도 깊이 애도하고 있었고, 인도가 독립을 쟁취함으로써 그 모든 가여운 인도인들이 영국의 보호를 벗어난 외부의 어둠 속에 던져졌다고 생각했다. 따라서 그녀가 보기에 파텔 씨가 스코틀랜드로 도망쳐 온 것은 당연한 일이었다.

그녀는 온화하게 행동했지만, 다른 사람이 보기에 그것은 그저 잘난 체에 불과했고, 파텔 씨는 꽤나 무뚝뚝하게 굴었다.

그녀는 몽롱한 햇빛 속으로 걸어 나가서 하늘을 올려다봤다. 기다란 구름 띠가 푸른 하늘을 가로질러 길게 꼬리를 끌어

가며 날씨의 변화를 예고하고 있었다. 스코틀랜드의 모기인 짜증스러운 각다귀 떼가 다시 나타났고, 그녀는 커다란 핸드백 속을 더듬어 해충 기피제를 꺼내 얼굴에 문질렀다.

"마틴브로이드 여사님 아니신가요?" 거구의 여성 하나가 그녀를 아는 체하며 손을 뻗어 왔다. "저는 이곳 목사 부인 웰링턴이라고 합니다."

퍼트리샤는 무슨 말인가를 웅얼거리며 역시 손을 내밀었고, 곧 자신의 손이 아래위로 힘차게 움직이고 있는 걸 알아차렸다.

"직접 뵌 건 처음인 것 같네요." 웰링턴 부인이 말했다. "그렇지만 부인과 꼭 대화를 나눠 봐야겠다고 생각하고 있었어요. 어떻게 그런 행위를 용서해 주실 수 있는지, 정말이지 놀랍기 그지없습니다."

"무슨 말씀이신지요?" 퍼트리샤는 뒷걸음질 쳤다. 웰링턴 부인은 앞에 서 있는 사람에게 가슴을 들이밀며 매우 가깝게 서서 이야기하는 경향이 있기 때문이었다.

"지금 제작 중인 드라마, 그게 부인의 책을 바탕으로 한 거 아닌가요?"

"맞습니다."

"그런데 어떻게 여사님 같은 숙녀분이 텔레비전에 정사 장면이 그대로 노출되는 걸 용인하실 수가 있는지 도저히 이해할 수가 없어서요."

"뭐라고요?"

"정사 장면이요." 해안가를 따라 산책하던 어부 몇몇이 걸음을 멈추고 놀란 눈으로 목사 부인의 얘기에 귀를 기울였다.

퍼트리샤의 하얀 뺨에서 두 지점이 붉게 달아오르기 시작했다. "무슨 말씀인지 자세히 설명해 주시겠어요?" 그녀가 물었다.

"어젯밤 호텔 바에서 어떤 배우가 술을 마시면서 이렇게 말했다고 하더라고요. '내가 내일 퍼넬러피 게이츠를 끝장내 버릴 거야.' 그래서 사람들이 그게 무슨 말이냐고 물었더니, 그가 자신이 내일 드림성에 만들어 놓은 세트장에서 퍼넬러피와 함께 실오라기 한 점도 걸치지 않은 채 침대에 누워 촬영할 거라고 했다더군요."

"반드시 못 하게 해야 해요." 퍼트리샤가 숨을 헐떡였다. "내가 절대로 허용하지 않을 겁니다."

"다행이네요." 웰링턴 부인이 만족스럽게 말했다. "나도 드림 지역 목사님께 전화를 드릴게요."

퍼트리샤는 분노와 초조함으로 마음이 심란해지는 것을 느끼며 차를 세워 둔 곳으로 성큼성큼 걸어갔다.

"어디 가는 겁니까?" 한 손에 캠코더를 들고 문밖으로 뛰어

나가는 아일린을 보며 제솝 목사가 소리 질렀다.

아일린이 걸음을 멈추고는 그를 바라보며 눈을 끔뻑였다.

"텔레비전 촬영기사 한 명을 만나기로 했어요. 그가 촬영에 관해 몇 가지 조언을 해 주기로 했거든요."

"그 사람들 곁에는 얼씬도 하지 말아요."

"왜요?"

"내가 시키면 시키는 대로 해요. 여자가 무슨 말이 그렇게 많아요. 난 처리할 일이 있어서 성에 좀 다녀올 거예요."

"자, 그럼," 자일스 브라운 감독이 지시를 내렸다. "자네가 침실로 들어가면 퍼넬러피가 나체로 침대에 누워 자네를 향해 미소 짓고 있는 게 보일 거야. 그럼 자넨 입고 있는 정복을 찢어 버릴 듯이 거칠게 벗는 거지. 눈빛은 욕망으로 불타오르고."

"알겠어요." 저베이스가 지루하다는 듯이 대꾸했다.

"일단 그렇게 한번 가 보자고." 자일스가 말했다.

퍼넬러피가 장막 뒤에서 모습을 드러냈다. 실오라기 한 점 걸치지 않은 알몸이었다.

저건 분명히 85D 컵이야, 피오나는 생각했다. 몸매 한번 끝내주네!

퍼넬러피가 침대 위에 누웠다. 그리고 한쪽 팔꿈치를 괴어

머리를 받친 채 옷을 찢어 벗기 시작한 저베이스를 바라보며 매혹적으로 미소 지었다. 옷을 다 벗은 후 그가 침대로 다가섰다.

갑자기 퍼넬러피가 등을 돌리더니 박장대소하기 시작했다.

"왜 그래요?" 피오나가 날카롭게 물었다.

"저 남자 좀 봐요!" 겨우 진정하고 입을 열 수 있게 되자 퍼넬러피가 말했다. "저런 형편없는 몸매 본 적 있어요? 세상에, 여자처럼 가슴도 튀어나와 있잖아요."

누군가 무슨 말을 하기도 전에, 방문이 열리더니 퍼트리샤가 제솝 목사를 뒤에 달고 방으로 뛰어 들어왔다.

"대체 이게 뭐 하는 짓들입니까?" 목사가 소리 질렀다.

"감히 내 작품을 포르노로 만들어!" 퍼트리샤가 비명을 질렀다.

피오나는 재난이 닥쳐 왔음을 깨닫고 빠르게 움직였다. "일단 밖으로 나가시죠. 나가서 다 설명할게요. 아직 의상이 도착하지 않아서 리허설을 하던 중이었어요."

그녀는 두 사람을 밖으로 데리고 나가 사무실로 인도했다.

"상황이 이렇게 된 거예요," 그녀가 거짓말을 하기 시작했다. "배우들은 서로의 알몸을 보는 데 익숙해요. 아무도 그걸 보면서 이상한 생각은 하지 않거든요. 실제 연기 장면에서는 옷을 입을 겁니다. 퍼넬러피는 나이트가운을 입고 저베이스는 잠옷을 입을 거예요."

"난 당신 말 못 믿어요." 퍼트리샤가 말했다.

"잠시만 기다려 주시면 실제 촬영 현장을 보여 드릴 수 있도록 준비할게요."

피오나는 서둘러 촬영 현장으로 달려가서 자일스에게 말했다. "두 사람에게 나이트가운 가져다줘요. 그리고 당신들은 점잖게 어루만지는 정도로만 연기하는 거예요. 실라, 어서 나이트가운하고 파자마 챙겨 와."

그런 다음 그녀는 사무실로 돌아갔다. "잠시만 기다리면 촬영 장면을 보실 수 있어요."

"괜한 속임수 쓰지 말아요." 제솝 씨가 말했다. "지난밤에 어떤 배우가 마을 사람들에게 자기가 저 여배우하고 정사 장면을 찍을 거라고 떠들어 대고 갔다고요."

"걱정하지 마세요, 목사님." 피오나가 달래듯이 말했다. "우리가 그런 장면을 정말 텔레비전에 내보낼 거라고 생각하시는 거예요? 저베이스는 분명히 술에 취해 있었을 거예요. 그리고 그가 원래 허풍이 좀 심하거든요. 이 작품은 가족 시간대에 방영될 거예요. 나신이 두 분께는 충격적일지 몰라도, 우리에게는 익숙한 장면이거든요. 제 말은 혹시 스페인에 있는 해변에 가 보신 적 있으세요? 아니, 심지어는 잉글랜드에 있는 브라이턴도 마찬가지예요. 요즘은 나체로 돌아다니는 건 아무도 신경 쓰지 않아요."

"당신은 우리가 그런 얘기에 넘어갈 정도로 어리석은 줄 아나 보군요." 퍼트리샤가 말했다.

피오나는 차분히 억지 미소를 지어 보였다. 이 소중한 한 쌍이 서면으로 확인서를 요구하지 않는 한은 모든 일이 제대로 풀릴 터였다.

"텔레비전이 원래 미친 세상이에요." 그녀가 유감스럽다는 듯이 양손을 펼쳐 보였다. "그렇지만 생각해 보세요, 우리가 일요일 황금시간대인 가족 시청 시간에 노골적인 정사 장면을 내보내서 어렵게 얻은 기회를 날릴 위험을 자초할 리 없잖아요."

실라가 문 안쪽으로 고개를 내밀었다. "준비됐습니다."

"함께 가시죠." 피오나가 말했다. "그럼 직접 확인하실 수 있을 거예요."

드라마 제작이 중단될지도 모르는 위기에 처했으니 제대로 처신하라고 경고를 받은 퍼넬러피와 저베이스는 의상을 갖춰 입고 있었다. 퍼넬러피는 로라 애슐리 면 나이트가운을, 저베이스는 목사가 가지고 있는 것과 비슷한 줄무늬 파자마를 입고 있었다. 피오나는 그 가여운 한 쌍이 일부러 빅토리아식 구애 현장처럼 보이도록 연기를 꾸며 내고 있다는 사실을 깨달았다. 확실히 그들은 함께 침대로 들어가게 될 테지만, 지금은 순결한 키스로 그 장면을 끝냈다.

"그리고 여기서 화면이 페이드아웃되는 거죠." 피오나가 밝게 말했다.

하지만 옛날 사람들인 퍼트리샤와 제솝 목사는 그 장면이 매우 마음에 들었다. 그들은 퍼넬러피와 저베이스가 대사를 지어내서 연기했다는 사실은 꿈에도 알지 못했다.

"그렇지만 두 사람은 결혼도 하지 않았는데, 함께 침대에 들어 있잖아요." 제솝 씨가 조심스럽게 말했다.

피오나는 대본을 들고 목사의 말을 고려해 보는 척했다. "그 순간 사냥터지기가 달려 들어와서 '해안에 시체가 있어요'라고 소리칠 거예요. 그러면 두 사람은 서둘러 현장으로 달려가게 되는 거죠."

안심한 퍼트리샤와 목사는 피오나의 설명을 받아들였다. 제작사 사람들이 설마 이 정도까지 자신들을 속일 수 있으리라고는 상상조차 하지 않았다. 피오나는 다시 그들을 사무실로 데리고 가서 커피를 대접하고는 달래듯이 대화를 나누며 퍼트리샤의 천재적인 글솜씨에 관해 아부했다.

퍼트리샤는 무척이나 기분 좋게 그곳을 나섰다.

그들이 성을 떠나는 모습을 확인하고, 앞으로는 두 명의 남자 직원을 시켜 세트장으로 드나드는 문을 지키게 하라고 조처한 후, 피오나는 '침실'로 돌아갔다. 자일스가 머리채를 움켜쥐고 앉아 있었다.

"젠장, 또 무슨 일이에요?" 피오나는 화가 치밀어 오르는 것을 느꼈다.

"저넌 때문이라고." 저베이스가 퍼넬러피를 향해 손가락질했다.

"계속 웃어 대잖아." 자일스가 끙 소리를 냈다.

"내가 저런 몸매의 남자랑 진지하게 사랑을 나눌 거라고 기대하지는 않았을 테죠." 퍼넬러피가 냉소적으로 말했다.

"이것 봐요," 분노한 피오나가 퍼넬러피 쪽으로 다가갔다. "당신이 해야 할 일은 하지 않으면서 계속 이런 식으로 문제만 일으키면, 우린 다른 배우를 알아볼 거예요."

"그럴 형편도 안 되잖아요." 퍼넬러피가 역겨움을 가득 담은 시선으로 바라보았다. "나한테 이래라저래라 하지 마요. 지긋지긋하니까. 난 평생 사람들에게 이리저리 휘둘리며 살아왔지만, 이제 더는 그걸 참고만 있지는 않을 거예요. 날 해고하시겠다? 나보다는 당신을 자르는 게 더 싸게 먹힐걸. 해리 프레임이 곧 도착한다고 했으니까, 그가 뭐라고 말하는지 어디 한번 두고 보자고요."

피오나는 감정을 억누르며 웃어넘기려 애를 썼다. 퍼넬러피보다 자신을 자르는 게 훨씬 더 쉬우리라는 사실에는 의심의 여지가 없기 때문이었다. "부탁이에요, 퍼넬러피," 그녀가 사정했다. "우리 어서 이 장면 찍고 치워 버리죠."

"머리가 너무 아파요." 퍼넬러피가 고집을 부렸다. "해리 도착하면 나한테 들르라고 하세요."

그녀가 방을 나갔다.

"저 여자가 제작비만 잡아먹고 있어." 제작비를 관리하는 할 포사이드가 말했다. "대체 자기가 뭐라고 생각하는 걸까? 엘리자베스 테일러라도 되는 줄 아나?"

"해리 도착하면 저 여자 만나러 가기 전에 나부터 만나라고 전해 줘요." 피오나가 말했다.

실라도 그녀를 따라 밖으로 나갔다. "나와 얘기 좀 해요, 피오나."

"제발, 너까지 그러지 마."

"할 얘기가 좀 있는데, 어쩌면 피오나에게 도움이 될지도 몰라요. 내가 로흐두에 가서 그 경찰을 만나고 왔거든요. 그가 혹시 퍼넬러피가 마약 같은 걸 복용하는 건 아니냐고 물어봤었는데, 그때만 해도 난 아닌 것 같다고 대답했어요. 그런데 이제는 좀 의심이 들기 시작하거든요."

피오나가 홱 돌아섰다. "그러니까 그 말은, 증거를 찾아서 퍼넬러피를 고발하자는 거지?"

"내 생각에 해미시는 그냥 경고만 하려는 것 같았어요. 그렇지만 난 퍼넬러피가 점심을 먹으러 나가면 내가 직접 그녀의 트레일러에 들어가서 약을 찾아볼 생각이에요. 그래서 정말로 찾아낸다면, 그걸 압수하는 거죠. 내 생각에는 그 약이 퍼넬러피를 공격적인 못된 년으로 변하게 하는 것 같거든요. 한번 시도해 볼 만하지 않은가요?"

"그래, 해."

실라는 퍼넬러피의 트레일러 주변에 숨어서 그녀가 밖으로 나가 식당 트레일러를 향해 걸어가는 모습을 지켜봤다.

실라에게는 여분의 열쇠가 있었다. 그녀가 트레일러 안으로 들어갔다. 퍼넬러피의 핸드백이 화장대 위에 놓여 있었다. 그녀는 핸드백을 뒤지기 시작했고, 마침내 알약이 든 병 두 개를 찾아냈다. 하나는 진정제의 일종인 리브리엄이라는 라벨이 붙어 있었고, 약사의 이름도 적혀 있었다. 다른 병에는 아무런 라벨도 부착돼 있지 않았다. 실라는 각성제라고 생각되는 병을 챙겨 가고 진정제병은 남겨 두기로 했다. 그녀는 라벨이 붙지 않은 병에 들어 있는 약이 심장약이나 다른 중요하고 합법적인 약물이 아니기를 기도했다. 만에 하나라도 그게 합법적인 약물이라면 퍼넬러피는 당연히 한바탕 소동을 일으킬 터였다.

퍼넬러피가 임시 식당으로 사용하는 트레일러에 들어서서 처음 본 사람은 저베이스였다. 그녀는 음식을 담아 들고 그에게 다가가 앉았다.

"난 당신과 함께 연기하는 게 싫어요." 그녀가 차가운 푸른 눈동자로 그를 빤히 바라보며 말했다.

"나와 연기하는 게 싫다고?" 저베이스가 식식거렸다. "당신이 어리석은 행동을 해서 아침 촬영을 다 망쳐 놨잖아요. 대체 왜 이러는 거예요, 퍼넬러피? 꼭 버릇없는 애처럼 굴고 있잖아요."

"난 아침 촬영 망친 적 없어요. 내 생각에는 당신이 망친 것 같은데요. 술에 잔뜩 취해 작가와 그 목사가 우리 촬영에 관해 알게 해서 산통 다 깬 사람이 누구죠? 내가 그에 관해 해리와 얘기 좀 나눠야 할 것 같아요. 나 당신하고 연기 못 하겠어요."

"당신 미쳤군." 말은 이렇게 했지만, 저베이스는 갑자기 겁이 덜컥 났다. 최근 들어 그는 갈수록 배역을 얻기가 힘들어진다는 사실을 절절히 깨닫고 있었던 것이다. "죽고 싶어 환장했어. 내 경력을 망쳤다가는 당신도 제이미처럼 저세상으로 가게 될 줄 알아."

"난 당신 안 무서워." 퍼넬러피가 긴 머리채를 뒤로 홱 넘기며 말했다.

저베이스는 자신의 음식 접시를 집어 들고는 놀라서 쳐다보는 식당 안의 다른 시선을 무시하고 가능한 한 퍼넬러피에게서 멀리 떨어진 곳으로 가서 앉았다.

안타깝게도 피오나는 해리 프레임이 막 도착했을 때, 마침 걸려 온 스코틀랜드 BBC 드라마 감독의 전화를 받기 위해 자리를 떠야만 했다. 덕분에 식당을 나서던 퍼넬러피가 그를 반갑게 맞이했다.

"내 트레일러로 같이 가요, 해리." 그녀가 말했다.

해리 프레임은 그녀를 따라가 자리에 앉았다.

퍼넬러피는 그날 아침에 일어난 일을 그에게 개괄적으로 설명한 후, 저베이스는 물론이고 피오나와 실라와도 함께 일할 수 없다고 선언했다.

해리는 끓어오르는 역겨움을 가까스로 억눌렀다. "퍼넬러피, 이런 식으로 아무렇게나 직원들을 자를 수는 없어."

"제이미가 말했을 때는 피오나를 해고하려고 했잖아요."

해리가 자리에서 일어섰고, 그의 커다란 덩치가 그녀를 위에서 내려다봤다. "그래서 그에게 무슨 일이 일어났는지 보라고. 실라나 피오나, 저베이스를 다른 사람으로 교체하는 것보다는 자기를 다른 배우로 교체하는 게 훨씬 쉬워. 자기 자리를 대신할 만반의 준비가 된, 풍만한 가슴에 몸매도 좋지만 재능은 달리는 배우들이 세상에 얼마나 많은지 잘 알잖아."

"지금 그 말은 내가 연기를 못한다는 건가요?"

그가 어깨를 으쓱해 보였다. "자기는 유명 배우가 아니야. 그 사실을 생각해 보라고." 그가 떠난 후에 퍼넬러피는 핸드백을 허겁지겁 뒤지기 시작했다. 약병이 사라지고 없었다!

스태프 한 명이 가져간 게 틀림없었지만 불평을 할 수 있는 물건이 아니었다. 그녀는 진정제 두 알을 대신 삼켰다. 그들이 정말로 그녀를 해고할 수는 없을 터였다. 감히 그러지는 못할 터였다.

모두에게 다행스럽게도, 퍼넬러피는 그날 온종일 불편한 상황을 만들지 않고 맡은 역할을 해냈다. 연기가 약간 경직되기는 했지만, 자일스는 모두의 평화를 위해 그냥 넘어가기로 했다.

저녁때가 되어 진정제 약효가 떨어지면서 퍼넬러피는 심술도 나고 짜증도 나고 억울한 기분이 들었다.

피오나는 그녀가 가장 미워하는 사람이었다. 그녀는 복수를 하고 싶었다. 그래서 피오나를 해고하라고 요구했지만, 그 요구는 거부당했다.

그날 저녁 토멜성 호텔 식당에 도착했을 때, 그녀는 일부러 다른 사람들과 합류하지 않고 혼자 구석에 놓인 식탁 하나를 차지하고 앉았다. 그리고 송어 요리와 샴페인을 주문했다. 다른 사람들이 떠난 후에도 그녀는 식당에 혼자 남아 샴페인병을 비웠다.

그때 퍼넬러피는 피리 소리 같은 고음의 잉글랜드 억양으로 말하는 소리를 들었다. "내가 좀 늦었네요. 하지만 오늘 밤은 혼자 집에서 요리해 먹고 싶지 않아서요."

퍼넬러피는 고개를 들어 바라봤다. 퍼트리샤 마틴브로이드가 자리로 안내받고 있었다. 샴페인 탓에 감정도 격앙되고 화도 난 상태에서, 갑자기 퍼넬러피는 자신이 피오나에게 복수할 방법을 찾았다고 생각했다. 그녀는 약간 불안정한 상태로 자리에서 일어나 식탁 사이를 휘청거리며 곡예를 하듯이 통과해 퍼트리샤가 있는 곳으로 걸어가 그 앞에 멈춰 섰다.

몸을 가누기 위해 한 손으로 식탁을 짚은 채로 그녀가 말했다. "설마 오늘 아침 그 소극에 속아 넘어가지는 않으셨겠죠, 퍼트리샤?"

"물론 처음에는 좀 충격적이었지만, 피오나가 상황을 설명한 후에는 내가 좀 시대에 뒤떨어진 사람이라는 사실을 인정해야만 하겠더라고요."

"이 늙은 암소 같으니," 퍼넬러피가 경멸스럽다는 듯이 말했다. "나이트가운을 입고 연출했던 그 장면은 당신을 속여 넘기기 위해 준비한 가짜였어. 텔레비전에는 실제로 우리가 홀딱 벗고 찍은 정사 장면이 방영될 거야."

"거짓말 말아요!"

"내가 왜 거짓말을 하지? 계속 불평이나 해 대면서 방해나 하지 말고, 당신은 바닥에 엎드려서 우리 발에 키스라도 해야 한다고. 당신의 그 따분한 책을 우리가 만천하에 알려 줬으니까."

"나는 내일 변호사를 구할 겁니다." 퍼트리샤가 말했다. "그래서 촬영을 멈추게 하고 말겠어요."

퍼넬러피는 어깨를 으쓱해 보였다. "해 볼 테면 해 보시지. 당신이 벗은 몸을 생각만 해도 충격을 받는 진짜 이유가 뭔지 알아? 바로 당신의 알몸이 끔찍하기 때문이라고. 내가 장담하는데, 당신은 욕실 거울을 수건으로 덮어 놨을 거야."

퍼트리샤가 흥분해서 주변을 둘러보다가 호텔 지배인의 모습을 보았다. "존슨 씨," 그녀가 불렀다. "이 사람 좀 끌어내 줘요."

"갈 거예요." 퍼넬러피가 심하게 비틀거렸다. "그렇지만 이 말은 하고 가야겠네요." 그녀가 어깨 너머로 말했다. "당신도 변호사니 뭐니 해서 괜한 돈 쓰지 말고 가만히 있는 게 좋을 거예요. 이미 계약서에 서명했으니, 촬영에 관해서는 당신이 개입할 여지가 전혀 없으니까."

그녀가 떠나고 나서 퍼트리샤는 식탁 앞에 돌처럼 굳은 채 앉아 있었다. 주임 웨이터 젱킨스가 메뉴판을 가지고 다가왔다.

"뭐예요?" 퍼트리샤가 멍한 표정으로 물었다.

"주문하시겠습니까, 부인?"

"그래요…… 아니…… 아니요, 집에 가야겠어요…… 집에."
퍼트리샤가 자리에서 일어섰다. 그러다 핸드백을 바닥에 떨어뜨렸고, 가방의 내용물이 카펫 위로 쏟아져 사방으로 흩어졌다. 그녀는 무릎을 꿇고 물건을 주워 담기 시작했다. 주임 웨이터가 도우려고 바닥으로 허리를 구부렸다.

나중에 경찰의 질문을 받았을 때 그는 당시 마틴브로이드 여사가 울고 있었다는 사실을 기억해 냈다.

피오나는 다음 날 아침 7시에 촬영 현장에 나온 퍼넬러피의 모습이 많이 차분해져 있는 것을 보고 안심했다. 산을 가로지르는 추격 장면을 다시 촬영하기로 한 날이었다. 해는 나오지 않고 안개가 짙은 날이라 풍경에서 모든 색이 표백되어 버린 듯했다.

"산 위에 안개가 너무 짙게 깔리지는 않았을까요?" 피오나가 감독에게 물었다.

"오후에는 안개가 가신다고 했으니까," 자일스가 말했다. "분위기 있는 장면을 좀 건질 수도 있을 거예요."

일단 헬리콥터가 모두를 헤더 고원까지 싣고 올라갔고, 다들 헬기 밖으로 내려섰다. 실라는 제이미가 살해당한 장소에 다시 올라와 있는 게 영 기분 좋지 않았다. 안개가 주변에서 소용돌이쳤다. 이따금 안개가 위로 들려 올라가 주변이 선명하게 보였지만 곧 다시 내려왔다.

"일단 달리는 장면부터 찍을 겁니다." 모든 준비를 마쳤을 때 감독이 말했다. "안개 때문에 촬영이 힘들지도 모르겠어. 퍼넬러피는 여기서 시작해서 저기 가장자리까지 뛰어간 다음에 서는 거야."

"거기 제이미가 살해당했던 장소 아니에요?" 퍼넬러피가 물었다.

"아니, 그는 저쪽에서 살해당했어. 실라가 저쪽 울퉁불퉁한 바위가 있는 데로 가서 퍼넬러피에게 어디에 서 있어야 하는지 알려 줘."

실라는 시키는 대로 바위를 향해 걸어갔다. 안개가 다시 커튼처럼 위로 들려 올라갔고, 그들은 실라가 절벽 밖으로 튀어나온 커다란 바위 위에 선 모습을 볼 수 있었다.

"바로 여기서 서면 돼요, 퍼넬러피." 실라가 소리 질렀다. "그런 다음 서서 손으로 눈 위에 차양을 만들고 산 아래쪽을 내려다보는 거예요."

"거기서 잠깐 기다려." 자일스가 말했다.

실라는 그대로 서 있었다. 햇살 한 줄기가 갑자기 검은 협만 옆에 자리한 드림 마을을 밝게 비췄다. 맑고 깨끗한 공기에서 야생 백리향 냄새가 났다.

"좋아," 자일스가 실라에게 소리쳤다. "이제 돌아와도 돼."

실라가 다시 돌아왔다. "그럼, 퍼넬러피, 이제 자기 차례야." 자일스가 말했다. "달려가서 실라가 서 있던 곳에서 멈추라고."

"안개가 다시 내려오는데요." 피오나가 말했다.

"나도 알아." 자일스가 대꾸했다. "하지만 일단 한 컷만 찍어서 퍼넬러피가 안개 속으로 사라지는 것처럼 보이는지 확인하려는 거야."

퍼넬러피가 입은 진홍색 원피스가 그녀의 완벽한 몸매에 흐르는 듯 감겨 있었다.

모두가 각자 위치로 갔다. "좋아," 자일스가 부드럽게 말했다. "준비되면 시작해, 퍼넬러피. 모두 조용히. 그럼…… 액션!"

퍼넬러피가 사슴처럼 빠르게 안개 속으로 달리기 시작했다. 그녀가 짙은 안개 속으로 사라졌다. 사방이 고요했다.

갑자기 높고 울부짖는 비명이 아래로 추락하듯이 들려왔다.

"그녀가 추락해요!" 실라가 소리 질렀다.

"그럴 리 없어," 자일스가 건조하게 말했다. "그냥 애들처럼 장난치는 거야. 가서 데려와, 실라. 피오나! ……피오나는 어디 있어?"

실라가 앞으로 달려갔다. 돌출된 바위 위에 도착했을 때 퍼넬러피의 모습은 보이지 않았다.

"퍼넬러피!" 그녀가 소리 질렀다.

처음에는 아무 소리도 들리지 않았다. 그러다가 아주 가느다란 신음이 멀리 아래쪽에서 들려왔다.

그때 안개가 다시 올라갔고, 그녀는 퍼넬러피가 바위 아래쪽으로, 현기증 날 만큼 멀리 떨어진 또 다른 바위 위에 추락해 있는 것을 발견했다.

"아, 세상에, 퍼넬러피가 추락했어요!" 그녀가 비명을 질렀다. "도움을 청해요! 해미시 맥베스에게 전화를 걸어요!"

마치 상황을 비웃기라도 하듯이 안개가 완전히 걷히고 태양이 내리쬐기 시작했다.

해리 프레임, 피오나, 자일스, 제작 관리자 할 포사이드는 드림성에 있는 피오나의 사무실에 둘러앉았다.

"그녀의 가족이 우릴 고소해서 아예 인생까지 끝장내 버릴 거야." 해리 프레임이 투덜거렸다.

전화벨이 울려 모두가 펄쩍 뛰어 일어날 만큼 깜짝 놀랐다. 피오나가 수화기를 들고 가만히 듣고 있었다. 전화를 끊고 나서 그녀가 갈라진 목소리로 말했다. "실라가 인버네스 병원에서 건 전화예요. 퍼넬러피가 사망했어요. 병원에 도착하자마자 숨을 거뒀대요."

"젠장!" 해리 프레임이 씁쓸하게 말했다. "시간이 없어. 얼른 새로운 배우를 찾아 대체해야 한다고. 여긴 겨울이 일찍 찾아온단 말이야."

닐 시장이 방 안으로 고개를 들이밀었다. "경찰이 왔습니다."

모두 놀란 표정으로 문 쪽을 돌아봤다.

블레어 경감이 맥내브와 앤더슨 형사를 이끌고 방 안으로 쿵쿵거리며 들어섰다.

"퍼넬러피 게이츠가 죽었습니다." 그가 말했다.

"우리도 알아요." 피오나가 말했다. "방금 병원에서 소식을 들었습니다."

"해미시 맥베스 순경이 그녀와 함께 헬기를 타고 병원으로 갔습니다. 그런데 그녀가 숨을 거두기 전에 이렇게 말했다고 하는군요. '누군가 내 발목을 잡아당겼어요.' 그래서 우린 지금 살인 사건을 수사하는 중입니다!"

"잠깐 얘기 좀 나누죠." 해미시가 실라와 함께 인버네스의 레이그모어 병원을 나서며 말했다. "돌아가기 전에 일단 간단하게 뭐 좀 먹죠."

그들은 택시를 타고 인버네스 중심부에 있는 작은 셀프서비스 식당으로 갔다. 음식을 담고 자리를 잡고 앉았을 때 해미시가 물었다. "퍼넬러피가 죽기를 바랐던 사람이 누가 있을까요?"

"모두 다요." 실라가 두 눈에 눈물을 가득 담고 말했다. "어제는 정말 끔찍한 하루였어요." 그러고는 그날 무슨 일이 있었는지 천천히 털어놓기 시작했다. "피오나는 퍼넬러피가 각성제에 취해 있다는 사실을 당신에게 신고하고 싶어 했어요. 그럼 당신이 퍼넬러피를 체포할 테니까요."

"내가 알았다고 해도 체포하지는 않았을 거예요. 피오나가 대마초 피우는 걸 발견하고도 체포하지 않았던 것처럼요." 해미시가 말했다. "난 어차피 가벼운 마약류는 의도적으로 다들 눈감아 줄 거라면, 왜 굳이 그걸 법으로 금지해 놓았는지 가끔 의아할 때가 있어요. 뉴욕을 보세요. 그들은 무관용 원칙을 적용해서 노상강도나 낙서 같은 사소한 범죄를 깨끗이 소탕하기 시작했고, 그게 큰 성공을 거두고 있잖아요. 바닥부터 시작해서 가벼운 마약을 소탕해 나가면, 중독성이 강한 마약을 남용하는 일도 점차 줄어들 거라는 걸 아는 거죠. 만약 사업하는 사람이 술을 마시고 조금이라도 과속을 하게 되면, 그는 엄청난 곤경에 처하게 될 겁니다. 하지만 대마초를 피우는 사람들은 아무런 제재도 안 받아요. 만약 내가 대마초를 피운 혐의로 누군가를 체포한다고 하면, 아마 전국의 모든 진보주의자가 날 못 잡아먹어서 안달할 겁니다. 그렇지만 제한치를 조금 넘는 정도로 술을 마시고 운전한 사람을 체포하면, 다들 '잘했어요, 경관님'이라고 한다고요.

어쨌든 그래서 그녀가 당신과 피오나와 저베이스를 해고시키겠다고 협박했다는 거군요. 아니, 그렇게 협박했다는 얘기를 당신이 들었다는 거군요. 해리 프레임은 그에 대해 뭐라고 했나요?"

"우린 몰라요. 해리가 그에 관해서는 얘기하고 싶지 않다고만 했거든요."

"그렇다면, 피오나와 당신과 저베이스가 생각하기로는, 해리가 당신들을 해고할지 말지 생각 중이었을 수도 있겠군요."

"그래요…… 그게, 아니요. 그도 세 사람을 한꺼번에 해고할 수는 없었을 거예요." 그녀의 눈에 다시 눈물이 고였다. "죽는 날까지 퍼넬러피가 벼랑에서 떨어지면서 지르던 비명 소리를 듣게 될 것 같아요."

"그럼 퍼트리샤는요? 그녀는 누드 장면에 관해 설명한 그 한심한 내용을 믿었어요?"

"아, 그럼요, 완전히 진정돼서 행복하게 떠났는걸요."

"하지만 문제는," 해미시가 말했다. "고지에서는 아무리 비밀을 지키려고 해 봐야 금방 소문이 떠돌게 된다는 거예요. 누군가에게 은밀히 무언가를 말하면 당신이 채 알아차리기도 전에 다음 날이면 마을 전체가 그 사실을 알고 있거든요."

그녀가 손등으로 눈을 훔치고 미소를 지으려 애썼다. "그렇다면 오히려 살인 사건을 해결하기가 쉽겠네요."

"그거랑은 또 다른 얘기예요. 살인 사건이 일어나면 모두가 죄책감을 느끼고 안으로 숨어 버리거든요. 이상한 일이지만, 무고한 사람들이 괜히 자기가 어디서 무엇을 하고 있었는지 은근히 찔려 해요."

실라의 얼굴이 살짝 창백해졌다. "그렇다면 내가 주요 용의자가 되겠네요. 내가 그녀를 밀어 버리고 마치 그녀 혼자 추락한 듯이 모른 척할 수도 있잖아요."

"그렇지만 퍼넬러피가 직접 누군가 자기 발목을 잡아서 당겼다고 진술했어요. 누군가 안개 속에 몰래 숨어서 기회를 엿보고 있었던 게 틀림없어요. 피오나는 어디 있었나요?"

"자일스 브라운 감독님과 함께 있었는데, 어느 순간 잠시 안개 속으로 사라졌었죠."

"적어도 저베이스는 근처에 없었겠군요."

"아니요, 있었어요." 실라가 말했다.

"왜요?"

"각본에서 경감이 살인자거든요."

"내용이 어떤 식으로 진행되는 건데요?"

"그가 레이디 해리엇에게 집착해서 잉글랜드에 있는 그녀를 성으로 불러들이려고 그녀의 집사를 살해하는 거예요."

"그렇지만 그는 레이디 해리엇과 침대로 들어가잖아요."

"음, 그녀가 경감이 뭘 알고 있는지 알아내려고 그를 유혹하기로 되어 있거든요."

"그럼 '만조의 사건'이라는 건 내용과 무슨 관계가 있죠?"

"집사의 시체가 해변에 밀려들어 오고 레이디 해리엇은 밀물의 흔적에서 그의 사망 시간을 판단하거든요."

"내가 알기로는 퍼트리샤의 책은 독자평이 상당히 좋은 것 같던데요."

"책을 읽어 보면, 플롯이 상당히 복잡하지만, 그래도 매우 설득력 있어요. 물론 내게는 그녀의 스타일이 좀 장황하고 지나치게 점잔 빼는 듯이 느껴지기는 해도요. 그건 그렇고 '미동美童'이 대체 무슨 뜻이에요?"

"나도 몰라요. 문장을 다 알려줘 봐요."

"'그녀가 그에게 미동의 미소를 지어 보였다.' 내가 사전을 찾아봤거든요. '피해자, 남색의 상대가 되는 소년, 또는 활기 없이 미소 짓다' 등의 의미가 있더군요. 그럼 그냥 '활기 없이 미소를 지었다'라고 쓰면 안 되는 거예요? 나도 조지 오웰의 말에 동의해요. '사전을 찾아봐야 뜻을 알 수 있을 정도라면, 그 단어는 사용하지 말아야 한다.'"

"어쩌면 퍼트리샤는 사전을 안 찾아봐도 그 단어 뜻을 알고 있나 보죠."

"그럴지도 모르겠네요. 이제 어쩌면 좋죠?"

"내가 로흐두에서 드림까지 차로 태워다 줄게요. 거기 가면 경찰이 당신을 면담할 겁니다. 오늘도 언론에서 떼로 몰려왔지만, 내일은 세계 각국 언론이 합세할 거예요. '아름다운 여배우 살해당하다.' 그럼 블레어는 엄청난 압박감을 느끼게 될 테죠. 그 사실을 잊지 말고, 그냥 차분히 대꾸하시면 돼요."

"로흐두까지는 어떻게 돌아가죠? 우릴 헬리콥터로 데려다주지는 않을 것 아니에요."

해미시가 휴대전화를 꺼냈다. "인버네스 경찰이 데려다줄 거예요."

그들은 곧장 드림성으로 차를 몰았다. 닐 시장은 성 본관에 불을 지펴 놓고 있었다. 바깥 날씨는 따뜻했고, 한 해 중 거의 해가 지지 않는 시기라서 하늘도 아직 환했지만, 성 안은 춥고 어둑어둑했다.

지미 앤더슨이 밖으로 나와 해미시와 실라를 맞이했다. "따라오세요." 그가 실라에게 말했다. "블레어 경감이 면담하려고 기다리고 있습니다."

해미시는 그녀와 함께 들어가고 싶었지만, 보나 마나 블레어가 나가 있으라고 명령할 게 뻔해서 남아 있기로 했다. 그는 불 앞에 둘러앉은 사람들 사이로 들어갔다. 제작사 직원 대부분이 모여 있는 듯했다.

해리 프레임이 해미시를 보고 인상을 찌푸렸다. "우린 이러고 가만히 있어서는 안 된다고. 이 절호의 홍보 기회를 그냥 날려 버릴 수는 없어. 퍼넬러피의 마지막 촬영분을 이곳뿐 아니라 모스크바에 있는 방송사에까지 다 판매하면 떼돈을 벌 수 있을 거야."

"그건 경찰이 압수해 가지 않았나요?" 해미시가 물었다.

"복사본이 몇 개 있어요." 해리가 말했다. 그가 피오나를 돌아봤다. "메리 호일 어때?"

"괜찮은 배우지만, 어리지도 않고, 절대로 옷을 벗으려고도 하지 않을걸요."

"난 어린애들에게는 질렸어. 이 작품을 책임지고 끌어 나갈 연기도 잘하고 성격도 좋은 배우가 필요해. 자네도 메리 호일의 평판은 들어 봤을 거야. 기억력이 사진처럼 정확해. 게다가 지금 아무것도 안 하고 있다는 게 중요하지."

"난 입 꾹 다물고 그저 연기만 하는 배우라면 누구라도 찬성이에요. 그렇지만 우리 정말 계속 촬영할 수 있는 거예요?"

"당연하지, 계속할 거야." 해리가 말했다. "이런 홍보성이라면, 드라마가 완성돼서 배포될 때쯤이면 시청률이 어마어마할 거라고."

성문이 열리더니 여경 한 명이 퍼트리샤와 함께 안으로 들어왔다. 그녀는 창백하고 피곤해 보였고, 평소의 자신감 넘치는 태도는 어디로 갔는지 보이지 않았다. "잠시 여기서 기다리고 계세요. 순서가 되면 들어가실 거예요." 여경이 말했다.

퍼트리샤가 커다란 핸드백을 손에 움켜잡은 채, 모여 앉은 사람들 끄트머리에 자리 잡고 앉았다.

침묵이 흘렀다. 퍼트리샤가 원작자이기는 했지만, 그들의 일원은 아니었다. 해미시가 앉아 있던 의자를 돌려 그녀 옆으로 갔다.

"오늘 어디에 계셨는지 경찰이 물을 겁니다." 그가 말했다.

"그건 증명하기가 힘들어요." 퍼트리샤가 비참한 표정으로 말했다. 그 순간 토멜성 호텔 주임 웨이터인 젱킨스가 안으로 들어왔고, 그 모습을 본 퍼트리샤가 흠칫 놀라더니 핸드백을 떨어뜨렸다. "저 사람이 여기서 뭐 하는 거죠?" 그녀가 식식거렸다.

해미시가 자리에서 일어나 그의 앞으로 나섰다.

"난 당신한테 볼일 없어요." 젱킨스가 평소와 마찬가지로 마치 상상 속의 쟁반을 들어 나르기라도 하듯이 팔꿈치를 살짝 구부려 밖으로 펼친 자세로 서서 말했다. "책임자를 만나러 왔어요. 중요한 일입니다."

면담 장소에 들어가서 실라를 구해 나올 구실이 생겼다는 사실에 기뻐하며, 해미시가 고개를 끄덕이고는 본관 홀을 떠났다. 면담은 피오나의 사무실에서 진행되고 있었다. 블레어는 고래고래 고함을 지르다 멈춰서 해미시를 잡아먹을 듯이 노려봤다. "뭐야?"

"토멜성 호텔의 주임 웨이터 젱킨스 씨가 와 있습니다. 매우 중요한 정보를 가져왔다고 하는데요."

블레어의 눈동자가 번득였다. "안으로 들여보내. 버포드 양과는 나중에 다시 얘기하도록 하죠. 멀리 가지 마세요."

해미시는 실라와 함께 밖으로 나왔다. "힘들었어요?" 그가 안타까운 표정으로 물었다.

"끔찍했어요. 저 사람은 내가 살인자이기라도 한 듯이 몰아붙이네요."

"그게 저 사람 방식이에요. 사람들에게 겁을 잔뜩 줘서 자백하게끔 몰아가려고 하는데, 한 번도 제대로 되는 걸 본 적이 없어요."

실라도 불가에 모인 다른 사람들과 합류했고, 해미시는 젱킨스에게 신호를 보냈다. 그는 면담 장소에 그냥 머무르면서 젱킨스가 무슨 얘기를 하는지 들어 볼 작정이었다.

따라서 젱킨스가 블레어의 책상 앞으로 가서 그를 마주 보고 앉았을 때, 해미시는 방구석으로 미끄러져 들어가 자리에 앉았다.

젱킨스가 자기소개를 했다.

"그래, 우리에게 전해 줄 중요한 정보라는 게 뭔가요?" 블레어가 물었다.

"어젯밤 내가 호텔 레스토랑 담당이었습니다." 젱킨스가 말했다. "퍼넬러피 게이츠 씨가 혼자 식사를 하고 있었죠. 샴페인 한 병을 주문해서 그걸 다 마시고 있던 참이었습니다. 그때 그녀가 그 작가, 그러니까 마틴브로이드 여사가 안으로 들어서는 걸 봤죠. 나는 소문을 들어서 촬영 분량에 약간의 정사 장면이 들어가 있는데, 마틴브로이드 여사와 제솝 목사는 그렇지 않다는 확답을 듣고 왔다는 사실을 알고 있었습니다. 그런데 퍼넬러피 게이츠 씨가 마틴브로이드 여사 앞으로 가서는 당신이 속은 것이고, 실제 촬영 분량에는 정사 장면이 있었다고 하면서 그녀의 책이 정말 지루하다고 얘기하더군요. 결국 마틴브로이드 여사는 상심해서 울기까지 했어요. 그래서 내 생각에는," 젱킨스가 거만하게 덧붙였다. "마틴브로이드 여사가 너무 혼란스러운 나머지 퍼넬러피 게이츠 씨를 살해한 게 분명하다는 겁니다."

"할 말 다 했으면," 블레어가 그를 혐오스럽다는 듯이 쳐다보았다. "이제 돌아가셔도 됩니다."

젱킨스는 식식거리며 방을 나갔다.

"그 작가라는 여자는 아직 도착 안 했나?" 블레어가 물었다.

"왔습니다." 해미시가 말했다.

블레어는 잠시 그를 노려봤다. 면담 장소에서 나가라고 명령해야 할지 말아야 할지 잠시 갈등하는 듯 보였지만, 이내 마음을 정하고 말했다. "들어오라고 해."

지미 앤더슨이 밖으로 나갔다. 해미시는 자리에 그대로 남아 있었다. 퍼트리샤가 안으로 들어왔다. 얼굴은 여전히 창백했지만, 마음은 평정을 찾은 듯했다. 블레어가 평소와 같이 노골적인 태도로 질문을 던지기 시작했다. "오늘 어디에 계셨습니까?"

"몇 시에 말인가요, 경관님?"

"경감입니다. 아침에 일어나셨을 때부터 시작하죠."

"아침을 해 먹고 새 책을 몇 쪽 정도 썼어요. 그다음에 차를 몰고 나갔습니다."

"어디로요?"

"난 제작사 사람들이 내 책을 가지고 하는 짓 때문에 크게 상심해 있었어요. 나도 퍼넬러피 게이츠 씨가 죽었고, 죽은 사람에 대해서는 좋은 말만 해야 한다는 상식쯤은 알고 있습니다. 하지만 끔찍하고 잔인하고 저속한 여자였어요. 그녀가 어젯밤에 토멜성 호텔에서 나를 웃음거리로 만들었습니다. 제작사 직원들이 절대로 드라마에 포함되지 않는다고 내게 약속까지 했던 외설적인 장면이 실제로는 촬영되어 드라마에 포함될 거라고 폭로하더군요. 그 사람들이 나를 속여서 사실과는 정반대로 믿게 한 거라고요. 나는 극도로 화가 났어요. 글도 제대로 쓸 수가 없었습니다. 당장에라도 드림으로 가서 그들과 맞서고 싶었지만, 더는 쥐어짜 낼 용기가 없었어요. 그래서 무작정 차를 몰고 나간 거예요. 어디로 얼마나 오래 돌아다녔는지는 잘 모르겠어요. 어느 순간 갑자기 배가 고프다는 사실을 깨닫고 정신을 차려 보니 고일스피더군요. 그래서 서덜랜드 암스 호텔 바에 가서 점심을 먹고 집으로 돌아왔어요."

"서덜랜드 암스 호텔에 사람을 보내 확인해 볼 겁니다. 부인의 차종과 차량번호가 어떻게 되나요?"

퍼트리샤는 그가 원하는 정보를 알려 주었다.

"내가 보기에는," 블레어가 돼지 같은 미소를 지으며 말했다. "당신이 그 누구보다도 퍼넬러피 게이츠가 죽기를 바랄 만한 이유가 충분했던 것 같군요. 그녀는 당신이 어떻게 속았는지 떠들어 대서 당신을 조롱했고, 당신은 그 때문에 너무 상심해 있었다는 사실을 시인했어요. 그래서 당신은 드림으로 찾아가 그 산에 올라간 겁니다. 그리고 퍼넬러피가 그 바위에 서 있으라는 지시를 받는 걸 듣게 되죠. 당신은 안개 속에서 은밀히 움직여 바위 아래 숨어 있다가 퍼넬러피의 발목을 끌어당긴 게 분명해요."

"말도 안 되는 소리 하지 말아요." 퍼트리샤가 침착하게 말했다. "지금 시각이 자정이 지났고, 내가 너무 피곤하다는 사실을 좀 지적해도 될까요?"

블레어가 책상을 내리쳤다. "우리 모두 빌어먹게 피곤하다고, 이 여자야! 어쨌든 내가 당신과 볼일이 다 끝날 때까지 당신은 여기 있어야 할 거요." 평소 어느 정도 교정해서 발음하던 그의 글래스고 억양은 젱킨스나 퍼트리샤처럼 거드름을 피워 대는 사람들과 대화를 나눌 때면 갑자기 강해지곤 했다.

실라는 다른 사람들과 본관 홀에 앉아 기다리고 있었다. 그녀는 자신이 부당한 대우를 받았다는 사실에 억울해하고 있었다. 알고 보니 다른 직원들이 면담에 들어갈 때는 회사 변호사들이 동석했기 때문이었다. 하지만 해리에게 그 점에 관해 불평하자, 그는 어깨를 크게 한 번 으쓱하고는 변호사들도 잠을 자야 하지 않겠느냐고 대답할 뿐이었다.

처음으로 실라는 누가 정말 퍼넬러피를 살해했을까 궁금해지기 시작했다. 사실 범인이 누구일지 추리해 보는 것이 더는 지적인 훈련에 해당하지도 않았다. 성 안에 있는 사람 중 하나가, 다시 말해 벽난로 앞에 둘러앉은 사람 중 하나가 퍼넬러피의 살인범이었다. 누구도 그녀를 애도하지 않았고, 망자에 관해 좋은 말을 하는 사람도 없었다.

다음 날 아침 해미시 맥베스는 시끄럽게 울리는 자명종 소리에 잠에서 깨어났다. 매우 피곤했다. 잠이라고 해야 겨우 네 시간 잔 게 전부였다.

그는 전날 일어났던 사건을 다시 머릿속에 떠올렸다. 피오나는 퍼넬러피 근처에는 얼씬도 하지 않았다고 말했지만, 그걸 입증할 만한 증거는 아무것도 없었다. 저베이스는 확고한 알리바이가 없었다. 안개가 너무도 짙었기 때문에, 다들 누구의 눈에도 띄지 않고 어디든 가 있을 수 있었다.

그는 BBC가 새로운 여배우를 찾고 대본도 바꾸어 촬영을 재개할지, 아니면 모든 것을 다 없던 일로 할지 궁금했다.

그는 일어나서 씻고 옷을 챙겨 입은 후, 아침을 준비하러 부엌으로 갔다. 밖에는 비가 꾸준히 내리고 있었다. 오랜만에 내리는 비였다.

누군가 주저하며 문을 두드리는 소리가 들렸다. 그는 한숨을 쉬었다. 보나 마나 수사 상황에 관해 뭐 좀 흥미로운 얘기가 없을까 궁금해 찾아온 마을 사람일 터였다. 하지만 문을 열자 밖에는 퍼트리샤 마틴브로이드가 서 있었다.

"당신과 얘기할 게 있어서 왔어요, 해미시." 그녀가 말했다. 눈 밑에는 판다를 연상시키는 시커먼 그늘이 누런 피부색을 바탕으로 짙게 내려앉아 있었다.

"들어오세요." 그가 말했다. "아침을 준비하던 참이었어요.

함께 드실래요?"

"난 아무것도 먹을 수가 없어요." 퍼트리샤가 말했다.

"어쨌든 앉아서 커피라도 드세요."

퍼트리샤는 해미시가 커피 두 잔을 준비해서 부엌 탁자에 내려놓고 자신의 맞은편에 자리 잡고 앉을 때까지 기다렸다.

"나는 심각한 곤경에 처해 있어요." 퍼트리샤가 말했다.

"왜요? 무슨 일인데요?"

그녀가 초조한 표정으로 그를 바라봤다. "내가 그 인간을 살해한 범인으로 의심받고 있어요."

"그게 블레어의 방식입니다. 그는 모두를 용의자인 것처럼 대해요."

"아니에요, 정말 모르겠어요? 내가 가장 강한 동기를 가진 사람이라고요."

"글쎄요, 저는 잘 모르겠어요. 그녀가 피오나 킹과 저베이스 하트와 실라 버포드에게도 해고시킬 거라고 협박했었거든요. 그리고 그들 모두 퍼넬러피와 산 위에 올라가 있었어요. 게다가 해리 프레임은 어젯밤에 BBC 스코틀랜드에서 좀 더 전통적인 탐정 시리즈를 원한다는 사실을 넌지시 흘렸거든요. 그렇게 되면 퍼넬러피와 그녀의 아름다운 몸은 드라마 제작에 그다지 필요한 요소가 되지 않는다는 의미죠. 하지만 난 해리 프레임이 그녀를 눈앞에서 치우고 싶다고 벼랑에서 밀어 버렸을 것 같지는 않아요. 만약 작가님이 퍼넬러피 게이츠를 살해한 게 아니라면, 걱정할 게 전혀 없습니다."

"난 그렇게 멍청하지 않아요!" 퍼트리샤가 말했다. "난 당신의 도움을 받고 언론에서도 도망치기 위해 이리로 온 거예요. 난 알리바이가 없어요. 그런데 그 블레어라는 자가 언론의 압박 때문에, 어서 범인을, 아니, 누구라도 당장 체포를 하려고 작정하고 있단 말이에요. 해미시 맥베스, 부디 부탁인데, 누가 정말 퍼넬러피를 살해했는지 밝혀내 줘요."

"왜 접니까?"

"난 당신이 지적으로 뛰어난 사람이라는 인상을 받았어요. 시노선 교회에서 사람들이 하는 얘기를 들어 보니, 당신이 이전에도 몇 건의 살인 사건을 해결했는데, 그게 당신이 주도적으로 나서서 한 일이라고 하더군요."

"물론 범인이 누구인지 최선을 다해 찾기는 할 겁니다." 해미시가 조심스럽게 말했다. "그렇지만 저는 스트래스베인 본부의 도움을 받을 수가 없어요."

"그렇더라도 나는 당신을 믿어요. 나는 가난한 사람이 아니에요. 당신에게 보상할 겁니다."

"그러실 필요는 없어요. 그보다는 아침을 드실 생각이 없으면 댁에 가서 눈 좀 붙이시는 게 좋겠다는 말씀을 드려도 될까요?"

"기자들이 사방에 진을 치고 있어서 쉴 수가 없어요."

"아까 말씀하셨듯이, 가난한 분이 아니잖아요. 그러니 호텔 방을 하나 잡으세요. 호텔에서는 기자들이 드나들지 못하도록 문에 경비를 세워 뒀을 겁니다."

"그러는 게 좋겠네요. 수사 상황은 계속 알려 줄 거죠?"

"제가 할 수 있는 게 있는지 알려 드릴게요. 하지만 어디로 차를 몰고 다녔는지 기억해 보시라고 제안하고 싶네요. 누군가 작가님을 봤을 수도 있으니까요."

퍼트리샤가 떠나고 나서 해미시는 아침 식사로 달걀과 베이컨을 구웠다. 그는 보통 파텔 씨의 잡화점에 가서 신문을 구매해 봤기에 집으로 배달받는 신문이 없었다. 타블로이드 신문은 퍼넬러피의 알몸 사진을 잔뜩 게재해 놓고 신이 나서 살인 사건에 관해 떠들어 대고 있을 터였다. 그녀의 남편이 죽었을 때도 역시 그랬기 때문이다.

경찰서 사무실에서는 전화벨이 끊임없이 울려 댔고, 매번 자동응답기가 딸깍거렸다. 전부 언론사에서 걸려 온 전화였다.

그러다가 블레어의 흉포한 목소리가 들려왔다. "지금 거기 있는 거 내가 모를 줄 알아, 이 게을러 빠진 고지 사냥개 같으니라고. 당장 그 작가라는 여자 찾아서 여기로 데리고 와. 얼른 엉덩이 들지 못해!"

해미시는 한숨을 쉬었다. 가여운 퍼트리샤. 하지만 왜 내가 퍼트리샤를 가엽다고 생각해야 하지? 완고한 자만심으로 완전 무장을 하고 있는 여자가 아니던가. 하지만 그 껍질 속에서 외롭고 상처 입기 쉬운 상태로 숨어 있는 사람이기도 했다. 그는 아침 식사를 마치고, 키우는 양과 닭을 살핀 후, 퍼트리샤를 데리러 가려고 출발했다.

제6장

아니, 안 돼요! 그런 결론으로
성급하게 뛰어들어서는 안 돼요.
루이스 캐럴

"변호사를 선임하시는 게 어때요?" 해미시 맥베스가 퍼트리샤를 드림으로 태워다 주는 동안 물었다.

"난 변호사라면 질색이에요." 퍼트리샤가 하품을 눌러 참으며 말했다. "아, 그건 그렇고 그 비열한 인간이 왜 나를 보자는 건가요? 그 인간만 아니면 몇 시간쯤 단잠을 잘 수도 있었는데."

"일단 이번 심문이 끝나면, 글 쓰는 것과 드라마에 관해서는 다 잊어버리시는 게 좋을 것 같네요. 이 모든 일이 작가님을 미치기 일보 직전으로 몰아가는 것 같으니까요."

"그렇지만 누군가를 죽일 만큼 미칠 지경은 아니에요." 퍼트리샤가 날카롭게 말했다. "내 세대의 사람들은 살인 같은 건 하지 않아요."

해미시는 퍼트리샤 세대의 유명한 살인자 몇 명을 잠깐 떠올렸지만, 입 밖으로 그 말을 꺼내지는 않았다. 그는 다시 드림에 갈 기회를 얻은 것이 기뻤다. 가서 자신이 무엇을 할 수 있을지 찾아볼 작정이었다.

하지만 그는 퍼트리샤가 심문받는 장소에 함께 들어가지 못했다. "지금 이 안에 있는 사람만으로도 충분해." 블레어가 으르렁거렸다.

해미시는 성 밖을 돌아다녔다. 실라가 그에게로 다가왔다. 그녀의 밝은 푸른색 눈동자가 그의 눈을 빤히 바라봤다. "당신이 반드시 알아야 할 게 있어요." 그녀가 낮은 목소리로 말했다. "어디 조용한 곳으로 가죠."

그들은 여러 방송사 기자들을 지나쳐 갔다. 기자 대부분이 귀에 휴대전화를 풀로 붙여 놓기라도 한 듯이 들고 있었다. "휴대전화를 저렇게까지 많이 사용해야 할 필요가 정말 있는 걸까요?" 해미시가 진심으로 궁금하다는 듯이 물었다. "전화요금도 비싸잖아요."

"우리 쪽 업계 사람들이 흔히 하는 얘기가 있는데, 그게 뭔 줄 알아요?" 실라가 쓴웃음을 지었다. "적어도 15분에 한 번씩 휴대전화를 사용하지 않으면, 자존감이 추락한대요."

그들은 마을을 향해 걸어갔다. 여러 언론사 기자들이 마치 자갈처럼 마을을 배회하고 있었다. 카메라맨들은 장비를 어깨에 짊어지고 다녔고, 텔레비전 뉴스 직원들은 성으로 올라가는 길가에 밴을 주차해 놓고 대기하고 있었다.

"이게 다 무슨 서커스래요." 실라가 말했다. "이 사람들이 여기 얼마나 있을까요?"

"며칠은 있겠죠. 그런 다음 또 다른 뉴스사가 몰려와서 배턴터치를 할 테고요." 그가 주변을 둘러봤다. "이제 아무도 안 보이네요. 그래, 할 말이라는 게 뭐예요?"

"저기, 이 정보를 누구에게 들었는지는 절대 아무에게도 얘기하면 안 돼요. 해리 프레임이 우리를 전부 다 불러 모아서 절대로 경찰이나 언론과 얘기해서는 안 된다고 신신당부를 했었거든요. 우린 다 똘똘 뭉쳐야 한다면서요."

"알았어요. 당신이 하려는 얘기가 뭔데요?"

"우리 직원 몇몇이 식당에서 식사를 하다가 퍼넬러피가 저베이스에게 이제 그와 더는 연기하지 않을 거라고 얘기하는 걸 들었대요."

"우리도 그 사실은 알아요."

"그런데 저베이스가 그녀를 죽여 버리겠다고 협박도 했대요."

그들은 말없이 걸어갔다. 그러다가 해미시가 말했다. "그냥 아무 의미 없는 말일 거예요. 사람들은 화가 나면 곧잘 '널 죽여 버리겠어'라고 하잖아요. 퍼넬러피가 당신을 해고하겠다고 했을 때, 당신도 그녀에게 죽여 버리겠다고 협박했나요?"

"아니요, 당연히 아니죠…… 어머, 세상에!"

"협박했어요?"

"그녀와 말다툼을 한 적이 있었는데, 내가 그녀의 캐러밴을 떠나면서, '목이나 확 부러져라!'라고 소리를 질렀어요. 그때 난 다음 날 산에서 찍기로 예정돼 있던 촬영에 관해 생각하고 있었거든요."

"난 첫 번째 살인에 대해서 생각을 안 할 수가 없어요." 해미시가 천천히 말했다. "아무리 생각해도 그게 이해가 안 가요."

"조시가 범인이라고 생각하지 않는 건가요?"

"그가 범인이라는 유일한 증거가 그의 손에 묻어 있던 혈흔이잖아요. 블레어는 서둘러 그 사건을 덮고 싶어서 더 자세히 수사하지 않았거든요."

"그렇지만 조시가 '내 이놈을 죽여 버리고 말겠어!'라고 소리치던 걸 글래스고의 세인트빈센트 거리에 있던 경찰관 두 명이 목격했다는 얘기는 나도 들었는걸요."

"사실 그것 때문에 좀 혼란스러워요. 그는 책 표지 광고에서 자기 아내가 알몸으로 누워 있는 사진을 봤는데, 고함은

'이놈을 죽여 버리겠어'라고 질렀단 말이죠."

"제이미의 이름이 책 뒤표지에 각본가로 표기돼 있어서 그랬던 것 아닐까요?"

"하지만 왜 조시는 제이미에게 모든 책임이 있다고 성급하게 결정을 내렸을까요? 해리 프레임도 책임이 있지 않아요?"

"우리야 왜 그랬는지 절대로 모르겠죠."

"잠깐만요. 당신 휴대전화 좀 잠시 빌릴 수 있어요?" 해미시가 물었다.

"당신도 휴대전화를 가지고 있을 것 같은데요."

"그렇지만 지금 거는 전화는 상부에 비용을 청구할 수 없을 것 같아서 그래요."

그녀가 핸드백에서 전화기를 꺼내 그에게 건네주었다. "맘껏 쓰세요."

해미시는 길가에 있는 큰 바위에 걸터앉았고, 실라는 바위 옆 헤더 밭에 주저앉았다.

해미시는 전화번호 안내 센터로 전화를 걸어 존스미스 서점의 번호를 알려 달라고 청했다. 그런 다음 서점으로 전화를 걸어 자신을 소개하고 조시 게이츠에게 토지측량부 지도를 건네준 직원과 통화하고 싶다고 말했다.

"리즈 턴불입니다." 잠시 후 목소리 하나가 전화를 받았다.

"턴불 씨," 해미시가 말했다. "저는 서덜랜드 지역 로호두의 순경 해미시 맥베스라고 합니다. 당신이 조시 게이츠에게 토지측량부 지도를 가져다주었죠?"

"그 각본가를 살해한 사람 말이군요. 맞아요. 그때 그 사람이 몹시 화가 난 것 같았어요."

"그러고 나서 그가 거리로 나갔을 때 경찰 두 명이 그가 '내 이놈을 죽여 버리고 말겠어'라고 말하는 걸 들었다고 하던데, 맞나요?"

잠시 침묵이 흐른 후 리즈 턴불이 대답했다. "이년이었어요. 이놈이 아니라, '이년'이라고 했어요."

"그걸 어떻게 알죠?"

"여기 판매 보조원 한 명이 휴식 시간이 끝나고 돌아오다가 듣고는 내게 말해 줬거든요."

"그 사람과 잠시 통화할 수 있을까요?"

"그럼요, 잠깐 기다리세요."

해미시는 기다렸다. 수화기 저편에서 바쁜 서점의 소음이 들려왔다. 그러고 나서 남자 목소리가 들려왔다. "전화 바꿨습니다."

"저는 해미시 맥베스 순경이라고 합니다. 실례지만, 성함이……?"

"휴 로이예요."

"로이 씨, 제가 듣기로는 당신이 조시 게이츠가 거리에서

'내 이년을 죽여 버리고 말겠어'라고 고함지르는 걸 들었다고 하는데, 맞나요?"

"예, 맞아요, 그때 마침 휴식 시간이 끝나서 돌아오던 중이었거든요."

"그렇지만 제가 얻은 정보에 따르면 그가 '내 이놈을 죽여 버리고 말겠어'라고 소리 질렀다고 하거든요."

"아니에요, 확실히 '이년'이라고 소리 질렀어요."

해미시는 스트래스베인 경찰 본부로 전화를 걸어서 그날 세인트빈센트 거리에 있던 경찰 중 한 명과 통화를 하고 싶다고 청했다. 마침 운이 좋았다. 둘 중 한 명이 매점에 있다는 답변이 돌아왔고, 해미시는 그가 전화를 받을 때까지 참을성 있게 기다렸다.

"맞아요, 확실히 기억하고 있어요." 경찰이 말했다. "제가 제출한 보고서에도 적혀 있습니다."

"조시 게이츠가 '이년'을 죽여 버리겠다고 했나요, '이놈'을 죽여 버리겠다고 했나요?"

"'내 이년을 죽여 버리고 말겠어'라고 했어요."

해미시는 그에게 고맙다는 인사를 하고 전화를 끊었다. 그가 실라를 돌아봤다. "조시가 '내 이년을 죽여 버리고 말겠어'라고 소리 질렀답니다. 그런데 왜 지미 앤더슨은 달리 말했을까요?"

"어쩌면 글래스고 경찰이 보고서에 잘못 적어 넣은 게 아닐까요?"

"그런 것 같지는 않아요. 난 블레어가 어떻게든 수사를 빨리 종결지으려고 했던 게 아닌가 의심이 들기 시작하네요. 혹시 누가 날 찾으면, 로흐두로 돌아갔다고 말해 주세요."

해미시는 빠른 속도로 걷기 시작했고, 실라는 천천히 걸어 성으로 돌아갔다.

로흐두 경찰서로 돌아간 후 그는 컴퓨터 앞에 자리 잡고 앉아 화면을 빤히 바라봤다. 이전 사건에서 누군가 블레어의 비밀번호를 추측해서 스트래스베인에 있는 블레어의 기록에 침투한 일이 있었다. 그 일이 있고 나서 블레어는 자신의 비밀번호를 바꾸었을 터였다. 해미시는 생각해 낼 수 있는 온갖 욕설을 다 시도해 봤지만 소용이 없었다. 어떻게 하면 그의 비밀번호를 알아낼 수 있을까?

해미시는 드림성으로 전화를 걸어 지미 앤더슨을 바꿔 달라고 했다. 전화를 받은 사람이 지미가 면담실에 있다고 하자 해미시는 자신에게 새롭고 중요한 정보가 있다고 말했다.

마침내 지미가 전화를 받았다. "정말 쓸 만한 정보가 아니면 재미없을 줄 알아요, 해미시."

"당신 주려고 최상급 몰트위스키 한 병 구해 놨어요."

"일 끝나는 대로 바로 달려갈게요. 그래, 내가 그 대가로 뭘 해 주면 됩니까?"

"블레어의 비밀번호 좀 가르쳐 줘요."

"이봐요, 왜 이래요. 그리고 내가 그걸 어떻게 압니까?"

"왜냐하면 블레어는 술만 취했다 하면 수다스러워지니까요. 제발요, 지미."

"그게 왜 필요한데요?"

"뭘 좀 알아볼 게 있어요. 이걸 생각해 봐요. 내가 전에 여러 사건을 해결했는데, 그 뚱보 양반이 공을 다 차지하게 내버려 뒀잖아요. 그러니 이번에 내가 사건을 해결한다면, 당신이 공을 차지하게 해 줄게요, 어때요?"

긴 침묵이 흘렀다. 그러고 나서 지미가 소곤거렸다. "알았어요. 비밀번호는 '개수작'이에요."

"내가 시도 안 해 본 유일한 욕설이네요. 고마워요, 지미."

"좀 있다 갈 테니까, 무슨 꿍꿍이인지 알려 줘요."

해미시는 다시 컴퓨터 앞에 앉았다. 블레어의 계정에 접속한 후, 보고서 파일을 찾아 빠르게 넘겨 보면서 마침내 아까 통화한 글래스고 경찰의 보고서를 찾아냈다. 그는 등을 기대고 앉았다. 이제야 확실해졌다. 조시는 분명히 "내 이년을 죽여 버리고 말겠어"라고 소리 질렀다. 그는 다시 앞으로 기대앉아 보고서를 넘겨 보기 시작했다. 그러다가 멈춰서 화면을 빤히 바라봤다. 조시는 북쪽으로 향해 가던 중에 퍼스 외곽에 있는 코스타 브라바라는 민박에서 하룻밤을 묵었다. 그리고 아침 식사 중에 "내가 얼마나 무서운 인간인지 놈이 알게 해 주겠어!"라고 소리 지르는 게 목격되었다.

해미시는 다시 등을 기대고 앉았다. 그러니까 조시는 마지막엔 '남자'를 협박하고 있었던 것이다.

실망감이 밀려왔다. 시간만 낭비한 꼴 아닌가. 조시가 처음에 여자를 죽이겠다고 했다 한들 무슨 소용인가. 퍼넬러피는 조시가 죽은 이후에 살해당했는데. 이제 그만 현재의 살인 사건으로 돌아가야 할 때가 온 듯했다.

블레어는 아직 모든 보고서를 다 공개하지는 않았다. 해미시는 가만히 기다리면서 지난번과는 달리 블레어가 자신의 보고서가 해킹당한 사실을 알아차리지 못하기를 바라야 할 터였다.

그는 거실로 들어가서 책장 앞에 웅크리고 앉았다. 맨 아래 선반에는 토지측량부 지도 몇 권이 꽂혀 있었다. 그는 드림 지역이 나온 지도를 꺼내 바닥에 펼쳐 놓았다. 그 산으로 올라가는 다른 길은 없을까? 그가 늘 이용하는 길 외에 다른 등산로가 있지는 않을까?

그는 인상을 찌푸렸다. 점쟁이 앵거스 맥도널드가 한때 유명한 등반가가 아니었던가.

앵거스는 자신이 미래를 예언할 수 있다고 주장했다. 해미시는 그가 했던 예측이 절묘하게 들어맞았던 경우는 그가 약삭빠르게 마을에 떠도는 소문을 듣고 맞춘 것이라고 판단했기에 그의 능력을 믿지 않았다. 그럼에도 해미시 자신 역시 고지인 특유의 미신적인 면이 매우 강했기 때문에 그 노인 주변에 있으면 마음이 편치 않았다.

앵거스는 자신을 방문하는 모든 사람이 선물을 가져다주리라고 기대하는 사람이었다. 해미시는 인상을 찌푸렸다. 지미에게 줄 질 좋은 몰트위스키도 이미 한 병 사 두어야 했기 때문이다. 그는 파텔 씨의 잡화점으로 갔다. 던디 케이크*가 '대폭 할인'되어 진열장에 놓여 있었다. 해미시는 케이크 하나를 사서 앵거스의 오두막으로 출발했다.

"자네는 너무 싼 물건만 사는 경향이 있어, 해미시 맥베스." 앵거스가 케이크를 받아 들며 씁쓸하게 말했다. 해미시는 이 케이크가 할인 판매 상품인 걸 점쟁이도 알고 있는 게 틀림없다고 생각했다.

그는 앵거스를 따라 낡은 오두막 안으로 들어갔다. 난로에서 토탄 불이 타고 있었다.

잿빛 수염과 머리를 덥수룩하게 기르고 있어서 그 어느 때보다도 선지자처럼 보이는 앵거스 노인이 말했다. "누가 그 아

* 아몬드를 넣은 과일 케이크로 스코틀랜드 전통 요리이다.

가씨를 살해했는지 알고 싶어서 찾아온 것 같군."

"당연히 알고 계신 거 아니에요?"

"아, 물론, 내가 알아낼 수 있지." 점쟁이가 게슴츠레 눈을 감았다. "짧은 머리에 커다란 부츠를 신은 여자가 보이는군."

"젊은 여자예요?" 해미시가 실라를 떠올렸다. "금발이에요?"

"아니, 대략 마흔쯤 된 것 같고, 검은 머리에 약을 하는군."

피오나야, 해미시는 생각했다.

"그 여자가 약을 한다는 걸 어떻게 알죠?"

"여기서 다 보여." 앵거스가 자신의 이마를 두드리며 말했고, 해미시는 존 테니얼이 그린 『이상한 나라의 앨리스』 속의 독수리 삽화가 떠올랐다.

해미시는 점쟁이의 속임수를 잘 알고 있었다. 그가 대마초 냄새를 맡고 피오나의 사무실로 쳐들어갔을 때, 마침 드림성 사냥터지기 중 하나가 성 주변을 돌아다니다가 그들이 나누는 대화를 엿듣거나 했을 터였다. 다들 앵거스에게 온갖 얘기를 다 털어놓지 않는가.

"그럼 그 여자가 왜 피해자를 살해해야 했을까요?" 해미시가 그의 기분을 맞춰 주며 물었다.

"그 여자는 보통 야심 찬 사람이 아니거든. 그런데 그 퍼넬러피라는 여자가 그녀의 경력을 망치려 하고 있었으니까."

"이러지 마세요, 앵거스 씨." 해미시가 말했다. "왜 그렇게 단정적으로 얘기하죠? 제 말은, 이렇게 누군가를 딱 지명하는 건 당신답지 않잖아요. 보통은 넌지시 암시만 하잖아요. '내가 어두운 형상의 여자를 봤어' 같은 식으로요."

"이런, 아니야, 해미시. 자네는 늘 내 능력을 의심했잖아."

"지금은 그 능력이니 뭐니 하는 건 잠깐 잊자고요. 제가 여기 찾아온 진짜 이유는 영감님이 혹시 그 산으로 올라가는 다른 길을 알고 있는지 궁금해서예요. 뒷길 같은 거요. 영감님도 알겠지만, 우리는 보통 두 개의 절벽 사이로 난 그 길을 이용하잖아요."

앵거스는 화가 난 듯 보였다. "자네가 뭔가 정보를 더 얻고 싶다면 오래된 던디 케이크 조각보다는 더 나은 걸 들고 와야 할 것 같군."

"참 나, 이러시면 곤란합니다." 해미시가 날카롭게 말했다. "앵거스 씨가 경찰 수사를 방해했다고 기소할 수도 있어요."

점쟁이는 고집스럽게 입을 다물고 앉아 있었다. 해미시는 한숨을 쉬었다.

"알겠어요, 우리 집 냉동고에 큼지막한 송어 여섯 마리가 있어요. 그러니 그 산으로 가는 다른 길이 있는지 알려 주면 그걸 가져다드릴게요."

앵거스가 자리에서 일어나 구석에 놓인 상자 속을 뒤지기 시작했다. 그러고는 몇 장의 종이를 가지고 돌아와서 그것을 테이블 위에 내려놓고 펜을 꺼냈다.

"이쪽으로 와 보게, 해미시." 그가 해미시를 부르고는 개략적인 스케치를 하기 시작했다. "여기에 좁은 길이 하나 있네. 이걸 아는 사람은 많지 않아. 이쪽 낮은 언덕에서 시작해서 구불구불 이어지다가 꼭 토끼 길처럼 꺾어지지. 하지만 기존에 이용하던 길보다는 훨씬 접근하기가 쉽네."

해미시는 빠르게 움직이는 펜을 바라봤다. "그렇게 쉬운 길이라면 왜 더 많은 사람이 이용하지 않나요?"

"몰라서 묻는 건가?" 앵거스가 말했다. "등반가들은 어려운 길을 좋아하네. 그리고 그 지역 사람들은 생전 산꼭대기에는 올라갈 일이 없어. 거길 뭐 하러 가겠나? 내 말은, 동네 사람들은 등산하겠다고 산에 올라가지는 않아. 나 같은 괴짜나 관광객들이 올라가지. 그리고 관광객 얘기가 나와서 말이지만, 그들은 매년 더 어리석어지기만 해. 심지어 겨울철 글렌코에서는 계속 고개를 이리저리 홱홱 피하면서 산을 타야 해. 왜 그런지 아나? 관광객들이 꼭 죽은 파리처럼 산에서 떨어지기 때문이야. 다들 스코틀랜드 날씨에 대한 예의가 없어. 그들이 산을 타면, 눈보라가 치고, 산악구조대가 출동하고, 그럼 납세자들이 그 비용을 부담하지. 그러고 나면 국가 예산을 탕진한 그 멍청한 인간이 '나는 어떻게 살아남았는가'라는 제목으로 타블로이드에 자기 얘기를 팔아 치워 그 돈을 챙겨 가 버린다고. 내가 만약—"

"알았어요, 알았어요," 해미시가 그의 일장연설을 자르며 말했다. "제가 이 지도를 가지고 가고, 밤에 송어를 가져다드리죠."

그가 문 쪽으로 걷기 시작했다.

"해미시!" 앵거스가 불렀다.

해미시가 돌아봤다. "왜요?"

"그 예쁘장한 금발 아가씨한테 희망을 품어 봤자 아무 소용없을 거야. 그 여자도 피오나라는 여자처럼 야망을 따라갈 테니까. 조심하라고, 해미시."

"아, 물론이죠." 해미시가 냉소적으로 대꾸했다. "저는 이만 자리를 피해 드릴 테니, 수정구슬이나 열심히 들여다보시라고요."

큰 보폭으로 성큼성큼 걸어가는 동안, 그는 스트래스베인 경찰도 그 다른 길을 찾아냈을지 궁금했다.

아일린 제솝은 드림 마을 목사관에서 화장대 앞에 앉아 거울에 비친 자신의 모습을 우울하게 바라봤다. 그녀는 수년 동안 자기 모습을 제대로 바라본 적이 없다는 사실을 깨달았다. 두꺼운 안경 너머로 두 눈이 그녀 자신을 향해 깜빡거리고 있었다. 아일린은 자신의 철회색 머리와 시무룩한 모습을 가만히 살펴봤다.

수년 전 결혼할 당시만 해도 그녀는 아름다운 여인이었다…… 적어도 그녀는 자기 자신이 예쁘다고 생각했었다. 그러나 어떻게 된 일인지, 결혼 직후부터 콜린 제솝은 아일린이 그가 생각하기에 경박해 보이는 옷차림이나 머리 모양을 하면 인상부터 찡그렸다. 그중에서도 화장은 목회자의 아내가 절대로 해서는 안 되는 것이었다.

처음에는 아일린도 그에게 맞섰지만, 남편은 갈수록 난폭하고 공격적으로 변해 갔다. 결국 그녀의 개성은 천천히 그의 개성 아래로 가라앉아 버렸다. 분노한 그가 만들어 내는 무시무시한 상황에 또다시 직면하느니, 굴복하고 포기하는 게 훨씬 쉬웠기 때문이다.

그가 에든버러에 있는 교회에서 설교하던 시절에는 그나마 조금 더 살 만했다. 교구에는 친구들이 있었고 연극도 보고 영화관에도 갈 수 있었다. 하지만 남편은 그녀가 어떤 식이든 독립적인 삶을 영위한다는 사실에 분개했다. 그가 드림의 목사직을 수락했을 때, 아일린은 자신에게 남은, 아주 작은 마지막 자유마저도 빼앗겨 버린 기분이었다.

그녀는 고립감과 두려움을 느꼈다. 고지 마을에는 이상한 서열 같은 게 존재했고, 목사 부인은 평범한 마을 여자들과 일정한 거리를 유지해야 하는 것으로 기대되었다. 영화 제작에 관한 생각을 나눌 때까지 그녀는 마을 여자들에 관해 거의 아는 바가 없었다. 평소 같은 상황이었다면 콜린 제솝은 영화 제작을 반대했을 테지만, 근래 그는 주중이면 스트래스베인이나 인버네스로 나가 소위 '종교적인 사업'이라는 것에 헌신하느라 많은 시간을 보내고 있었다.

몇 년 만에 처음으로 아일린은 끊임없이 뭔가를 요구하고 괴롭히던 남편에게서 벗어나 자유로움을 느꼈다. 내면의 무언가가 그녀에게 설레고 들뜬 봄기운을 안겨 주고, 성장하기 시작한 듯한 기분이었다.

하지만 그녀는 거울에 비친 모습을 바라보며 자신의 외모는 여전히 예전의 아일린 그대로라는 사실을 깨달았다. 앨리스에게 가서 흉측한 잿빛 머리칼만 염색해도 정말 근사할 것 같았다. 하지만 그러면 남편이 금방 알아챌 테고, 다시 한바탕 소동이 일어날 게 뻔했다. 어쩌면 그는 아예 영화를 찍는 것 자체를 금지해 버릴지도 몰랐는데, 아일린은 그 상황만은 견디지 못할 것 같았다. 지금까지 찍어 놓은 테이프의 양은 상당했다. 그녀는 텔레비전 제작사 사람을 찾아가서 필름을 자르고 편집하는 방법에 관해 조언을 구하고 싶었다. 남편은 그녀가 그들 가까이에 가는 것을 금지했고, 지금까지는 그녀도 남편의 말에 순종했다. 하지만 그가 멀리 나가 있을 때 제작사 사람을 찾아가면 될 듯했다.

누군가 초인종을 눌렀고, 그녀는 문을 열어 주러 걸어갔다. 아일사 케네디였다. 그녀와 아일린은 빠르게 묘한 우정을 쌓아 가고 있었다.

"들어와요." 아일린이 말했다. "어쩐 일이에요? 형사와 경찰이 사방에 깔려 있어서 당신도 그 사람들을 구경하고 있을 거라고 생각했어요."

"오늘 가게가 일찍 문 닫는 날이잖아요." 아일사가 말했다. "차 몰고 인버네스로 드라이브나 나갈까 생각 중이에요. 쟉이 오늘 차 쓸 일이 없대요. 같이 안 갈래요?"

아일린의 얼굴이 환해졌다가 곧 다시 시무룩해졌다. "남편은 집에 돌아왔을 때 내가 있는 걸 좋아하는데, 그가 정확히 언제 돌아올지 몰라서요. 그리고 그는 오자마자 식사할 수 있게 준비된 걸 좋아해요. 하지만 오늘 저녁에 먹을 스튜는 이미 끓여 놨어요. 그냥 데워 먹기만 하면 돼요."

"그럼 목사님에게 혼자 데워 드시라고 쪽지를 남겨 놓으면 되겠네요." 아일사가 말했다.

"아, 그럴 수가 없어요."

"왜요?" 아일사가 빨간 머리채를 뒤로 홱 넘기며 물었다.

"그럼 굉장히 화를 낼 거예요."

"남편들이야 늘 화가 나 있는걸요. 그게 그 사람들 천성이에요. 그리고 우리 여자들 천성은 남자들이 그러는 거에 콧방귀도 안 뀌는 거고요."

아일린의 뇌 속 어딘가에서 반란의 작은 불꽃이 번뜩였다. 아일사는 늘 "우리 여자들"이라고 이야기해서 외로운 목사 부인이 남편을 두려워하지 않는 여성자유연대의 일원이라고 느끼게 했다.

"그래요, 가요." 그녀가 말했다. "쪽지 쓸 동안 잠시만 기다려요."

아일사가 1차선짜리 도로를 따라 솜씨 좋게 차를 몰면서 흥미로운 표정으로 목사 부인을 흘낏거렸다. 그녀는 "이 부츠는 걸어 다닐 때 신으라고 만든 거예요"라는 노래 가사를 흥얼거리고 있었다.

그때 아일린이 노래를 멈추고 갑자기 물었다. "내 머리 어때요?"

"아주 보기 좋아요." 아일사가 진정한 고지식 정중함을 담아 대꾸했다.

"난 싫어요. 정말 맘에 안 들어요." 아일린이 열정적으로 말했다. "난 시무룩해 보이는 것도 싫고 희끗희끗한 머리도 너무 싫어요."

"그런 문제야 쉽게 해결할 수 있죠." 아일사가 말했다. "인버네스에 가서 미용실에 들르자고요. 거기서 머리를 하면 되잖아요. 난 앨리스에게는 가고 싶지 않아요. 대체 무슨 염색약을 사용하는지는 모르지만, 지금도 여전히 염색한 티가 팍팍 나는 금발이나 생기 없는 검은색으로만 머리를 염색하거든요. 당신은 아직도 몸매가 좋은 것 같으니까, 그냥 새 옷만 사 입어도 괜찮을 거예요. 목사님이 생활비를 빠듯하게 주나요?"

"아니요, 나도 따로 현금을 좀 가지고 있어요."

"그럼 걱정 없네요."

"남편이 굉장히 화를 낼 텐데."

"물론 그러겠죠. 남편들이야 늘 그러잖아요. 그게 남자들이 늘 하는 방식이에요." 아일사가 마치 일부 아마존 토착민의 이상한 방식을 설명하기라도 하듯이 훈계조로 얘기했다. "내 말 믿어요. 당신이 허락 없이 하고 싶은 걸 하면, 남자들은 고래고래 고함을 질러 대면서 난리를 치지만, 며칠만 지나면 당신이 예전에는 어떤 모습이었는지 까맣게 잊어 먹죠. 자, 일단 머리 모양이 어떻게 바뀌는지 보고 나서, 머리부터 발끝까지 변신해 보자고요."

아일사의 차는 지붕 덮개를 여닫을 수 있는 낡은 모리스 마이너였다. 그녀가 길가에 차를 세우고 지붕을 접어 열었다.

그런 다음 다시 태양 속으로 질주했다.

아일린은 앞으로 남은 생애 내내 그 여행을 기억하게 될 터였다. 바람이 그녀의 머리카락 사이를 세차게 통과해 가며 꽂고 있던 머리핀을 길 위로 날려 버렸다. 아일사가 시끄러운 팝 음악 테이프를 오디오에 꽂아 넣었고, 그들은 대중음악과 나란히 블랙아일에서 인버네스로 다리를 건너 거센 바람을 타고 항해해 나갔다. 아일린은 생애 처음으로 다시 젊어진 듯한 기분이 들었다.

아일사가 버스 정류장에 있는 다층식 주차장에 차를 댔다.

"미용실 먼저 가요." 아일사가 말했다. "그런 다음 늦은 점심을 먹자고요."

아일사가 아일린을 데리고 들어간 미용실은 새로 생긴 곳이었고, 그 사실이 소심한 목사의 아내에게는 꽤나 두렵게 느껴졌다. 하지만 미용사들도 모두 고지 출신이었기에, 서로에게 호의와 친근감을 느꼈고, 따라서 모두 함께 아일린의 머리색과 모양을 상의해서 결정하는 흥미로운 업무에 돌입했다.

두 시간 후, 아일린은 햇빛에 눈을 깜박거리며 밖으로 나왔다. 그녀의 머리는 검게 변하고 자연스러운 모양으로 잘려 있었다. 아일사의 팔에 매달려 걸어가는 동안 그녀는 계속 상점 진열창에 비친 자신의 새로운 모습을 흘낏거렸다. 그러다가 아일사가 갑자기 멈춰 섰다. "저 원피스 당신에게 정말 잘 어울릴 것 같아요."

아일린도 그것을 바라봤다. 평범한 셔츠형 원피스였지만, 부드러운 실크 재질에 공작새처럼 녹색과 황금색과 푸른색이

섞인 소용돌이 문양이 있었다. 그녀는 숨을 깊이 들이마셨다.
"나 저거 살래요."

아일사는 아일린에게 그 옷으로 갈아입으라고 주장했다. 그러고 나서 두 사람은 아일사가 오후 내내 문을 연다고 말한 식당으로 걸어갔다. 다른 식당들은 점심시간이 끝나면 문을 닫기 때문이었다.

실내가 전체적으로 황동과 마호가니와 야자수 나무로 꾸며진 식당은 이국적인 음식을 판매했다. 그들은 멕시코 요리를 주문하고 맥주로 입가심을 했다. 아일사가 식사를 마친 후에 산책을 해서 얼마든지 술기운을 씻어 버릴 수 있다고 주장했기 때문이다.

대부분의 자리는 다른 자리에서 보이지 않도록 식물과 황동 기둥을 이용한 장식으로 막혀 있었다. 아일린은 화장실에 다녀오겠다고 자리에서 일어섰지만, 실은 자신의 새로운 모습을 거울에 비춰 보고 싶은 마음이 더 컸다.

여자 화장실로 걸어가던 길에, 그녀는 예기치 않게 남편의 모습을 목격했다. 그는 창가 자리에 앉아 있었다. 맞은편에는 황당할 정도로 샛노란 금발에 쥐라도 잡아먹은 듯이 새빨간 립스틱을 바른, 살집이 넉넉한 중년 여성이 앉아 있었다. 남편은 식탁 맞은편에서 여자의 손을 맞잡고 있었고, 놀랍게도 만면에 홀딱 빠진 듯한 미소까지 띠고 있었다.

그녀는 허둥지둥 여자 화장실로 들어가서 세면대에 기대섰다. 다른 누구도 아닌, 콜린이! 이 상황이 그간 남편의 인버네스 출장을 모두 설명해 주는 듯했다. 아일린은 아무 생각도 떠오르지 않았고, 뭘 어떻게 해야 할지도 알 수 없었다. 어쩌면 아일사는 알지도 몰랐다.

검게 염색한 머리와 새 드레스가 아일린에게 이상한 용기를 불어넣고 있었다. 그녀는 고급 슈퍼마켓 체인인 부츠에서 산 립스틱을 꺼내 조심스럽게 입술에 발랐다. 아이섀도와 마스카라, 파운데이션 크림 그리고 파우더도 구매했지만, 몸이 부들부들 떨려서 다른 화장품은 바르지 않기로 했다.

몇 주 전, 그러니까 아일린이 개인적으로 '영화 제작 이전'으로 명명한 생애 동안, 지금처럼 레스토랑에서 남편이 불륜을 저지르고 있을지도 모를 상황을 접했더라면 그녀는 그 사실을 자신의 마음속에 그대로 묻어 버렸을 터였다.

하지만 지금 아일사와의 새로운 우정뿐 아니라 혼자가 아니라는 새로운 느낌을 즐기고 있었다. 그래서 자리로 돌아가자마자 불쑥 털어놨다. "아일사! 아일사, 지금 나한테 무슨 일이 일어났는지, 내가 방금 어떤 장면을 목격했는지 절대 믿지 못할 거예요. 콜린! 내 남편이요! 그가 이 식당에 있어요. 어떤 매춘부처럼 생긴 여자랑 손까지 맞잡고요."

"뭐라고요!" 아일사가 꽥 소리 질렀다.

"목소리 낮춰요." 아일린이 급하게 소곤거렸다. "콜린이 어떤 금발 여자랑 손을 맞잡고 저쪽 바 근처에 앉아 있단 말이에요."

"교구민을 위로하고 있는 걸지도 모르잖아요."

"당신은 그 사람이 어떤 표정인지 못 봤잖아요."

"세상에 맙소사!" 아일사가 말했다. "목사님이. 난 도저히 못 믿겠어요. 그가 당신의 머리를 봤어요?"

아일린이 고개를 저었다. "그 여자한테 완전히 넋이 나가 있어요."

"저쪽으로 가서 그에게 맞서 볼 거죠?"

아일린은 자신의 손만 내려다보며 아무 대답도 하지 않았다. 그러다가 잠시 후 말했다. "아니요, 안 갈 거예요."

"그러면 오늘 저녁에 집에 가서 얘기할 거예요?"

"아마도 안 할 거예요."

아일사가 흥미롭다는 듯이 그녀를 바라봤다. "지금 조금 충격을 받은 것 같기는 한데, 화가 난 것 같지도, 그렇다고 괴로워하지도 않는 것 같네요."

아일린이 살짝 미소 지었다. "그래요, 충격을 받아서 그럴지도 몰라요."

아일사는 곰곰이 생각에 잠긴 채 하일랜드 윈드라는 이름의 파란 칵테일을 한 모금 홀짝였다. 그동안 칵테일 잔 위로 튀어나온 자그마한 타탄 무늬 우산에 눈을 찔리지 않으려고 고개를 살짝 기울여야 했다.

"이거 정말 대단한 소문거리인데요."

"아무한테도 말하면 안 돼요." 아일린이 깜짝 놀라서 말했다. "잭에게는 물론이고, 다른 누구에게도 말하지 말아요."

"알았어요."

"약속하죠?"

"하늘에 대고 맹세해요."

"콜린이 떠날 때까지 우린 여기 앉아서 시간을 보내자고요." 아일린이 말했다. "정말 황당한 게 뭔지 알아요?"

"뭔데요? 저 콜린이라는 인간이 당신을 두고 바람을 피울지도 모른다는 사실, 그 자체만으로도 충분히 황당하고도 남을 것 같은데."

"저 여자는 화장을 떡이 되게 하고 머리도 염색했어요. 그런데 말이에요, 만약 내가 저렇게 입술을 시뻘겋게 칠하고 있으면, 그는 내가 목사 부인에게 어울리지 않는 짓을 한다고 고래고래 고함을 질러 댈 게 분명하거든요."

"아, 난 그런 건 전혀 황당하지 않아요." 아일사가 말했다. "남자들이란 하나같이 다 똑같거든요. 그 인간들은 당신을 손에 넣는 순간, 처음에 자기가 당신에게 끌리기 시작했던 매력을 무슨 수를 써서라도 당신에게서 다 제거해 버리려고 갖은

애를 써 대는 작자들이니까."

그 순간 아일린은 남편의 배신에 당황스러워하고 있음에도 불구하고, 다시 한번 여자들의 세상 속으로, 남자라는 이상한 외계인의 세상에 맞서 하나로 똘똘 뭉친 세상 속으로 포함되는 듯한 기분을 느꼈다.

해미시 맥베스가 앵거스 노인이 알려 준 길을 찾아내기까지는 약간 시간이 걸렸다. 마침내 그는 정확한 위치를 찾아냈고, 혹시라도 남아 있을지 모를 단서를 수색하면서 그 길을 따라 산 위로 올라갔다. 다른 길보다 오르기가 확실히 수월했지만, 놀랍게도 정상에 거의 다다를 때까지 아무것도 발견할 수 없었다. 길은 몇 년 동안 토끼나 사슴 외에는 아무도 이용하지 않은 듯이 보였다.

하지만 그 길을 따라 올라가면 누구라도 쉽게 퍼넬러피가 추락했던 바위 아래쪽에 다다를 수 있었다. 하지만 퍼넬러피가 거기 서 있게 되리라는 사실을 누가, 어떻게 알 수 있었을까? 혹시 대본에 적혀 있었을까?

그는 잠시 생각에 잠겨 있다가 살인이 미리 계획된 게 아니었다고 결론 내렸다. 피오나 또는 저베이스 또는 해리가 퍼넬러피를 없애 버릴 절호의 기회를 우연히 발견했던 것이다. 바위 아래쪽은 사람이 서 있을 만큼 평평하고, 시야에서 가려져 있었다. 해리라면 수월하게 아래로 미끄러져 내려가서 팔을 위로 뻗어 퍼넬러피의 발목을 잡아당겨 균형을 잃게 할 수 있었을 터였다. 피오나와 저베이스 역시 안개 속으로 뛰어 들어가서 같은 방식을 쓸 수 있었을 것이다. 그리고 퍼트리샤는 그날 정말로 어디 있었던 것일까? 그에게 도와 달라고 청해 온 것은 단지 눈가림을 하기 위한 것일까?

점쟁이는 정말로 피오나가 범인이라고 생각하는 걸까? 만약 그렇다면, 누가 그에게 그 정보를 가져다주었을까? 근래 앵거스는 외부 출입을 거의 하지 않았지만, 방문자들을 통해 마을에 떠도는 소문은 모두 듣고 있었다. 때때로 신문에 '고지의 점성술사'에 관한 기사가 실리기도 했고, 가끔 텔레비전에 그의 모습이 나타나기도 했다.

그때 해미시는 위쪽 헤더 평원에서 수색 중인 남자들의 목소리가 얼마나 선명하게 들리는지 알아차렸다.

여기에 숨어 있던 사람이 누구였든, 그는 퍼넬러피에게 내리는 지시 사항을 모두 들었을 터였다.

해미시는 산에서 내려가 드림성으로 향했고, 그곳에서 퍼트리샤가 추가 심문을 받기 위해 스트래스베인으로 이송되었다는 사실을 알게 되었다. 그 정보는 피오나가 제공해 주었다.

"이제 어떻게 되는 겁니까?" 해미시가 물었다.

"퍼트리샤 말인가요?"

"아니요, 드라마요."

"계속 진행할 거예요. 메리 호일이 비행기로 오늘 도착할 예정이거든요. 굉장히 뛰어난 배우죠."

"나도 몇몇 프로그램에서 본 적이 있는 것 같네요. 금발 미녀라고는 하기 힘든 배우 아닌가요?"

"대본을 약간 변경해야 하겠지만, 그래도 어떻게든 해 나가야죠."

해미시는 잠시 그녀를 찬찬히 바라보다가 물었다. "당신은 퍼트리샤가 범인이라고 생각하나요?"

"네, 맞아요." 피오나가 담배를 뻑뻑 피워 대며 말했고, 해미시는 그것이 보통 담배라는 사실을 알아차리고 기뻤다.

"왜죠?"

피오나가 담배를 내려놓고, 짧게 자른 머리를 양손으로 쓸어 넘겼다. "우리 중에는 그런 짓을 할 사람이 없어요. 나는 전에도 이 사람들과 일을 했었어요. 이들에겐 그런 성향이라고는 전혀 없어요. 하지만 작가들이란! 내 말 믿어요, 그 사람들은 다 허영기로 미친 인간들이죠. 이쪽 텔레비전 제작 일이 어떻게 돌아가는지 손톱만큼도 이해하지 못하면서 자기들이 쓴 온갖 따분한 단어들을 다 드라마로 구현해 내길 기대한다고요."

"그렇지만 나는 왠지 퍼트리샤가 살인을 저지를 만한 사람이 아니라는 생각이 드는데요. 그녀는 굉장히 의식적으로 점잖은 숙녀처럼 행동하려 하잖아요."

"'하느님은 지주와 그의 친족에게 복을 주시고, 그들이 올바른 곳에 머물도록 도와주신다.'" 피오나가 인용했다.

"그래요, 비슷해요. 실라는 어디 있나요?"

"추가 심문을 받아야 해서 스트래스베인으로 함께 이송됐어요. 그녀가 퍼넬러피에게 '목이나 확 부러져라!'라고 소리 지르는 걸 누가 들었거든요."

"그럼 저베이스 하트도 같이 이송됐나요?"

"아니요, 그는 안 갔어요."

"그것참 이상하네요. 그도 퍼넬러피에게 죽여 버리겠다고 협박했고, 그걸 들은 사람이 있거든요."

"누가 그런 말을 하던가요?" 피오나가 날카롭게 물었다.

"지금 그 반응은, 당신이 모두에게 입 다물고 있으라고 하고는, 실라에 관한 얘기만 흘렸다고 자백하는 것처럼 들리는군요."

"그런 게 아니에요."

해미시가 한숨을 쉬었다. "거짓말에 거짓말이 더해지고, 거기에 또 거짓말이라. 쓸데없이 경찰에게 뭔가 숨기려고 애쓰면서 돌아다니지 말아요. 그럴수록 정작 살인자는 버젓이 사방을 활개 치고 돌아다니고, 무고한 사람들만 블레어에게 괴롭힘을 당할 뿐이라고요."

해미시는 그날 남은 시간을 살인 사건이 일어나던 날 아침에 퍼트리샤를 목격한 사람이 있는지 알아보는 데 쓰기로 마음먹었다. 그는 고일스피로 차를 몰았고, 이미 경찰이 서덜랜드 암스 호텔의 식당 종업원을 면담해서 퍼트리샤가 실제로 그곳에서 점심을 먹었다는 사실을 확인하고 갔음을 알게 되었다. 아무도 그녀의 태도가 이상하다거나 어색하다는 느낌을 받지는 못했다고 했다. 예를 들어 일전에 브로디 선생에게 발견되었던 날처럼 퍼트리샤가 혼자 중얼거리거나 울분을 토하지는 않았다는 말이다. 하지만 고일스피 지역의 가장 큰 정비소인 고일스피 정비소의 사장 휴 존스턴을 찾아가는 데서 시작해 고일스피 주변을 부지런히 확인하고 다녔음에도, 퍼트리샤의 차를 목격했다는 사람은 아무도 없었다. 퍼트리샤의 차는 흰색 메트로였다. 어쩌면 그녀는 기름을 넣기 위해 어딘가에서 주유소에 들렀을 수도 있었다. 그는 수 킬로미터를 차를 몰고 다니며 주유소마다 확인해 봤지만, 아무 소용 없었다.

콜린 제솝 목사는 목사관에 도착하자마자 아내를 찾았다. "아일린!" 아무 대답도 없었다. 그는 부엌으로 갔다. 부엌 조리대 위에 쪽지가 놓여 있었다. '아일사와 인버네스에 다녀올게요. 혹시 늦을지도 몰라서 냉장고에 캐서롤 스튜 만들어 놨어

요. 데워서 저녁으로 먹으면 돼요.'

그는 쪽지를 노려보다가 화가 나서 구겨 버렸다. 이게 다 그 빌어먹을 영화 제작 때문이었다. 그것 때문에 아일린이 아내의 의무를 잊고 있는 것이었다. 좋아, 집에 오기만 해 봐라, 다 때려치우게 할 테니까, 그는 생각했다.

혼자 저녁을 차려 먹는 동안, 그는 내내 부엌 시계를 확인했다. 9시가 되자 차가 올라오는 소리가 들렸다.

목사는 자리에서 일어섰다.

아내가 집 안으로 들어왔다. 그는 아내의 화장과 염색한 머리를 화가 잔뜩 나서 바라봤다.

"몰골이 그게 뭡니까. 수치스러운 줄 알아요." 그가 소리 지르자 이마에 핏발이 곤두섰다. "가서 얼굴에 처바른 그 오물부터 씻어 내고 내일은 머리 색깔도 다시 원래대로 돌려놓도록 해요. 그리고 지금 이 순간부터 당신을 죄의 길로 인도하는 그 영화 제작도 다 그만두는 겁니다."

아일린이 평온한 표정으로 그를 바라봤다. "적어도 내 머리는 탈색한 듯한 금발은 아니잖아요. 나 오늘 인버네스에 새로 생긴 그 레스토랑에 갔었어요. 이름이 뭐더라? 아, 맞다. 해리스. 해리스 레스토랑이요. 거기에 아주 재미있는 볼거리가 있더라고요. 내가 거기서 보았던 광경 하나를 들려주면, 우리 교구 사람들은 뭐라고 말할지 정말 궁금하네요. 하지만 더는 그

얘긴 하지 않을게요, 콜린. 내 머리는 이 상태로 유지될 테고, 화장도 계속할 거니까. 그리고 영화도 계속 제작될 거예요."

그가 천천히 의자에 주저앉았다. 아일린이 그에게 가볍게 미소 지어 보이고는 밖으로 나가서 조용히 부엌문을 닫았다.

그날 저녁 해미시는 컴퓨터 앞에 자리 잡고 앉았다. 그는 다시 블레어의 비밀번호를 입력했다. 물론 비밀번호가 바뀌었을 것이라고 거의 확신하고 있었다. 그러나 이유는 알 수 없지만, 전과는 달리 그가 해킹한 사실은 발각되지 않은 모양이었다.

그는 보고서를 훑어보기 시작했다.

피오나 킹은 담배가 피우고 싶어서 잠시 뒤로 물러나 있었다고 말했고, 자일스 브라운 감독은 자긴 그 담배 냄새를 견딜 수가 없었다고 진술했다. 저베이스 하트는 너무 지루해서 어딘가 앉을 자리를 찾으러 어슬렁거리며 다녔다고 말했다. 실라는 자신이 퍼넬러피에게 어디에 서 있어야 할지 알려 준 후 다른 사람들이 있는 곳으로 돌아갔다고 했다. 실라가 범인일 가능성은 없었다. 퍼넬러피가 비명을 질렀을 때, 실라가 자기 옆에 있었다는 사실을 자일스 브라운이 확인해 주었기 때문이다. 해리 프레임은 소변이 급해서 어딘가 조용한 곳을 찾기 위해 안개 속으로 들어갔다고 진술했다. 퍼트리샤는 아무 생각 없이 여기저기 차를 몰고 다녔다는 진술을 고수했다. 그리고 주유하기 위해서 차를 세운 적이 없다는 사실도 얘기했다. 차를 몰고 나가던 당시에 기름 탱크는 꽉 차 있었다.

해미시는 모든 방송사 직원은 물론이고 드림성 직원과 드림 마을 사람들의 면담 보고서까지 샅샅이 다 훑어봤다.

그리고 당황스러움을 느끼며 의자에 기대앉았다.

대체 누가 퍼넬러피를 살해했을까?

그 단서는 그녀가 살아온 배경 어딘가에 놓여 있고, 그 배경은 글래스고에 남아 있을 터였다.

그는 수화기를 집어 들고 글래스고 경찰서에 근무하는 오랜 친구 빌 월턴 경사에게 전화를 걸었다. 월턴이 비번이라는 대답에 그는 집 전화번호를 물어봤다.

"어이, 해미시." 빌이 반가운 목소리로 말했다. "참, 자네 구역에서 굉장히 흥미로운 살인 사건이 일어났던데. 우리 지역에서 일어나는 사건이라고는 칼부림, 강도, 마약 같은 따분한 종류뿐이거든. 아름다운 여배우가 관련된 사건 같은 건 생전 없어."

"퍼넬러피 게이츠라는 배우야, 빌." 해미시가 말했다. "범인은 오리무중이고."

그는 용의자들에 관해 설명했다. "내 말이 무슨 뜻인지 알겠지?" 그리고 마침내 말했다. "이들 중 누구라도 범인이 될 수 있다니까. 누군가 그녀를 제거할 기회를 보고 즉흥적으로 실행에 옮긴 아주 간단한 사건이야. 나는 이게 계획된 살인이라고는 생각지 않아. 그래서 혹시 자네도 이번 수사에 투입됐는지, 그렇다면 퍼넬러피의 배경과 관련된 것 중에 뭐 특기할 만한 게 없는지 궁금해서 전화 걸었어."

"그래 나도 이 건에 투입돼 있어. 그리고 맞아, 내가 퍼넬러피의 배경을 조사하는 중이야. 그녀는 파크헤드의 빈민가 출신이야."

"그런데 어떻게 왕립 연극 아카데미를 다닐 수 있었지?"

"엄마 덕분이지. 자기 딸이 현대판 셜리 템플이라고 생각하고는 온갖 레이스 달린 드레스에 머리를 곱슬하게 단장시키고 늘 어린이 경연대회 같은 데 내보냈어. 돈은 조카를 애지중지하던, 컴버놀드에서 신문 판매점을 하는 삼촌이 댔고. 아버지는 폭력적이고 무자비한 사람이었고, 경범죄 전력이 좀 있는데, 죄목은 주로 음주와 난동이었어."

"과거에 남자 친구는 없었나?"

"오랫동안 엄마 치마폭에만 싸여 있어서 조시와 결혼했을 때 엄마가 무척이나 분노했다고 해. 내 생각에 우리의 퍼넬러피는 조시와 결혼할 때까지 남자 경험은 전혀 없었던 것 같아. 단, 그녀의 삼촌이 몹쓸 짓을 하지 않았다는 전제하에. 그는 아동학대로 의심받았던 전력이 한 번 있지만, 그걸 입증할 만한 증거가 없었다고 해."

"그 삼촌일 수도 있겠군. 퍼넬러피가 그에게 그 사실을 폭로하겠다고 협박했을 수도 있잖아."

"살인 사건이 일어났을 때 그 삼촌은 테네리페에서 휴가를 보내고 있었어. 내가 그 작가라는 여자를 텔레비전에서 봤는데, 난 그녀가 범인이라는 데 걸겠어."

"왜지?"

"엄청나게 거만한 냉혈한처럼 보이더라고."

"보기보다 쉽게 상처 입는 사람이야." 해미시가 천천히 말했다. "사실, 그녀가 내게 진짜 살인범을 찾아 주면 대가를 지불하겠다고 청해 왔어."

"자네 주의를 딴 데로 돌리려고 수작 부리는 걸지도 몰라."

"난 그렇게 생각 안 해." 해미시가 거만함을 살짝 드러내며 말했다. "내가 여기서는 수사 쪽으로 좀 명성이 있잖아."

"알았네, 셜록. 그렇지만 내가 자네를 도울 거라고는 생각하지 마."

"한 가지가 더 있어. 제이미 갤러거의 죽음 말이야. 난 그게 조시가 저지른 짓이 아니라는 느낌이 강하게 들거든."

"그렇다면 자네 느낌이 맞는다고 잠시 가정해 보자고. 누가 제이미와 퍼넬러피를 둘 다 제거하고 싶었을까?"

"피오나 킹," 해미시가 말했다. "제작자. 산전수전 다 겪은 대마초 중독자고, 사망한 두 사람 때문에 경력이 위협받고 있었어."

"그 여자가 퍼넬러피를 죽일 수 있었을까? 카메라 반대편에 있었잖아. 내 말 무슨 뜻인지 알지?"

"안개 속에서 전력 질주해 갈 수도 있었을 거야. 안개와 헤더 덤불이 소음을 가려 주었을 테니까." 그는 퍼넬러피가 서 있던 바위와 그 아래쪽의 좁은 공간에 관해 설명했다.

"하지만 안개가 아무리 짙었더라도, 퍼넬러피는 그녀를 보거나, 적어도 그녀가 다가오는 소리는 들을 수 있었을 거라고."

"나도 그 생각은 해 봤어. 하지만 피오나가 '잠깐 뭐 좀 확인하려고요' 같은 말을 중얼거리면서 바위 가장자리로 돌아가 기다렸을 수도 있잖아."

"자네 지금 내 머리를 아프게 하는 거 알아, 해미시? 그렇지만 뭐든 나오면, 알려 주기는 할게."

해미시는 인사를 하고 전화를 끊었다.

그리고 거의 동시에 전화벨이 울렸다. 지미 앤더슨이었다.

"해미시가 알고 싶을 것 같아서요." 그가 말했다. "퍼트리샤 마틴브로이드가 블레어의 심문을 못 견디고 쓰러져서 스트래스베인에 있는 병원으로 실려 갔어요. 제작사에서 나온 변호사들이 투입돼서 경찰의 부당한 괴롭힘이 어쩌고저쩌고 난리가 났죠. 당연히 블레어는 골치 좀 아프게 됐고요."

"내가 가서 그녀를 만나 봐야겠어요. 위스키 마시러 안 올 거예요?"

"빠져나갈 수가 없어서요."

"일단 퍼트리샤부터 만나 보고, 내가 경찰서로 들를게요."

"지금 퍼트리샤라고 그랬어요? 그렇게 다정한 사이예요?"

"죽음이 우리를 갈라 놓을 때까지 사랑할 겁니다." 해미시가 대꾸했다.

그는 지미에게 작별 인사를 하고 밖으로 나가 경찰 랜드로버에 올라탔다. 해안가를 따라 차를 몰고 가는 동안, 저녁 빛에 고요한 로흐두가 이전과 똑같아 보인다는 사실에 일종의 경외감이 들었다. 어선들은 통통거리며 항구에서 협만 쪽으로 빠져나가고, 아이들은 조약돌이 깔린 해변에서 뛰어놀았으며, 산세는 맑은 공기 속에 솟아올라 있었고, 사람들은 늦게까지 여는 파텔 씨의 잡화점에 드나들었다.

그는 로흐두에서 마을 밖으로 나가는 도로로 이어지는 홍예다리에 도착하자 가속페달에 발을 올리고 스트래스베인을 향해 속도를 높였다.

길을 중간쯤 가고 있을 때, 그는 앵거스에게 송어를 가져다주지 않았다는 사실이 문득 떠올랐다. 그의 고지인다운 측면은 그 점쟁이가 뭔가 악운을 선사해 그에게 한 방 먹이지 않기를 소망했지만, 그의 이성적인 측면은 그런 두려움은 어리석음에서 비롯되는 것이라고 진지하게 타일렀다.

제7장

속임수를 감지했을 때,
아무리 악한의 위협이 있다 하더라도,
내가 부디 그것을 밝혀내는 일을
단념하지 않기를 소망한다.
새뮤얼 존슨

퍼트리샤의 병실 앞에는 여경 한 명이 근무를 서고 있었다. "마틴브로이드 씨는 지금 잠들었습니다." 해미시가 도착하자 그녀가 말했다. "의사가 진정제를 투여했거든요."

"병원에 실려 왔을 때 상태가 어땠나요?" 해미시가 물었다.

"흐느끼고 더듬더듬 무슨 말인가 하더라고요."

"안에 들어가서 잠시 옆에 앉아 있을게요."

경관이 다시 자리에 앉아 읽고 있던 잡지를 펼쳐 들었다. "편하실 대로 하세요. 그렇지만 쉽게 깨어나지 않을 것 같네요."

해미시는 안으로 들어갔다. 이불 아래 퍼트리샤 마틴브로이드는 매우 작고 연약해 보였다. 얼굴은 밀랍처럼 창백했다. 빌어먹을 블레어, 이번에는 도가 지나쳤어.

그는 의자 하나를 끌어당겨 침대 옆에 자리 잡고 앉아 주변을 둘러봤다. 소독약 냄새가 나는 평범한 병실이었다. 물론 꽃이나 카드는 없었다. 가여운 퍼트리샤.

그녀가 잠결에 뒤척이며 무슨 말인가를 중얼거렸다. 해미시는 앞으로 몸을 기울였다. 퍼트리샤가 계속 자게 내버려 두어야 한다고 생각은 했지만, 아무 소득도 없이 로흐두로 돌아가고 싶지는 않았다.

"퍼트리샤!" 그가 다급하게 불렀다.

그녀가 다시 중얼거리더니 눈을 떴다. 그러고는 멍하게 주변을 둘러봤다.

"정신이 드세요? 지금 스트래스베인 병원이에요." 해미시가 말했다.

"무슨 일이 있었나요?" 그녀가 힘없이 물었다. "내가 사고라도 당한 거예요?"

"아니요, 블레어 경감에게 심문받던 도중에 쓰러지셨어요."

"그가 누구죠? 당신은 누군가요?" 퍼트리샤가 물었다. 눈이 겁에 질려 있었다.

"저예요." 해미시가 걱정스럽게 말했다. "해미시 맥베스."

"기억이 안 나요." 그녀가 다시 힘없이 말했다.

"살인 사건이요." 그가 다급하게 말했다.

"무슨 살인 사건이요? 대체 무슨 말을 하는 거예요?" 그녀의 가느다란 손가락이 침대 시트를 움켜잡았다.

해미시는 복도로 나갔다. "의사를 불러와야 할 것 같아요." 그가 병실 앞에 있는 경관에게 말했다. "겉으로는 아무 문제 없어 보이는데, 아무것도 기억 못 하시는 것 같아요."

의사와 간호사 한 명이 호출을 받고 급하게 병실로 들어서더니 단호하게 해미시를 밖으로 내보내고 문을 닫았다.

해미시와 경관은 조용히 밖에서 기다렸다. 마침내 의사가 밖으로 나왔다. "다시 진정제를 투여했습니다. 그리고 내일 아침 병원 정신과 의사가 와 볼 거예요. 지금은 절대적인 휴식과 안정이 필요합니다. 용의자를 괴롭히면서 심문하는 게 경찰 수법 중 하나라는 얘기를 신문에서 읽어 본 적은 있지만, 그래도 난 지금까지는 그 사실을 절대로 믿지 않았어요. 부끄러운 줄을 알아야죠!"

해미시는 스트래스베인 경찰 본부로 갔다. 건물로 막 들어서려던 찰나, 피터 데이비엇 총경과 마주쳤다. "아니, 해미시 아닌가? 그래 무슨 소식이라도 있나?"

"마틴브로이드 여사를 만나려고 병원에 갔었습니다." 해미시가 말했다. "충격을 받아서 상태가 무척 안 좋더군요. 아예 기억을 모두 잃어버린 듯이 보입니다."

"이거 심각한 일이군." 데이비엇이 돌아서서 해미시를 데리고 건물 안으로 다시 들어갔다. "아무래도 블레어는 정직과 함께 조사위원회에 넘겨야겠어."

"그럼 이번 사건은 누가 맡아서 수사하게 됩니까, 총경님? 지미 앤더슨 형사인가요?"

"아니, 그보다는 상급자가 필요하네. 이미 인버네스의 러브레이스 경감에게 수사를 지휘해 달라고 연락해 놨네."

"어떤 분인가요?" 해미시는 러브레이스라는 이름이 상당히 친근하게 들린다고 생각하며 물었다.

"실력 있는 경찰이네. 자네가 알아야 할 건 그게 전부야, 맥베스."

해미시는 범죄 수사과로 찾아갔다. 평소와 마찬가지로 방 안에는 담배 연기가 꽉 들어차 있었고, 그는 뿌연 연기 사이로 책상 앞에 앉아 있는 지미 앤더슨을 발견했다.

"날 위해 사 둔 그 위스키 잘 보관해 뒀죠, 해미시?"

"그럼요, 당신이 한잔하고 싶을 때 언제든지 마실 수 있게 늘 있던 자리에 잘 보관돼 있어요. 블레어는 정직당했어요. 내가 방금 총경님을 뵙고 왔거든요."

"우와, 그거 듣던 중 반가운 소식인데요. 그럼 공석을 차지하는 영광은 내게 돌아오겠군요."

"미안해요, 지미. 총경님이 인버네스에 있는 러브레이스라는 사람에게 권한을 넘겼어요."

지미의 안색이 어두워졌다. "새로운 사람은 사건을 처음부터 다시 훑어봐야 하잖아요. 블레어를 싫어하기는 해도, 새로운 사람과 블레어 중에 선택하라면, 그래도 난 블레어를 택할 거라고요. 무슨 뜻인지 알죠?"

"방금 병원에 다녀왔어요." 해미시가 말했다. "그런데 퍼트리샤가 걱정스러운 상태예요. 기억을 다 잃었어요."

"거참 간편하네요." 지미가 냉소를 보냈다.

"만약 그게 기억을 잃은 척하는 거라면, 그녀는 생각보다 연기를 잘하는 거겠죠." 해미시가 말했다. "나는 우리가 모든 상황을 잘못된 방향에서 바라보고 있는 것 같다는 느낌을 지울 수가 없어요. 일단, 조시 게이츠가 제이미 갤러거를 살해한 게 아니라고 가정하고, 제이미를 살해한 사람이 퍼넬러피도 죽인 거라고 생각해 보면, 누가 가장 먼저 떠오르나요?"

"그 제작자라는 여자요. 바늘로 찔러도 피 한 방울 안 나올 것처럼 보이거든요. 엄청 냉혈한 같던데."

"그 여자를 제외하면요?"

지미가 심하게 인상을 찌푸리더니 잠시 후에 말했다. "만약 피해자 둘이 제작 중이던 드라마 시리즈의 성공에 정말로 위협적인 인물이었다면, 해리 프레임도 범인이 될 수 있겠죠."

"바로 그거예요. 그를 만나 봐야겠어요."

지미가 뿌연 담배 연기 사이로 벽에 걸린 시계를 바라봤다. "지금 밤 11시예요, 해미시!"

"장담컨대 다들 깨어 있을 겁니다. 일단 찾아가 보기라도 하죠, 뭐."

해미시는 토멜성 호텔 바에 앉아 있는 해리 프레임을 발견했다. 그 거구의 사내는 맥주 한 잔을 앞에 놓고 어깨를 웅크린 채 홀로 있었다.

"또 경찰이군요." 해미시를 보고 그가 말했다. "당신들도 할 만큼 하지 않았어요? 가여운 퍼트리샤."

"내 생각에 당신은 그녀를 눈엣가시로 생각하고 있었을 텐데요."

"어떤 사람도 경찰의 강압적인 수사에 정신을 잃을 지경까지 고통받아서는 안 되죠!" 해리가 공격적으로 말했다. "그 블레어라는 인간을 말하는 거예요!"

"알아요, 그래서 그는 이번 수사에서 제외됐어요. 내가 궁금한 건 당신이 조시 게이츠가 제이미 갤러거를 죽였다는 사실을 정말로 믿느냐는 겁니다."

"맙소사, 거의 자정이 다 된 시간이에요. 이런 시간에 마을 순경의 한심한 추론이나 듣고 앉아 있어야 하다니. 내가 당신에게 당신 일에 관해 얘기해 줄 필요는 없겠지만, 조시는 제이미의 피를 양손에 묻힌 채로 발견됐어요."

"그래요, 하지만 내 생각에, 조시는 시체를 발견한 후에 정말 죽었는지 확인하려고 머리를 들어 올렸고, 그때 피가 손에 묻은 걸 수도 있어요. 그러고 나서 너무 놀라 남은 시간 내내 술을 들이켰을 수도 있다고요. 제이미는 온갖 일에 다 간섭을 해 대고, 한심한 대본으로 드라마 제작을 방해했어요. 맞아요, 그의 대본은 한심했어요. 그리고 장담컨대, 앵거스 해리스가 나타나서 제이미가 〈축구 열기〉의 대본을 훔쳤다고 주장했을 때, 모두가 그의 주장을 믿었을 거예요. 그리고 퍼넬러피 게이츠는 갑자기 프리마돈나처럼 행세하면서 모두에게 해고시키겠다고 협박하고 다녔죠."

해리 프레임은 자리에서 일어나 해미시를 내려다봤다. "당신의 추론은 역겹기 그지없군. 당신네 경찰이 퍼트리샤를 신경쇠약에 걸리게 했어. 그리고 지금 당신은 동네 순경 주제에 나를 협박하고 있고."

"난 협박한 적 없어요."

"물론 하고 있어. 지금 당신은 내가 퍼넬러피와 제이미를 둘 다 살해했다고, 아둔하기 그지없는 섬세한 방식으로 힌트를 주고 있는 거야. 당신 상관도 이 얘기를 듣게 될 테니 두고 보라고."

말을 마치자마자 해리가 발을 쿵쿵 구르며 바를 나갔다. 해미시는 흥미로운 시선으로 그의 뒷모습을 바라보다가 어깨를 으쓱하고 털어 버렸다.

저 거구의 사내는 상부에 맘껏 불평을 해 댈 수 있었다. 하지만 해미시가 한 일이라고는 그와 대화를 나눈 것뿐이었다. 그러니 걱정할 일도 없었다.

하지만 해미시 맥베스의 생각은 들어맞지 않았다.

다음 날 아침, 해미시가 채 정복으로 갈아입지도 않고 닭장의 부서진 판자를 수리하고 있을 때, 러브레이스 경감이 로흐두 경찰서에 도착했다.

앤더슨과 맥내브 형사를 양옆에 대동하고 온 그는 해미시가 자신의 시선을 깨닫고 돌아볼 때까지 가만히 서서 바라보고만 있었다.

러브레이스가 자신을 소개하고 무뚝뚝하게 말했다. "안으로 들어가도 되겠나? 앤더슨과 맥내브, 자네들은 여기서 기다리게."

그들은 경찰서 안으로 들어갔다. 러브레이스 경감이 해미시의 책상 뒤로 돌아가 앉아 깔끔하게 손톱 손질이 된 새하얀 손을 책상 위에 포개 놓았다. 해미시는 그의 앞에 자리 잡고 섰다.

키가 작고 깔끔한 외모의 러브레이스는 금발을 가지런히 빗어 넘긴 단정한 용모에, 자그마한 입술이 점잔 빼는 듯한 느낌을 주었다. 그는 천장 한구석을 바라보며 말을 시작했다. 앞으로 해미시는 러브레이스가 자신의 눈을 똑바로 바라보지 않는 이유가 수줍거나 교활해서가 아니라, 자신의 위엄 있는 시선이 아랫사람을 쳐다보는 데 낭비하기에는 너무 소중하다고 생각하기 때문임을 알아 가게 될 예정이었다.

"그럼, 자네가 왜 정복 차림이 아닌지 묻는 것부터 시작해 보도록 하지."

"몇 가지 해 놓아야 할 집안일이 있어서요."

"몇 가지 집안일이라…… 그게 뭔가?"

"그냥 별거 아닌 일입니다, 경감님."

"자네는 로흐두와 그 주변 지역에서 경찰직을 수행하라고 월급을 받는 거지, 닭장을 수리하라고 월급을 받는 게 아니네. 자네가 왜, 무엇을 하려는지 상관에게 보고도 하지 않고 퍼트리샤 마틴브로이드를 방문한 이유가 뭔가?"

"제가 마틴브로이드 여사를 개인적으로 알고 있기 때문입니다. 제 말은, 살인 사건이 일어나기 전부터 개인적으로 친분이 있었습니다. 친구나 마찬가지입니다." 해미시는 거짓말을 했다. 그는 러브레이스에게 퍼트리샤가 자신에게 살인자의 정체를 알아내 달라고 부탁했다는 사실은 털어놓고 싶지 않았다.

"아무리 그렇더라도, 상관에게 동선을 알리는 것은 자네의 의무야. 그리고 그보다 더 심각한 문제는, 어젯밤 자네가 해리 프레임 씨를 협박하고 괴롭혔을 뿐 아니라, 그가 두 건의 살인을 저지른 범인이라고 비난했다고 하더군."

"그러지 않았습니다…… 경감님. 저는 단지 그와 제 견해를 논의하고 싶었을 뿐입니다."

러브레이스의 시선이 창문 쪽으로 움직였다. 그리고 긴 침묵이 흘렀다.

아이가 고함지르는 소리가 들려왔다. "그거 돌려줘, 휴이!" 부둣가 어디쯤에서 개 짖는 소리와 한숨 쉬듯이 협만을 휩쓸고 가는 바람 소리가 들려왔다.

"나도 자네가 어떤 식으로 일 처리를 하는지는 익히 들어서 알고 있네." 마침내 러브레이스가 말했다. "지금은 서부 시대도 아니고, 자네는 미국 보안관도 아니야. 앞으로 다시 한 번 더 선을 넘는다면 가만히 보고만 있지는 않겠네. 그리고 자네가 그러지 못하도록 확실히 하기 위해서, 내가 몇 가지 명령을 내리려 하네. 자네는 마을 순경으로서 자네의 의무에만 충실하도록 하게. 이제부터는 내가 살인 사건 심문을 담당할 거야. 내 밑에도 그 일을 감당하기에 충분한 인원이 있네. 그러니 이번 살인 사건과 관련 있는 사람에게는 절대로 접근하지 말게."

그가 자리에서 일어나 문으로 걸어갔다. 그리고 갑자기 홱 돌아섰다.

"제복부터 입게!"

경감이 차를 몰고 사라지는 소리를 들으면서, 해미시는 책상 뒤로 돌아 들어가 의자에 무너지듯이 주저앉았다. 문득 자신이 경찰에 적합한 인물이 아니라는 비참한 생각이 들었다. 사실 그는 자기 일을 좋아했다. 하지만 늘 경찰 내부의 서열에 맞서야만 하는 위기에 처했다. 이번처럼 큰 사건을 제외하면, 그는 늘 자기 멋대로 일 처리를 할 수 있었다.

이제 그는 감히 드림 근처에도 갈 수 없었고, 실라를 만날 수도 없었다. 그런데 지금 이 순간 그는 실라가 보고 싶었다. 단지 그녀가 예뻐서는 아니었다. 그녀에게서는 사람을 기분 좋게 하는 사랑스러운 따스함이 느껴졌다.

그날은 러브레이스 외에 다른 방문자를 만날 마음의 여유가 없다고 판단한 해미시는 다시 닭장을 수리하기 시작했고, 일을 끝낸 후에는 냉동고에서 송어를 꺼내 들고 천천히 부둣가를 따라 걸어가서 점쟁이의 오두막이 있는 언덕을 향해 올라갔다.

"빨리도 왔구먼." 앵거스 노인 나름의 인사법이었다. "그래, 경찰이 그 가여운 노부인을 미치게 했다면서, 아닌가?"

"아니, 무슨 수로 그렇게 빨리 소문을 들은 겁니까?"

앵거스가 자기 이마를 톡톡 두드리며 윙크했고, 해미시는 짜증스러운 심정으로 그 모습을 바라봤다. "정말이지 그 연락망이 내게도 있으면 좋겠네요. 이제 나는 사건 수사에서 제외됐거든요."

"새로 온 경감은 어떤가?"

"새로 경감이 왔다는 것도 아는 거예요? 아, 제발, 그 이마 좀 두드리지 마세요. 그 작자 정말 밥맛없어요." 해미시가 씁쓸하게 말했다. "아침에 날 찾아왔었거든요."

"그런데 자네는 제복도 입지 않고 있었구먼, 이런, 이런."

해미시의 시선이 탁자 위에 놓인 값비싼 과일 바구니로 향했다. 그가 엄지손가락으로 그것을 가리켰다. "저게 뭡니까? 문병이라도 가실 거예요?"

"고객이 보내온 감사 선물이지. 내 손님들이 다 해미시 맥베스처럼 야비한 건 아니거든."

"혹시 제작사에서도 여길 찾아온 사람이 있나요?"

"그건 말할 수가 없네. 난 고객의 신뢰는 절대로 배반하지 않거든."

"그렇다면 여기서 괜히 시간 낭비할 필요 없겠네요." 해미시가 문으로 향해 가며 말했다.

앵거스가 그의 뒤를 따랐다. "그 금발에게 괜히 헛된 희망 품지 말라고 내가 경고했잖아."

"희망을 품고 자시고 할 것도 없어요." 해미시가 응수했다. "그쪽에 얼씬도 하지 말하는 명령을 받았거든요. 이젠 그녀를 다시 볼 일도 없을 겁니다."

"서둘러 가면 될 것 같은데."

"무슨 말이에요?"

"그 아가씨가 방금 경찰서 쪽으로 차를 몰고 갔거든."

해미시는 언덕을 달려 내려가기 시작했다. 차 한 대가 경찰서 쪽으로 달려가고 있었고, 운전자가 차 밖으로 나왔을 때, 그는 반짝이는 금발을 알아봤다.

해미시는 탄성을 중얼거리며, 긴 다리를 피스톤처럼 움직여 언덕을 달려 내려가기 시작했다.

그가 경찰서에 도착했을 때 실라는 막 차를 몰고 떠나는 참이었다. 그가 손을 흔들며 고함을 지르자 그녀가 차를 급정차한 후 방향을 돌려 다시 그가 있는 쪽으로 왔다.

"잘 있었어요, 해미시?" 그녀가 차 밖으로 나오며 인사했다. 셔츠블라우스에 반바지를 입고 샌들을 신고 있었다. 건강한 갈색 다리는 근육질이었지만 매끈하고 부드러웠다.

"들어가서 커피 한잔하고 가요." 해미시가 헐떡이며 말했다.

"어디 갔다 온 거예요?" 실라가 물었다.

"앵거스 맥도널드 씨를 만나고 왔어요. 우리 마을 점성술사예요."

"나도 그 사람 얘기 들어 봤어요. 잘 맞혀요?"

"동네에 떠도는 소문 외엔 별로 아는 것도 없어요." 해미시가 그녀를 부엌으로 이끌었다. "커피?" 그가 전기 주전자를 꽂으며 물었다.

"커피 좋죠." 실라가 말했다. "당신이 이 정도로 신식일 줄은 몰랐네요."

"무슨 말이에요?"

"전기 주전자 말이에요. 난 당신이 차를 마시고 싶으면 매번 장작을 땔 줄 알았거든요."

"이런, 그 정도는 아니에요. 장작 스토브는 요리할 때만 사용해요. 우유와 설탕 넣을까요?"

그녀가 고개를 끄덕였다.

"그래 어쩐 일이에요?"

"하루 휴가를 얻었어요. 오늘은 촬영 일정이 없거든요. 변호사들은 경찰과 전쟁을 치르느라 정신이 없고요. 하지만 경찰이 드림 마을 사람들에게서 퍼트리샤가 이미 정신 나간 여자였다는 진술을 받아 냈나 봐요. 그러니 수사에 별 진척은 없을 거예요. 그런데 당신이 그 일들과는 끝난 것 같던데요."

"새로 온 경감이 날 사건에서 제외했거든요."

"그래서 힘든 거예요?"

"예, 맞아요. 이 두 건의 살인 사건은 내 구역에서 일어났어요. 나는 내 구역 사람들을 모두 알고 있다고요. 그러니 내가 사건에서 제외되는 건 말도 안 돼요. 드림 마을 분위기는 어때요?"

"부글부글 끓고 있어요. 거기 좀 웃긴 곳이에요. 처음 거기에 도착했을 때 난 그곳이 굉장히 사랑스러운 곳이라고 생각했어요. 일종의 브리가둔처럼 여유롭고 친절하다고나 할까요. 그런데 조금 지나고 나서 마을 사람 몇몇이 드라마에 엑스트라로 참여하게 됐다는 사실을 알게 됐어요. 그런데 그들이 서로에게 꽤 심한 앙심을 품을 수도 있는 사람들이더라고요. 마을에서 에어로빅 수업을 하는 비쩍 마른 에디 오브리 알죠? 그녀가 대사를 한 줄 얻었어요. 사실 한 줄로 끝이었죠. 그런데 그 이후에 여자들이 떼거지로 몰려와서는 자기들도 대사를 달라고 주장하면서, 요구를 안 들어주면 출연을 안 하겠다고 협박하더라고요. 그래서 피오나가 그들 없이도 얼마든지 촬영을 할 수 있다고 했더니 한발 뒤로 물러나더라고요. 하지만 그 이후로는 누구도 에디와 말을 섞지 않아요. 게다가 누군가 그녀 집 거실 창문으로 벽돌을 집어 던졌대요."

"그게 바로 드림이에요."

"그런데 말이죠, 미용사 앨리스도 대사를 한 줄 얻어서 연기했었어요. 그러고 나서 마찬가지로 곤란한 지경에 처하게 됐죠. 그녀가 2년 전에 자기 집 2층에 무허가로 욕실을 하나 더 설치했는데, 누군가 이제 와서 그걸 관련 기관에 고발해 버렸다고 해요. 그런데도 다들 전과 마찬가지로 친구처럼 행동한단 말이에요."

"드림은 둘러싸인 산과 협만 탓에 외부와 거의 단절되어 살아가는 곳이에요." 해미시가 말했다. "그리고 이곳의 겨울은 정말 길고 어두워요. 그러니 그들은 서로를 연구하는 것 외에는 할 일이 없는 거죠."

"텔레비전을 보면 시야나 전망이 좀 넓어질 것 같은데요."

"오히려 더 좁아지게 했어요. 당신도 알겠지만, 그들도 드라마를 봐요. 그리고 그게 마을 여자들이 쓸데없는 일에 호들갑을 떨게 만들죠. 작년에 마을 여성 한 분이 내게 자기는 어릴 때 엄마에게 사랑을 받지 못해서 자존감이 굉장히 낮다고 털어놓더군요. 참 나, 어이가 없어서. 스코틀랜드 어머니들은 절대로 자식에게 사랑한다고 떠들고 다니지 않아요. 그건 그저 말 안 해도 서로 간에 다 이해되길 기대하는 감정이잖아요. 게다가 미국에서 제작하는 토크쇼들은 거의 저주나 다름없어요. 내 기억으로는 그런 쇼를 보고 몇몇 부인들은 자기가 어린 시절 성적으로 학대당한 게 틀림없다고 생각하기 시작했다니까요."

"내 생각에 이 마을에는 근친상간도 많이 일어날 것 같아요."

"교회의 힘이 막강해서 그렇지는 않아요. 그런 짓을 하면 신이 자기들을 때려죽일 거라고 생각하거든요. 어쨌든 내가 보기엔 퍼넬러피에게 무슨 일이 일어났던 건지 절대로 밝혀지지 않을 것 같아요. 그건 그렇고 해리 프레임이 내가 자기를 괴롭혔다고 내 상관에게 신고한 거 알아요?"

"알아요. 오늘 아침에 그 일로 엄청나게 화를 냈어요. 당신은 그가 범인이라고 생각해요? 이러지 말아요, 해미시! 해리라뇨!"

"그냥 생각만 해 본 겁니다." 해미시가 퉁명스럽게 말했다. 애초에 해리 프레임에게 접근하지 말아야 했다고 생각하면서.

"내 말은, 왜요?"

"처음에는 제이미가 드라마 제작을 망치려 들었고, 그다음에는 퍼넬러피가 그랬잖아요. 그러니 두 사람이 사라지면 촬영이 매끄럽게 진행되지 않았겠어요?"

"그래요, 맞는 말이기는 해요. 메리 호일은 굉장히 좋은 배우예요. 그리고 생전 이성을 잃는 법도 없고, 술도 안 마시죠. 촬영에도 절대로 늦는 법이 없고 지시도 잘 따른다고 명성이 자자해요. 한마디로 감독들의 꿈이죠."

"자일스 브라운이 감독이잖아요."

"쓸데없는 생각 하지 말아요. 그는 토끼 한 마리도 못 죽이는 사람이에요. 사실 거의 토끼나 다름없죠."

"오늘 저녁에 함께 식사할래요?"

"그럼 좋죠. 어디서 할까요?"

"나폴리 레스토랑이요."

"9시는 너무 늦을까요?"

"아니요, 그 시간이면 딱 좋아요."

실라가 자리에서 일어섰다. "그럼 그때 봐요, 순경 아저씨."

해미시는 그녀가 부엌을 걸어 나가는 동안 건강한 다리를 흠모의 시선으로 바라봤다. 실라가 차에 올라타고 천천히 운전했다. 잠시 후 그녀는 잡화점 앞에 차를 세우고, 안으로 들어가 점성술사의 집이 어딘지 물어봤다.

위치를 알아낸 후 그녀는 마을 뒤편으로 차를 몰고 가 앵거스의 오두막으로 이어지는 길게 굴곡진 길 아래쪽에 차를 세웠다. 점성술사가 선물을 기대한다는 이야기를 미리 전해 들은 그녀는 파텔 씨의 잡화점에서 와인 한 병을 사 왔다.

타고난 냉소주의자임에도, 그녀는 점성술사의 낡은 오두막은 물론이고, 긴 수염에 꿰뚫어 보는 듯한 두 눈이 인상적인 점성술사 자체에도 꽤 깊은 감명을 받았다.

"그래, 당신이 그 유명한 실라 버포드 양이군요." 앵거스가 자리에 앉고 나서 말했다.

"제 이름을 어떻게 아세요?"

앵거스가 그녀에게 미소를 지었다. "난 모든 걸 알고 있지."

"저는 유명하지 않아요. 뭔가 착각하고 계신 것 같네요. 저는 그저 조사원에 비서에 사무직원이자 차 심부름까지 하는 말단 직원이에요. 스트래스클라이드 텔레비전은 드라마 〈하일랜드 웨이〉를 제작하는 곳이에요. 해리는 그중 한 화를 내가 감독할 수 있게 해 주겠다고 약속했지만, 약속을 지키지 않고 있죠."

"내겐 다 보여요. 아가씨는 감독이 되지 못할 거야."

"저도 그렇게 생각해요." 실라가 우울하게 대답했다.

"대신 제작자로 이름을 날릴 거야."

"그건 아닐걸요."

"내 예언은 틀린 적이 없어요. 그래서 지금 결혼에 대해 생각하며 시간이나 낭비하고 있는 거군."

"여자들은 다 그렇지 않나요?"

"아가씨처럼 예쁜 여자가, 게다가 마음속에 그 큰 야망을 품고 있으면서, 고작 마을 순경과 결혼해서 경력 같은 건 다 내던져 버릴 생각을 해서는 안 되지요."

실라는 얼굴을 붉혔지만, 그저 웃어넘겼다. "해미시와는 친구 사이일 뿐이에요."

"내가 해 준 말 잊지 말라고." 앵거스가 진지하게 말했다.

"이제 좀 피곤하구먼. 영혼들이 날 떠나갔어."

"저는 그들이 도착했었는지도 몰랐네요." 실라가 자리에서 일어섰다. 그리고 점성술사가 뭔가 더 해 줄 말이 있을지도 모른다는 생각에 잠시 기다렸지만, 그는 의자에 등을 기대고 눈을 감았다.

실라는 차를 세워 놓은 곳까지 생각에 잠겨 걸어갔다. 물론 점성술사의 점괘는 다 쓸데없는 얘기였다. 하지만 그럼에도 해리 프레임이 아직 글래스고로 떠나지 않았다면, 그를 찾아가서 약속했던 감독 자리에 관해 다시 한번 물어보는 것도 나쁘지는 않을 터였다.

그녀가 드림으로 돌아갔을 때, 해리 프레임은 변호사들과 밀담을 나누는 중이었다. 늦은 오후가 돼서 그는 변호사들과 회의를 마치고 방 밖으로 나왔다.

"잠깐 얘기 좀 나눌 수 있을까요, 해리?" 실라가 물었다.

"몇 분밖에 없는데. 글래스고에 가야 하거든. 피오나의 사무실로 들어가지. 지금 비어 있으니까."

안으로 들어가자 해리가 문을 닫았다.

"물론 아시겠지만," 실라가 말을 꺼냈다. "저는 굉장히 열심히 일하고 있어요."

"당연히 알지." 해리가 대꾸했다. 그의 시선은 의자 밑으로 바짝 밀어 넣은 실라의 다리에 쏠려 있었다.

"당신은 내가 〈하일랜드 웨이〉 한 화를 감독할 수 있게 해 주겠다고 오랫동안 말만 했잖아요. 그럴 가능성이 있기는 한 건가요?"

해리는 실라 맞은편에 앉아 있었다. 그리고 그녀와 거의 무릎이 닿을 때까지 의자를 끌어당겨 앉았다.

"날 위해 해 주는 일은 정말 높이 평가받아 마땅해, 실라. 자기도 알고 있잖아. 자긴 예쁜 아가씨고, 우린 잘 지내고 있어. 그런데 그거 알아? 우리가 더 잘 지낼 수도 있다는 거?" 그가 커다란 손을 그녀의 무릎에 올리고는 꽉 움켜잡았다.

"해리," 실라가 다시 입을 열었다. "내가 그 일을 하고 싶은 건, 당신이 내가 그걸 해낼 만한 능력이 있다고 생각하기 때문이지, 다른 이유는 없어요."

"물론 다른 이유는 없지." 그가 실라의 무릎을 어루만졌다. "그렇지만 내가 실라의 경력에 큰 도움을 줄 수는 있어." 그의 손이 무릎을 떠나 그녀의 가슴을 움켜쥐었다.

실라는 뒤로 홱 물러나서 벌떡 일어섰다. "꿈 깨요, 해리." 이렇게 말하고 그녀는 재빨리 방을 벗어났다.

실라는 성을 뛰쳐나가 정원으로 갔다. 빌어먹을 점쟁이 같으니. 그녀는 누군가의 캐스팅 소파*가 되고 싶지는 않았다.

아일린 제솝은 비디오테이프 카트리지를 챙기기 시작했다. 그녀는 도움이 필요했고 이제 콜린은 그녀가 하는 일을 방해하지 못할 터였기에, 아일린은 드림성으로 가서 피오나 킹을 찾아 시간이 있는지 물어보고 자신이 찍은 영화를 보여 줄 참이었다. 그러고 나서 혹시 편집하는 것을 도와줄 만한 사람을 알아봐 줄 수 있는지도 물어볼 생각이었다.

화장을 하고 새로 산 원피스를 차려입고 그녀는 성으로 차를 몰았다. 정원에서 처음 마주친 사람은 실라였다.

"실라 버포드 양 아닌가요, 맞죠?" 아일린이 물었다. 환하게 빛을 뿜어내는 듯한 실라의 젊음 앞에서 그녀는 갑자기 초라해지는 기분을 느꼈다.

실라는 목사 부인을 알아보지 못했다.

"아일린 제솝이에요. 처음에 촬영 장소를 알아보러 드림에 찾아오셨을 때 만났잖아요. 목사 부인요."

"아, 맞아요. 이제 기억이 나네요." 실라가 정중하게 말했다. 하지만 그녀의 마음은 여전히 해리의 성추행에 대한 분노로 가득 차 있었다. 그런 와중에도 이번 드라마 제작이 끝나자마자 해리가 자신을 해고해 버리고 말리라는 부인할 수 없는 예감이 들었다.

* 원문은 'casting couch'로, 배우 등 영화계 종사자가 배역 책임자와 잠자리를 하는 대가로 배역을 따내는 관행을 빗댄 표현이다.

"실례지만, 혹시 피오나 킹 씨를 만나 볼 수 있을까 해서 왔어요. 제가 도움이 좀 필요해서요."

"지금 사무실에 없어요." 실라가 말했다. 그리고 바로 그 순간 그녀는 피오나가 정원을 성큼성큼 걸어오는 모습을 보았다. "저기 오네요."

피오나가 그들 쪽으로 다가왔다. "이분은 아일린 제솝 씨라고, 목사님 부인이세요." 실라가 말했다.

"아, 그래요." 피오나가 말했다. 그녀의 시선이 날카롭고 공격적이었다. 하루가 너무나도 길게 느껴지는 까닭이었다.

아일린은 피오나를 소심하게 바라보다가 숨을 깊이 들이마셨다. "제가 마을 여성들을 배우로 기용해서 직접 쓴 연극 대본 하나를 영화로 제작하고 있거든요. 그래서 필름을 자르고 편집을 해야 해요. 혹시 조금만 시간을 내서 제 영화를 봐 주실 수 있을까요? 그리고 직원분 중에 누가 제게 조언을 좀 해 주셨으면 해서요."

평소 피오나는 상당히 요령 있는 사람이었지만, 두 건의 살인 사건이 가져다준 스트레스와 퍼넬러피의 살인 사건과 관련된 경찰의 심문으로 신경이 날카로워질 대로 날카로워진 상태였다. 지금 그녀가 원하는 것은 뜨거운 목욕과 차가운 음료였다.

"우린 전문 텔레비전 제작사예요." 그녀가 심술궂게 말했다. "아마추어 극작가의 일을 봐주겠다고 우리 작업을 중단할 만큼 한가하지 않다는 걸 알아 두시는 게 좋겠네요. 미안하지만, 그게 이쪽 바닥이 돌아가는 방식입니다. 실라, 누가 나 찾으면, 호텔에 있다고 해 줘."

그러고는 성큼성큼 걸어가 버렸다.

실라는 굴욕감으로 아일린의 얼굴이 벌겋게 달아오른 것을 보았다. 그녀는 시계를 들여다봤다. "제가 저녁 약속이 있기는 하지만, 한 시간 정도는 여유가 있거든요. 테이프 줘 보세요. 좀 봐 드릴게요."

"지금 나 자신이 너무 부끄럽네요." 아일린이 방어적으로 카트리지를 가슴에 꼭 껴안았다. "아마 너무 지루해서 보기 힘드실 거예요."

지루해 죽지 않으면 다행이겠지, 실라는 생각했다. 하지만 목사 부인이 가여웠기에 대신 이렇게 말했다. "함께 가시죠. 얼른 보고 싶네요."

실라는 목사 부인을 피오나의 사무실로 안내하고는 조심스럽게 문을 열었다. 혹시라도 해리 프레임이 아직 안에 있으면 어쩌나 걱정했지만, 다행히도 방은 비어 있었다.

"이게 첫 번째 테이프예요." 아일린이 그녀에게 카트리지를 건네주며 열정적으로 말했다.

적어도 해미시와 저녁 데이트 약속이 있으니 오래 앉아 있지 않아도 될 변명거리는 있는 셈이네, 실라는 한숨이 나오는 것을 눌러 참으며 생각했다.

그녀는 의자에 기대앉아 비디오를 보기 시작했다. 그리고 잠시 후에는 의자에서 등을 떼고 앞으로 바짝 다가앉았다. 실라가 아무 말도 하지 않아서 아일린은 이 시간이 너무도 고통스러웠다. 실라는 카트리지를 하나씩 하나씩 비워 갔다. 벽에 걸린 커다란 시계의 검은 시침과 분침이 9시를 향해 움직였지만, 실라는 여전히 비디오만 보고 있었다.

실라는 흥분으로 손이 흠뻑 젖어 가는 것을 느꼈다.

대단한 원석이야! 대본은 재치 넘치고 웃기기까지 했다. 마을 여자들은 타고난 배우였다. 잘못 잡은 카메라 각과 이따금씩 보이는 실패한 대사들을 잘라 낼 테이프 분량이 수 킬로미터에 달했다.

마침내 실라가 말했다. "이 영화를 혹시 다른 사람에게 보여 준 적 있나요?"

"물론, 마을 여성들에게 보여 줬죠."

"그렇지만 제작사 사람들에게는 안 보여 준 거죠?"

"네."

실라는 숨을 깊이 들이마셨다. "이제부터 내가 뭘 할지 알려 드릴게요. 이 테이프들을 여기 두고 가시면, 내가 잘라서 편집을 할게요. 그런 다음 방송사에 접촉해서 팔아 볼 거예요.

단, 제작자로 내 이름을 올려 주고, 이익의 30퍼센트는 내게 주고, 나머지는 당신이 갖는 거예요."

아일린의 목소리가 떨려 나왔다. "지금 진심으로 하는 얘기 맞죠?"

"이거 정말 대단한 영화예요. 완전히 영리해요. 〈위스키를 가득히〉 이래로 이렇게 순수하게 사람을 웃기는 영화는 처음이에요. 하지만 이 얘기는 다른 사람들에게는 비밀로 해야 해요."

"아, 그럼요. 남편에게도 말하지 않을 거예요."

"좋아요, 일단 처음부터 다시 한번 볼게요."

해미시는 나폴리에서 우울하게 홀로 식사를 마쳤다. 실라에게 뭔가 피치 못할 사정이 생겼을 수도 있지만, 그쪽 계통에는 널린 게 휴대전화 아니던가. 그러니 적어도 전화 한 통쯤은 해 줄 수도 있었을 터였다. 사방에서 거절당하고, 사건 수사에서는 제외되고, 이제는 실라에게 바람까지 맞다니.

하지만 아직은 여가를 이용해서 퍼트리샤를 위해 뭔가 할 수 있는 일이 있었다. 어쩌면 살인 사건 당일에 그녀를 본 사람을 어딘가에서 찾을 수 있을지도 몰랐다.

아일린 제솝은 자정 이후에야 드림성을 떠났다. 눈은 빛나고 얼굴은 붉게 상기돼 있었다. 아일사와 인버네스로 드라이브 갔던 일이 그녀의 삶을 변화시켰다. 그녀는 실라가 영화에 관해 이야기한 내용을 아일사에게 털어놓고 싶어 애가 닳았지만, 다른 사람에게는 단 한 마디도 하지 않겠다고 실라에게 단단히 약속한 참이었다. 그리고 실라가 주었던 모든 조언과 의견을 기억하고 있었기에, 여자들을 다시 불러 모아서 영화를 좀 더 고급스럽고 신랄하게 만들 예정이었다. 실라는 굳이 그럴 필요까지는 없다고 했지만, 그녀가 영화 판권을 판매하려 애쓰는 동안 차분히 기다리고 있으려면 그들도 뭔가 할 일이 있어야만 했다.

음침한 목사관 앞에 도착했을 때 아일린은 심장이 아래로 뚝 떨어지는 기분이 들었다. 그리고 처음으로 왜 자신이 계속 콜린과의 결혼 생활을 유지하려 하는지 의아한 기분이 들었다. 지금이라도 그냥 다시 차에 올라타고 아일사와 함께 인버네스까지 드라이브를 나갔던 것처럼 머리에 바람을 맞으며 테이프 카트리지를 덜거덕거리면서 햇살 속으로 차를 몰고 가 버릴 수도 있지 않은가.

다음 날 해미시는 정복을 차려입고 순찰을 나갔다. 러브레이스 경감이 혹시라도 그가 게으름을 부리고 있지는 않은지 확인하려고 또 경찰서에 들를지도 모른다는 느낌이 들었기 때문이다. 해미시는 시노선으로 가서 다시 마을 사람들에게 퍼트리샤의 행적을 묻고 다니기 시작했다. 문제는 퍼트리샤의 집은 마을 외곽에 있어서 그녀가 어딘가에 가고자 한다면 시노선 중심지를 지날 필요가 없었으리라는 점이었다.

그는 마을 한쪽 끄트머리에서 시작해 집집이 문을 두드리며 참을성 있게 질문했지만, 아무 소득도 얻지 못했다.

시노선은 흉측한 수력 발전 댐 때문에 생겨난 인공호 가장자리에 자리 잡고 있었다. 마을에서는 황량한 대로 하나가 호수로 이어졌다. 호수를 사이에 두고 마을과 공공 임대주택 단지가 있었지만, 개인 소유 주택들도 너무 칙칙하고 잿빛이어서 공공 임대주택과 전혀 구별도 되지 않았다. 시노선 마을 사람들도 주변 환경에 물들어 있는 것 같았다. 이 집 저 집 다녀봐야 무뚝뚝하고 무례한 대답 외에는 아무것도 들을 수가 없었다. 그들은 일을 만들어서 하는 재주가 있는 모양이었다. 딱히 하는 일도 없으면서 늘 바쁘게 서둘렀다. "지금은 너무 바빠서 질문에 답하고 있을 시간이 없어요"가 그들의 전형적인 대답이었다.

퍼트리샤가 어디를 헤매고 다녔는지 알아내고 싶은 마음이 너무 강해서, 해미시는 자신이 맥그리거 경사의 구역을 침범해 돌아다니고 있다는 사실을 잊고 있었다. 그러다가 주도로 꼭대기에 있는 어느 집 현관문을 막 나섰을 때, 정원 문 앞에서 자신을 노려보고 서 있는 맥그리거 경사의 모습을 알아봤다.

"지금 여기서 뭐 하는 겁니까?" 맥그리거 경사가 물었다.

"잠깐 어디 가서 얘기 좀 할 수 있을까요?"

"좋아요, 우리 집으로 가서 이게 대체 무슨 일인지 얘기해 봅시다." 해미시는 맥그리거 경사의 집이 시노선의 안 좋은 모든 점을 반영한다는 사실을 떠올렸다. 심지어 이렇게 더운 여름날에도 그의 집은 으슬으슬 춥기까지 했다.

지독한 취향의 장식품으로 뒤덮이고, 석 점이 한 세트로 되어 있는 연어 색깔 소파에 이르기까지 거실은 그가 마지막으로 보았을 때와 똑같았다.

"자, 이제 이게 다 무슨 일인지 얘기해 줄래요?" 맥그리거 경사가 물었다.

"그러니까 그게 이렇게 된 겁니다." 해미시가 말했다. "내가 오늘 별로 할 일이 없었어요. 그래서 살인 사건이 일어났던 날에 이 마을에서 퍼트리샤 마틴브로이드 여사를 본 사람이 있는지 알아보고 싶어서 온 겁니다. 경사님께 먼저 전화를 해야 했는데, 경사님이 이렇게 집집이 다니면서 질문하는 일에는 별로 시간을 낭비하고 싶어 하지 않을 것 같다는 생각이 들더라고요. 그리고 이제 난 내가 이 마을을 방문했다는 사실을 제발 상부에 보고하지 말아 달라고 사정해야 해요."

"왜요?"

"블레어는 정직 처분을 받았고, 러브레이스 경감이 사건을 담당하게 됐는데, 그가 나더러 이 사건에서 물러나 있으라고 했거든요."

"러브레이스라니!" 맥그리거의 얼굴이 어두워졌다. "그 불한당 같은 인간!"

"그를 잘 알아요?"

"잘 아냐고요? 5년 전에 인버네스에서 근무할 때, 어느 날 내가 쉬는 날이라 집에 들어가기 전에 술집에 들러 술을 한잔 한 적이 있었어요. 당시에는 러브레이스가 누군지도 몰랐고요. 그러니 당연히 그를 알아보지도 못했지. 술집에서 어떤 남자 하나와 대화를 나누게 됐고, 그러면서 술도 몇 잔 더 마셨어요. 내가 술집을 나서서 차에 올라탔을 때, 러브레이스와 경찰 두 명이 음주 측정을 하겠다고 날 기다리고 있더군요. 그가 상부에 보고하겠다고 강력하게 주장하는 바람에 난 거의 잘릴 뻔했다고요. 만약 아까 털어놓은 얘기가 정말 시노선에서 당신이 한 일 전부라면, 걱정하지 말고 그냥 가요. 러브레이스는 내게서 어떤 얘기도 듣지 못할 테니까."

"정말 고마워요." 해미시는 안도했다. 확실히 러브레이스는 그보다는 더 나은 방법으로 그날의 사건을 처리할 수도 있었을 터였다. 그냥 가볍게 맥그리거 쪽으로 다가가서 자신이 누구인지 소개했다면, 맥그리거는 두말없이 총알처럼 술집을 빠져나갔을 것이다. 물론 맥그리거가 딱 한 잔만 하고 한도를 넘지 말았어야 했다고 주장한다면, 그거야 반론의 여지가 없지만, 그런데도 굳이 그런 식의 가혹한 방법을 쓴 것은 논란의 여지가 있어 보였다.

"퍼넬러피 게이츠가 살해당하던 날, 우리의 작가님이 어디를 돌아다녔는지 알아낼 뭐 좋은 방법이 없을까요?" 해미시가 물었다.

"나도 잘 모르겠어요. 잠깐, 아는 사람이 한 명 있을지도 모르겠네요."

"그게 누구죠?"

"숀 피츠가 돌아왔거든요."

고지에서는 간단히 숀 피츠로 불리는 숀 피츠패트릭은 떠돌이 부랑아로 집집이 돌아다니며 허드렛일을 해 주고 차 한 잔과 간단한 식사를 얻어먹었다.

지난 2년 동안은 그를 본 사람이 아무도 없었다. "어디로 갔었대요?" 해미시가 물었다.

"그야 아무도 모르죠. 남쪽으로 갔었을지도 몰라요. 어쨌든 이젠 당신 사람이니 가서 물어보라고요." 해미시는 그에게 고마움을 표하고 숀을 찾으러 출발했다. 숀 피츠는 길에서 일어나는 모든 일을 알고 있었고, 모든 사람을 알아봤다.

제8장

이따금 나를 찾아오던 그들이
이제는 내 적이 되었다.
토머스 와이엇 경

이틀 후, 아일린의 영화에서 연기했던 꽤 많은 수의 마을 여자들이 목사관으로 모였다.

처음으로 아일린은 마을 여자들 사이에 뭔가 떨떠름한 분위기가 감돌고 있음을 알아차렸다. 그녀는 자신이 무엇을 이루어 냈는지 대놓고 얘기할 수는 없었다. 하지만 다른 무언가가 그 성취의 영광을 앗아 가게 그냥 내버려 두지는 않을 작정이었다.

아일린은 모두의 앞에 서서 목청을 가다듬었다. "1막에서 몇 가지 실수가 보여서 그걸 수정해야 할 것 같아요. 내 생각에는 다시 촬영하면 될 것 같거든요."

여자들 사이에서 초조하고 불안한 듯한 수선거림이 들려왔다. 그러고 나서 낸시 매클라우드가 일어섰다. "사실 우린 당신의 영화에 더는 시간을 낭비할 수 없을 것 같아요, 제솝 부인. 우리도 다른 할 일이 있거든요."

아일린은 놀란 표정으로 그녀를 바라봤다.

"내가 뭐랬어요." 아일사의 친구인 홀리 앤드루스가 말했다. 근래 그녀는 아일사와 목사 부인이 점점 친해지는 까닭에 콧대가 팍 꺾여 있었다. "우리 모두 진짜 영화에 출연하는 사람들인데, 괜히 아마추어 영화로 시간만 낭비하고 있다는 느낌이에요."

"하지만 〈만조의 사건〉에서 여러분은 그저 여럿이 무리 지어 나오는 군중일 뿐이잖아요." 아일린이 항의했다.

"그렇지만 에디 오브리는 대사를 받았어요." 낸시가 말했다. "우리 전부 다 그런 식으로 발탁될 기회가 있다고요."

"에디는 어디 있나요?" 아일린이 물었다. "그렇다면 앨리스도 여기 있으면 안 되는 거 아닌가요?"

적대적인 침묵만이 그녀를 맞이했다.

"그래서 우리도 최선을 다해 보려고요." 낸시가 말했다.

아일린은 아일사를 제외한 모두가 조용히 자리를 떠나는 것을 바라만 보고 있었다.

아일사와 단둘이 남았을 때 그녀가 물었다. "대체 뭐가 잘못된 걸까요? 지금까지는 모두 나와 함께 연기하는 걸 즐겼잖아요. 그렇게 즐거웠던 적은 평생 한 번도 없었다고 말할 정도였다고요."

"다들 한동안 불만에 휩싸여 있었어요." 아일사가 말했다.

"난 그 사실을 몰랐어요!"

"그건 당신이 목사님 부인이라 그래요. 원래가 고지 사람들은 목사 부인에게는 그런 식으로 대해요. 최대한 존중하려고 하죠."

"그럼 왜 그걸 나한테 말해 주지 않았어요?"

"당신이 영화 찍는 일을 정말 즐겼잖아요. 그런데 괜히 마을 여자들 다툼에 끼어들 필요가 없으니까요. 에디 오브리가 영화에서 대사를 한 줄 얻고 나서 누군가 그녀의 집 현관 창문에 벽돌을 집어 던졌거든요."

"누가 그랬어요? 경찰은 뭐래요?"

"에디가 신고를 하지 않았어요. 여기서는 우리가 경찰이거든요."

"저들이 정말 자기들도 영화계에서 스타가 될 수 있을 거라고 생각하는 건 아니길 바라요!"

"그게 바로 저 멍청한 여편네들이 생각하는 거예요. 힘내요, 아일린. 이미 찍어 놓은 필름 양도 엄청나잖아요."

"그렇지만 훨씬 잘할 수도 있었다고요." 아일린이 속상하다는 듯이 말했다.

"더는 신경 쓰지 말아요. 그건 그렇고 살이 많이 빠진 것 같네요."

"그동안 다이어트를 했거든요." 아일린이 넋이 나간 채 무심히 대꾸했다. "이 상황을 어떻게든 해결해야 해요. 왜 질투심에 눈이 먼 몇몇 여자가 가여운 에디에게 폭력을 행사하고도 그냥 아무 일 없다는 듯이 빠져나가는 거죠?"

"이 일도 언젠가는 지나갈 거예요, 두고 봐요." 아일사가 말했다. "자, 나도 이젠 돌아가서 남편 대신 가게를 봐야 할 것 같아요. 그가 오후에 크라스크에서 열리는 신티*에 참여하기로 되어 있거든요."

아일사가 가고 나서 아일린은 초조하게 앞뒤로 오갔다. 그러다가 마음을 정하고는 차에 올라타 로흐두로 가서 경찰서 바깥에 차를 세웠다.

해미시는 피곤했다. 근무시간 짬짬이 숀 피츠를 찾아 사방으로 차를 몰고 돌아다닌 탓이었다. 살인 사건이 일어나던 날 아침에 안개가 그토록 짙게 끼지만 않았어도 좋았을 텐데.

그가 문을 열어 아일린을 맞이했다. 하지만 전보다 더 날씬

* 하키와 비슷한 스코틀랜드 전통 경기이다.

해지고 머리를 검게 염색한 그녀가 드림의 목사 부인이라는 사실은 알아차리지 못한 채 최대한 예의를 차리며 그녀를 훑어봤다. 아일린은 근시처럼 눈을 끔뻑이며 앞에 서 있었다.

"전에 뵌 적이 있죠." 그녀가 손을 내밀어 악수를 청했다. "저는 목사 부인 아일린 제솝이라고 해요. 참, 드림 지역이요. 우리가 막 드림으로 이사 왔을 때, 목사관에 찾아와서 남편과 인사를 나누고 가셨잖아요."

"맞아요, 그랬었죠. 들어오세요. 차를 드릴까요, 커피로 하실래요?"

"커피로 할게요." 아일린이 말했다.

"그럼 이쪽으로 의자 끌고 오세요."

아일린이 식탁에 자리 잡고 앉았다. "아무래도 이 얘기는 경찰서에서 해야 할 것 같네요. 경찰이 다룰 문제거든요."

"커피 한잔 마시면서 경찰서에서 얘기하는 것처럼 말씀하시면 돼요."

그가 전기 주전자를 꽂고 머그잔 두 개와 설탕 종지를 꺼내고 냉장고에서 우유도 가져왔다. 아일린은 그가 커피 잔을 건네주고 자리에 앉을 때까지 기다렸다.

"자, 그럼," 해미시가 말했다. "무슨 일이신가요?"

아일린은 해미시가 정말로 매력적인 남자라고 생각했다. 그다음에 곧바로 든 생각은 매력적이든 그렇지 않든 간에 자신이 남편이 아닌 다른 남자를 제대로 바라본 것이 참으로 오래간만이라는 것이었다.

"마을에서 제작하는 드라마 때문이에요. 그게 마을 여자들 사이에 안 좋은 감정을 심어 놓았거든요. 그래서 이제는 범죄까지 일어나고 있어요. 에디 오브리가 다른 여자들처럼 군중 속에 가만히 서 있는 역할 대신에 대사를 한 줄 얻었는데, 그 때문에 누군가 그녀의 창문에 벽돌을 집어 던졌어요."

"음, 사실 그게 바로 드림이에요."

"하지만 전에는 그렇지 않았어요!"

"전에도 그랬습니다." 해미시는 몇 년 전 일어났던 살인 사건을 떠올렸다. "이런 말씀을 드린다고 위안이 될지는 모르겠지만, 그 마을 부인들이 욱하는 성격이 있어요. 그렇다고 그들 일에 간섭하려 들면, 그 화풀이를 부인에게 해 댈 겁니다."

"그렇지만 경찰이 나서서 뭐라도 해야 하잖아요!"

해미시는 에디 오브리가 직접 나서서 신고하지 않는다면 자신이 할 수 있는 일은 아무것도 없다는 말을 하려다가 갑자기 좋은 생각이 떠올랐다. 드림에 공식적으로 드나들 수 있는 아주 좋은 구실이 생긴 것 아닌가.

"일단 커피부터 다 드세요. 그다음에 제가 부인을 따라 마을로 갈게요. 그리고 어떻게 하면 그들에게 겁을 줘서 제대로 처신하게 할 수 있을지 그 방법을 한번 생각해 보겠습니다. 그건 그렇고 부인은 어떻게 지내세요? 직접 영화를 만드신다는 얘기를 들었거든요."

"아, 그냥 별것 아닌 시시한 영화예요." 아일린이 말했다. 경찰서로 오는 동안 자신이 찍고 있는 영화에 관해 점점 더 의기소침한 기분을 느끼게 된 참이었다. 심지어 실라가 했던 말도 괜히 자신의 기분을 맞춰 주려고 쓸데없는 말을 한 것은 아니었을까 걱정이 되기 시작했다. "그렇지만 찍는 동안에는 재미있었어요."

"어떤 내용인가요? 부인의 영화 말이에요."

"제가 대학 다닐 때 스코틀랜드 전통극 대본을 하나 써 둔 게 있었어요. 약간 어두운 면이 가미된 코미디예요. 한 여성이 어느 작은 고지 마을로 이사를 오는데, 그곳에서 마녀로 몰리게 되는 얘기죠. 내가 제목을 〈드림의 마녀〉라고 고쳤어요. 나는 영화를 좀 더 다듬고 싶은데, 마을 여자들은 이제 더는 아마추어 영화 같은 데 관여하고 싶지 않다고 해요."

"아마 스필버그 같은 감독이 〈만조의 사건〉에 등장한 자기들의 별로 사랑스럽지 않은 얼굴을 보고는 '저 여자가 바로 내가 찾고 있던 배우야!'라고 말할 거라고 생각하고 있겠죠."

"맞아요, 바로 그래요."

"걱정하지 마세요. 제가 어떻게든 해 볼게요. 드림에 아직도 언론이 진을 치고 있나요?"

"대부분 떠났어요. 전국지 몇 군데는 기자 몇 명을 남겨 두고 갔지만, 그들도 다 스트래스베인으로 갔을 거예요. 가여운 마틴브로이드 여사가 경찰 때문에 신경쇠약에 걸렸다는 소문이 돌고 있거든요."

"혹시 실라 버포드 양을 근처에서 보신 적 있으세요? 월요일에 저와 저녁을 먹기로 약속해 놓고는 나타나지 않았거든요. 심지어 전화조차도 하지 않았어요."

월요일이라, 아일린은 생각했다. 월요일이라면 그녀가 실라를 만나고 있을 때였다. 그리고 실라는 아일린을 만나기 위해, 아니 그녀의 영화를 보느라고, 이 매력적인 경찰과의 데이트까지 완전히 잊고 있었던 것이다. 심장이 뛰기 시작했다. 아일린은 해미시를 향해 환하게 미소 지으며 말했다. "마침 이곳으로 오기 전에 잠깐 성에 들러서 그녀에게 안부를 물었거든요. 그랬더니 장례식이 있어서 글래스고에 가야 한다고 하더라고요."

해미시는 나쁜 소식 탓에 실라가 자신과의 데이트를 깜빡 잊고 말았으리라는, 가망 없는 희망에 다시 한번 매달렸다. 자신이 전화조차 걸어 줄 가치도 없는 사람이라는 생각마저 하고 싶지는 않았다.

아일린은 커피를 마시고 해미시에게 감사의 마음을 전한 후 경찰서를 떠났다. 해미시는 컵을 씻어 두고 우유를 냉장고에 집어넣은 다음 경찰서 문을 잠그고 경찰 랜드로버에 올라타서 드림으로 향하는 구불구불한 도로로 접어들었다.

그날은 드라마 촬영 일정이 없었고, 드림 마을은 태양 아래 평화롭게 머물러 있었다. 마치 살인 사건 같은 건 전혀 일어나지도 않은 듯했다.

그는 잡화점 앞에 랜드로버를 주차하고 에디 오브리의 집까지 걸어갔다. 앞 유리창은 판자로 막혀 있었다. 드림보다 좀 더 문명화된 지역이었다면, 지금쯤 유리 시공기사가 깨진 유리창을 새것으로 교체해 놓았을 테지만, 고지 지역에서는 무엇이 됐든 빠르게 수리하기가 매우 힘들었다. 유리 시공기사, 배관공, 전기기사 또는 돌담 시공 기술자나 건축업자 같은 사람들은 하나같이 요통으로 고생하는 듯했다. 따라서 고장 난 게 뭐든 간에 언젠가 수리가 되기는 할 테지만, 그 기간은 상당히 오래 걸렸다.

그는 에디 오브리 집 현관문을 두드렸다. 잠시 후 문이 열렸다. 두꺼운 안경을 낀 비쩍 마른 에디 오브리는 강렬한 붉은 색조의 운동복을 입고 있었다.

"해미시!" 그녀가 말했다. "어쩐 일이에요?"

"들어가도 될까요?"

"물론이죠, 어서 들어와요. 차 마시려고 막 주전자를 올리려던 참이에요. 거실로 들어가서 앉아요."

해미시는 장식이 지나치게 과한 불편한 방 안으로 들어섰다. 원래 고지 사람은 아니었지만, 에디는 고지 사람들의 방식을 차용해서 방 하나를 '최고'로 장식해 두고 있었다. 그래서 그곳은 깨끗하고 번쩍거리고 답답하고, 생전 이용하지 않는 공간에서 풍길 법한 냄새를 풍겼다. 색깔은 온통 분홍색이었다. 바버라 카틀랜드*가 보면 좋아했을 것 같았다. 방 안에는 석 점이 한 벌로 구성된 미끌미끌한 재질의 싸구려 소파가 놓여 있었다. 판자로 막아 놓은 창문에는 분홍색 커튼이 달리고, 벽은 해미시가 '발그레한 분홍색'으로 알고 있는 색이었다. 그가 자리에 앉는 동안 자그마한 분홍색 쿠션이 바닥으로 떨어졌다. 소파에 속을 너무 채워 놓아서 몸이 앞으로 미끄러져 떨어질 것 같은 기분이었기에, 해미시는 떨어진 쿠션을 다시 집어 올려 단단한 의자에 얹어 놓고 그 위에 걸터앉았다.

에디가 유리 쟁반을 들고 안으로 들어왔다. 쟁반 위에는 황금색 테두리에 분홍색 장미가 그려진 얇은 컵이 놓여 있었다.

"방 안을 좀 밝게 할 수 있을까요, 에디?" 해미시가 어둠 속에서 그녀를 바라보며 물었다.

"물론이죠." 그녀가 분홍색 레이스로 장식된 분홍 덮개가 덮인 램프의 스위치를 켰다.

* 할리퀸 시리즈로 유명한 영국의 작가로 여든이 넘은 나이에도 분홍색 드레스로 치장하기를 좋아했다고 한다.

"자, 에디, 저 창문은 어떻게 된 겁니까?"

"내가 한심한 짓을 했어요." 에디가 형편없는 실력으로 밝은 모습을 가장하며 말했다. "방 안에서 진공청소기를 돌리다가 미끄러져서 청소기 끄트머리가 그대로 창을 뚫고 나가 버렸지 뭐예요."

"그렇다면 누군가 당신네 집 창문에 벽돌을 던졌다는 그 모든 소문은 다 거짓말인 건가요? 이러지 말아요, 에디. 난 그렇게 멍청하지 않아요. 나도 드림에서 무슨 일이 일어나고 있는지 안다고요. 누군가 당신이 대사 몇 줄 얻어 낸 걸 질투한 거잖아요."

에디가 그를 노려보다가 이내 가느다란 어깨를 으쓱해 보였다.

"아, 그래요, 당신도 여기 사람들이 어떤지 알잖아요. 다음 날 누군가 봉투에 창문 수리할 돈을 넣어서 우리 집 우편함에 넣어 뒀어요. 이 정도 분쟁은 우리가 알아서 해결한다고요."

"당신들 모두 어리석은 암탉 한 무리 같아요." 해미시가 말했다. "그리고 목사님 부인이 찍고 있는 영화는 어떻게 된 거예요?"

"아, 그것도 한동안은 재미있었어요." 에디가 매우 짜증스럽지만 고상하게 행동하려 애쓰는 듯이 소파에 등을 기댔다. "그렇지만 우리도 그런 아마추어 감독이 찍는 드라마에 얽매

여서 매일같이 시간을 낭비할 수는 없는 일이라고요."

"지금 다들 큰 실수 하고 있는 겁니다." 해미시가 말했다. "아, 이놈의 방정맞은 주둥이 같으니라고!"

에디가 등을 곧게 펴고 앉았다. "그게 무슨 말이에요?"

해미시가 유감스럽다는 듯이 그녀를 보고 미소 지으며 어깨를 으쓱해 보였다. "아, 그게, 그래요, 말해 줄게요, 에디. 하지만 우리 둘만의 비밀이에요. 절대로 아무에게도 말하지 않는다고 약속해요!"

"약속할게요. 술 한잔할래요?"

"아니요, 시간도 너무 이르고, 운전도 해야 하거든요." 그가 앞으로 몸을 기울이고 목소리를 낮췄다. "이 살인 사건 수사의 일환으로, 내가 모두의 배경을 확인하고 있거든요."

"당신이 사건에서 제외됐다고 들었는데요." 에디가 말했다.

"그건 이전 일이에요." 해미시가 거만하게 말했다. "얘기를 듣고 싶은 거예요, 아니에요?"

"그래요, 들어요, 듣는다니까요."

에디가 조바심을 내며 기다리는 동안, 해미시는 천천히 차를 한 모금 마셨다. "내가 목사님 부인의 배경을 조사하던 중에……"

"내가 그럴 줄 알았어! 그럴 줄 알았다니까!" 에디가 밝은색 눈동자를 안경 뒤에서 반짝거렸다. "추문이 있는 거죠!"

"아니요, 전혀 그런 게 아니에요." 해미시가 엄숙하게 말했다. "그리고 인제 그만 말해야겠어요, 에디. 이렇게 계속 방해를 하면 어떡해요."

"알았어요, 계속해요."

"그녀가 대학 다닐 때, 자기가 쓴 대본으로 대학에서 연극 공연을 했었는데, 그게 큰 호응을 얻어서 신문에도 엄청나게 격찬하는 기사가 실렸었대요. 그래서 대형 영화사에서 그녀에게 접촉도 했었다고 해요. 저작권을 사고 싶어 했다고 하더라고요."

"어머, 세상에. 그래서 어쨌대요?"

"아일린의 부모님이 어찌나 엄격한 칼뱅주의자였던지 영화 일은 극구 반대를 했다는 겁니다. 그래서 거절하게 했대요. 하지만 나도 어쩌다 알게 된 거니까, 만약 다른 사람에게 이 얘기를 하면 내가 당신을 죽여 버릴 줄 알아요!"

"안 해요, 안 해. 자, 비스킷 좀 드세요."

해미시는 금박에 싸인 펭귄 초콜릿 비스킷을 집어 들어서 속이 뒤집힐 정도로 느릿느릿 포장을 벗겨 내기 시작했다. 그런 다음 한 입을 베어 물고 엄숙한 표정으로 에디를 바라봤다.

"또 아일린 제솝이 할리우드의 거물 제작자에게 그 영화를 보내려고 마음먹고 있다는 사실도 우연히 알게 됐어요. 이건 정말 비밀이에요. 그녀는 남편에게도 그 얘기를 하지 않았거든요."

그는 에디의 놀란 얼굴을 기분 좋게 미소 지으며 바라봤다. 그리고 비스킷을 다 먹고는 찻잔을 비우고 일어섰다.

"그렇지만 마을 사람들에게 또다시 공격받으면, 그때는 반드시 내게 알려야 합니다."

"아, 그럴게요, 해미시. 그리고 지금 들은 얘기는 절대로 아무에게도 하지 않을게요."

해미시는 문간에서 그녀를 돌아보며 말했다. "절대로 말하지 않을 거라고 믿어요."

에디의 다음 방문자는 홀리 앤드루스였다.

"우린 아일린 제솝에게 분수를 깨닫게 해 준 거야." 홀리가 말했다. "어쨌거나 아무 쓸모도 없는 일이었잖아, 안 그래, 에디? 그녀는 우리가 집안일도 내팽개치고 그 형편없는 소규모 영화에 출연하게 했지만, 사실 우리는 텔레비전 스타가 될 수도 있는 사람들이잖아."

"우리는 그 드라마가 방송될 거라고 믿고 있잖아." 에디가 말했다. "하지만 그게 이미 불행을 몰고 왔어. 내가 제작사 카메라 기사 하나가 하는 얘기를 들었는데, 지금 스코틀랜드 BBC가 이 드라마를 제작하면서 사망한 사람들 때문에 그걸 방송에 내보내는 게 어쩌면 너무 천박한 행태가 아닐까 고민

하고 있대. 당연히 제작사 사람들도 걱정이 이만저만이 아닌가 봐. 그래서 내 생각에는 우리가 아일린의 영화를 좀 더 열심히 찍는 게 나을 것 같아. 생각해 보니 내 역할을 더 늘릴 수도 있을 것 같더라고. 난 아일린에게 가서 영화에 더 적극적으로 참여하겠다고 말할 생각이야."

홀리는 아일린과 아일사의 우정을 시기하고 있었다. "그녀는 자기가 목사 부인이라고 잘난 체를 하고 다니는 거야. 내 장담하는데, 에디, 만약 그녀가 그 형편없는 영화를 드림 외부에 나가서 보여 주고 다니면, 우리는 완전히 웃음거리가 될 테니 두고 봐."

에디가 앞으로 몸을 기울였다. 그녀의 얼굴이 거실의 어둠 탓에 매우 경직돼 보였다. "내가 지금 무슨 얘기를 해 줄 거야, 홀리, 아일린에 관한 얘기거든. 그런데 이 얘기를 아무한테도 하지 않겠다고 약속할 수 있어?"

"그럼 물론이지, 조개처럼 입 꽉 다물고 있을게. 아무에게도 절대로 얘기하지 않을 거야."

에디가 해미시 맥베스에게 들은 이야기를 들려주는 동안 홀리의 눈이 점점 더 커졌다.

"그러니까 절대 아무에게도 얘기하면 안 돼, 명심하라고!" 홀리가 밖으로 걸어 나가는 동안 에디가 다시 한번 당부했다.

그날 저녁 콜린 제솝은 인버네스로 나갔고, 아일린은 집에 홀로 남아 있었다. 그녀는 우울했고, 모든 걸 포기하고 싶었다.

그런 생각을 하며 목사관 창가로 걸어가서 차량 진입로 쪽을 내다봤을 때, 그녀의 눈에 마을 여자들의 모습이 들어왔다. 한껏 멋을 내고는, 에디 오브리를 선두로 행복하게 수다를 떨어 대면서 차량 진입로를 따라 걸어 올라오고 있었다.

그녀는 얼른 문을 열었다. "우리가 생각을 해 봤는데요," 에디가 신이 나서 말했다. "그 영화를 좀 더 찍는다고 해도 딱히 해가 될 일은 없을 것 같아서요."

"정말 그렇게 해 주시는 거예요?" 아일린이 놀라서 말했다.

모두가 합창하듯이 대답했다. "그럼요, 물론이죠." 그러고는 다들 목사관 안으로 몰려 들어갔다.

아일린도 안도감에 미소 지으며 카메라를 챙기러 들어갔다.

세트장을 따로 세울 수 없었기에, 아일린은 낡은 주택 몇 곳을 촬영장으로 이용했다. 따라서 이 집 저 집 다니며 촬영을 해야 했기에, 그렇지 않아도 바쁘고 활기찬 저녁 시간이 더욱 정신없이 흘러갔다.

마침내 아일린은 아일사와 함께 목사관으로 돌아왔다.

"모두 얼마나 대단한지 모르겠어요." 아일린이 말했다. "다들 열정적이고 연기도 너무 잘해요. 믿을 수 없을 정도예요."

아일사가 식 미소 지었다. "당신, 해미시 맥베스에게 고맙다고 해야 해요. 그 사람은 분명 고지 최고의 거짓말쟁이일 거예요. 그리고 그게 해미시의 매력이기도 하죠."

"그게 무슨 말이에요?"

"난 그에게 아무 말도 하지 않았어요. 그런데 해미시가 에디 오브리에게 당신의 연극이 대학 시절에 공연되었을 때 비평가들의 격찬을 받았고, 그래서 주요 영화사가 당신에게 접촉해 오기까지 했는데, 당신 부모님이 워낙에 엄한 칼뱅주의자라서 영화사와 계약하는 걸 허락하지 않았다고 했대요. 그런데 이제는 당신이 직접 이번에 찍은 영화 필름을 할리우드로 보내 볼 생각을 하고 있다고 덧붙였다네요."

"그런 말도 안 되는 얘기를 믿었을 리가요!"

"무슨 소리예요, 철석같이 믿고 있는걸요. 맥베스가 에디에게 행여라도 다른 사람에게 이 사실을 누설하면 죽여 버리겠다고 했다는데요."

"이건 말도 안 돼요. 가서 사실대로 말해야겠어요."

"왜요? 당신도 즐기고 있잖아요, 아니에요?"

"그렇지만 당신은 그 얘기를 믿지 않잖아요, 왜죠?"

"왜냐하면 우린 친구고, 만약 그런 일이 있다면 당신이 내게 말해 줄 테니까요."

아일린이 미소 지었다. "2년 전 크리스마스에 누군가 샴페인 한 병을 선물로 준 게 있는데, 내가 옷장 아래 넣어 뒀어요. 그걸 지금 열어야겠네요."

그녀는 실라가 해 주었던 말을 아일사에게 털어놓고 싶어 입이 근질거렸지만, 실라는 절대 아무에게도 말하지 말라고 신신당부를 했었다. 아일린은 나중에 아일사가 그 사실을 알게 되더라도 부디 화내지 않기만을 바랄 뿐이었다.

로호두에 축축하고 안개 낀 따듯한 일요일이 찾아왔다. 지역 사람들은 이런 날씨를 '각다귀가 돌아다니기에 최상의 조건'이라고들 이야기했다.

마치 고지 지역 전체가 서서히 멈춰 버린 듯했다. 얼마 전까지만 해도 마을에 방을 구하려고 혈안이 된 기자들이 구름처럼 몰려들었다는 사실을 도저히 믿을 수 없을 정도였다.

해미시는 이런저런 집안일을 해 나가는 동안 살인 사건과 관련된 생각들을 그냥 흘려보내면 삶이 얼마나 수월해질까 생각했다. 러브레이스에게 모든 걸 맡기면 될 일 아닌가.

하지만 그렇다고 하더라도 떠돌이 숀 피츠의 행방조차 아직 찾지 못하고 있는 것은 계속 마음에 걸렸다.

해미시는 실라가 전화를 걸어 왜 자신이 그날 레스토랑에 나타나지 못했는지 설명해 주길 기다리다가 포기해 버렸다.

그는 차를 몰고 나가서 다시 한번 숀을 찾아보기로 했다. 2년 전 어느 날, 순찰을 다니다가 길에서 터벅이며 느릿느릿 걸어 다니던 숀의 모습을 발견했던 일이 기억났다.

그는 다시 수색을 시작했다. 떠돌이 숀이 종교가 있다는 사실을 떠올린 것은 아침나절을 아무 소득도 없이 돌아다니고 난 후였다. 숀은 가톨릭 신자였다. 그는 성당을 하나하나 둘러보기 시작했고, 마침내는 도녹에서 숀이 그 전날 미사에 참석한 것을 목격했다는 이야기를 들었다.

해미시는 만약 자신이 그 부랑자를 발견하게 된다면, 그래서 퍼트리샤가 살인 사건 현장에서 어딘가 멀리 떨어진 곳에 있는 것이 목격되었음을 알게 된다면, 그리하여 퍼트리샤의 혐의가 모두 씻겨 나간다면, 그녀가 기억을 되찾게 될지도 모른다는 희망을 버리지 않았다.

하지만 당황스러운 사실은 그가 차를 몰고 도로를 돌아다니는 동안 숀이 어딘가 작은 농장 안에 편안하게 자리 잡고 앉아 차를 마시며 시간을 보낼 수도 있다는 점이었다. 오후 3시쯤 되었을 때, 그는 식사를 걸러서 매우 배가 고프다는 사실을 깨달았다.

정신을 차려 보니 고일스피 주도로에 있었기에, 해미시는 카페를 찾아 들어가서 소시지 롤과 콩 요리와 진한 차 한 주전자를 주문했다.

그는 마음속에서 용의자를 한 명 한 명 떠올려 봤다. 생각에 생각을 거듭할수록 제작사 직원 중 한 명이 살인자가 틀림없다는 결론에 가까워졌다. 그리고 정말 범인이 제작사 직원이라면, 누군가 폭력적인 성향이 있는 사람이어야 했다.

식사를 마친 후 그는 숀을 찾는 일은 포기하고 경찰서로 돌아가서 블레어의 계정을 다시 한번 해킹할 수 있을지 확인해 보기로 했다.

하지만 그는 여전히 부랑자 숀과 마주치기를 기대하면서 왼쪽 오른쪽을 둘러보느라 아주 천천히 차를 몰았다.

로흐두에 도착했을 때쯤에는 보슬비의 빗줄기가 굵어져 꾸준히 내리고 있었다. 외딴 부둣가가 비에 젖어 반짝거렸다.

그는 차 한 잔을 우려서 들고 경찰서 사무실로 가져갔다. 그리고 자동응답기를 재생했지만 남겨진 메시지는 전혀 없었다.

그는 컴퓨터를 켜고 블레어의 암호를 입력했지만, 이번에는 보고서 계정으로 들어갈 수가 없었다. 그는 욕설을 중얼거리며 컴퓨터 전원을 끄고 멍하니 허공을 응시했다.

부엌문을 두드리는 소리에 그는 문을 열러 갔다. 지미 앤더슨이 서 있었다. "나 좀 들어갈게요, 해미시, 속옷까지 완전히 다 젖었어요."

"이젠 날씨가 변할 때도 됐잖아요."

“맞아요.” 지미가 안으로 들어와 우비를 벗고는 문 뒤에 있는 고리에 걸어 놓았다. “그리고 사람들은 ‘비가 내려야 사람이 살지, 그걸 투덜대면 안 되지’라고 하는데, 난 그 말이 너무 거슬려요. 고지를 바짝 말리려면 좋이 1년은 가뭄이 들어야 할 거라고요.”

그는 부엌 식탁에 자리 잡고 앉았다. “난 고지가 지긋지긋해요, 해미시. 러브레이스도 진절머리 나요. 내가 블레어가 다시 돌아와 주길 바라게 되리라고는 생각조차 해 본 적이 없다고요. 그래서 글래스고 지역으로 보내 달라고 전근 신청을 할까 생각 중이에요. 거기서는 조금이나마 사생활이라는 게 있을 테니까요. 그 위스키 있죠?”

“있어요. 나한테 들려줄 소문이라도 가지고 온 거길 바라요.”

“많지는 않아요. 당신 친구 퍼트리샤는 여전히 기억이 돌아오지 않은 것 같아요.”

“〈만조의 사건〉은 어때요? 촬영이 지금도 진행 중이에요?”

“맞아요. 그런데 퍼트리샤 마틴브로이드 씨가 그 변화를 자기 눈으로 확인할 수 없다는 게 안타까운 일이죠. 그 메리 호일이라는 배우는 원작자 마음에 쏙 들 것 같은 배우거든요. 옷 벗고 나오는 장면도 없고요.”

해미시는 몰트위스키병을 내려서 잔 두 개에 따랐다. 그런 다음 집 안의 습기를 말리려고 부엌에 있는 장작 난로에 불을 지폈다.

"내가 생각을 해 봤는데요," 그가 긴 다리를 뻗고 자신의 커다란 부츠를 바라보며 말했다. "가장 큰 살해 동기를 가진 사람은 제작사 직원 중 하나가 분명한 것 같아요. 당신들은 분명 그들의 배경을 파고 있을 것 아니에요."

"맞아요. 전부 다 파 보고 있어요."

"해리 프레임은 어때요?"

"그의 배경에서 가장 큰 추문이라 할 만한 건 그가 실은 잉글랜드 출신이라는 거예요. 소문에 따르면 그가 스코틀랜드의 독립을 주장하는 듯한 행태를 보이는 건 가짜 정체성을 얻어 후원을 받으려는 속셈이라는 거죠. 그는 자기가 잉글랜드에서 교육받았지만 태어나기는 글래스고에서라고 소문을 냈는데, 실은 잉글랜드 서머싯의 꽤 잘나가는 중산층 집안에서 태어났어요. 만약에 말입니다, 그럴 가능성이야 별로 없지만, 만약에 퍼넬러피가 그 사실을 알아냈다고 하더라도, 그런 일로 해리 프레임이 살인까지 저질렀을 것 같지는 않거든요."

"나는 그가 범인으로 밝혀진다면 좋겠어요." 해미시가 침울하게 말했다. "이봐요, 지미, 그거 물이 아니라 위스키예요. 들이붓지 말고 조금씩 마시라고요."

"당신 위스키가 마르면 내가 들려줄 얘기도 말라 버린다는 걸 명심해요."

해미시가 그의 잔을 다시 채웠다.

"그럼 자일스 브라운은 어때요?" 그가 물었다.

"감독이요? 음, 실은 그에 관해서도 한 가지 알려 줄 게 있어요. 당신은 그 약해 빠진 남자가 누굴 위협하거나 그럴 일은 절대로 없을 거라고 생각하겠지만, 사실 그는 경찰을 구타한 적이 있어요."

"언제요? 어디서요?"

"몇 년 전 플로리다에서요. 그가 외국을 여행하는 영국 여행객들에 관한 텔레비전 방송용 여행 프로그램을 제작할 때였대요. 한 미국 경찰이 촬영하는 장소에서 물러나라고 하자 그가 화가 나서 이성을 잃고 경찰을 폭행했던 거죠. 그래서 구치소에 이틀이나 갇혀 있다가 변호사가 꺼내 줬대요. 하지만 시간적인 제약을 생각해 봐요. 그는 지시를 내리고 있었잖아요. 그러니 그 안개를 뚫고 달려가서 그녀를 밀어 버리고, 아니, 퍼넬러피의 말에 따르자면, 그녀의 다리를 밑에서 잡아당기고 다시 제자리로 돌아오기란 불가능했을 거예요."

"퍼넬러피가 착각하고 있던 거라면요?" 해미시가 곰곰이 생각하며 말했다. "내게 그 말을 해 줄 때 퍼넬러피는 죽어 가고 있었어요. 그러니까 누군가 그녀의 발목을 잡아당긴 게 아니라, 뒤에서 재빨리 밀어 버린 거라면요?"

"그렇다면 그 아리따운 금발의 실라 버포드도 용의선상에 올라가겠죠."

"그건 아니에요. 그녀는 비명을 듣고 소리가 나는 쪽으로 달려갔어요. 피오나 킹은 어때요?"

"마약 소지죄로 두어 번 걸린 적이 있어요. 그리고 지금 같이 사는 여자랑 고래고래 고함을 지르면서 심하게 싸워서 경찰이 출동한 적이 있었는데, 그냥 연인들의 사랑싸움 그 이상도 이하도 아니었대요."

"퍼넬러피의 과거는 어땠어요? 아무것도 안 나왔나요?"

"전에 얘기해 준 내용 외에 더 나온 건 없어요."

해미시는 의자에 등을 기대고 위스키 잔을 기울였다. "사실 퍼넬러피의 살인 사건이 상황을 혼란스럽게 만들었어요. 일단 제이미 갤러거 사건으로 돌아가 보자고요. 앵거스 해리스는 욱하는 성질이 있어요. 그런 그가 자기 친구 스튜어트가 사기당했다는 사실을 알아차린 거죠. 그리고 자신이 스튜어트의 유산 상속자로 지정되었으니, 많은 돈을 부당하게 사기당했다고 느꼈을 거예요. 그리고 그건 정말 강한 살해 동기가 돼요. 퍼넬러피가 살해되었을 때 그는 어디 있었죠?"

"여행 중이었다고 하는데, 확실한 알리바이는 없어요. 하지만 그가 왜 퍼넬러피를 죽이려 했을까요?"

"일단 이렇게 가정해 보죠." 해미시는 점점 흥분했다. "제이미 갤러거는 그가 죽였어요. 하지만 퍼넬러피는 피오나, 해리, 자일스 같은 사람 중 하나가 죽인 거예요."

"별로 설득력 없게 들리는데요."

"그러지 말고 한 번만 더 상상력을 발휘해 보자고요. 퍼넬러피가 살해당하던 날 메리 호일은 어디 있었나요?"

"그녀는 왜요? 아무도 그 여자의 알리바이는 확인 안 해 봤어요. 그 여자에게까지 왜 신경을 쓰겠어요?"

"나는 한동안 텔레비전에서 그녀를 본 적이 없어요." 해미시가 천천히 말했다. "이런 식으로 한번 생각해 봐요. 원래 대본은 섹스와 대단한 미인이 등장한다는 내용이 주요 골자였어요. 메리 호일이 해리의 주의를 끌어서 자기가 얼마나 더 잘할 수 있는지 보여 주고 그를 설득했다면 어떨까요?"

"그럼 그가 이미 배역을 정했다고 얘기를 해서 그녀가 퍼넬러피를 죽였다는 거예요? 어이, 이러지 말아요, 해미시!"

"나는 그녀를 만나 본 적이 없어요. 지금 메리 호일이 호텔에 있나요?"

"그래요, 다른 사람들과 함께요. 하지만 당신은 그녀에게 접근하지 않는 게 좋을 거예요. 그랬다가는 해리 프레임이 당장 러브레이스에게 달려갈 테니까요."

"오늘 저녁에 내가 호텔에 가서 저녁 먹는 걸 말릴 사람은 없을걸요."

"월급을 생각해요."

"어쩌다 한 번쯤 사치 부릴 정도는 벌어요. 그냥 그녀를 한 번 만나 보고 싶어서 그래요."

"그럼 알아서 해요. 위스키 좀 더 있어요?"

그날 저녁 해미시는 가지고 있는 가장 좋은 정장으로 갈아입었다. 그 옷과 어울리는 구두를 한 켤레 장만해야 했지만, 이번에는 그냥 부츠를 신고 가기로 했다. 그는 호텔로 차를 몰고 가서 지배인 존슨 씨의 사무실로 들어갔다.

"그 메리 호일이라는 배우를 좀 만나고 싶어요." 해미시가 말했다.

"당신 운이 좋네요. 제작사 사람들은 전부 나폴리에서 식사하겠다고 나갔고, 그녀만 지금 식당에 앉아 있을 겁니다."

"저녁 좀 싸게 먹을 수 있어요? 여기 음식값은 너무 비싸요."

"알았어요, 빈대님. 그렇지만 송어만 주문하고 다른 건 안 돼요. 지금 송어가 너무 많아서 다 어떻게 처리해야 할지 모를 지경이거든요. 젱킨스는 저녁 근무가 없어요. 그러니 베시에게 식사를 주문하고 계산은 내게 와서 하면 돼요."

해미시는 그에게 감사 인사를 하고 식당으로 걸어갔다.

메리 호일이 구석 자리에 앉아 대본을 읽고 있었다. 그녀를 알아보고 곁으로 다가가는 동안, 해미시는 표지를 보고 그 대본이 소설『만조의 사건』을 복사한 것임을 알아차렸다.

"실례합니다, 호일 양." 그녀는 검은 머리에 영리해 보이는 얼굴이 매력적인, 예쁘지는 않아도 확실히 존재감을 드러내는 여성이었다. 커다란 갈색 눈이 사람의 눈길을 단번에 잡아끌었다.

메리 호일이 호기심 어린 표정으로 그를 바라봤다. 해미시는 그녀의 맞은편에 자리 잡고 앉았다. "저는 로흐두 지역 경찰 해미시 맥베스라고 합니다. 걱정하지 마세요. 지금은 근무중이 아니고, 살인 사건 수사에도 참여하지 않고 있습니다. 단지 제가 당신의 연기를 얼마나 좋아하는지 얘기하고 싶어서 온 거예요."

그녀가 미소 지었다. "정말 친절하시네요." 목소리는 낮고 허스키했다.

종업원이 다가왔다. "나는 송어 요리로 할게요, 베시." 해미시가 말하고는 주변을 둘러봤다. "그렇지만 호일 양을 방해하고 싶지는 않은데……"

"아, 그냥 계세요. 난 거의 다 먹었어요."

"그렇다면 안부나 여쭤야겠네요, 요즘 어떠세요?" 해미시가 물었다.

"아주 잘 지내요. 맡은 배역이 쉬운 역이라서요."

"퍼넬러피 게이츠 씨랑은 아주 다른 방향으로 연기하실 것 같아요."

"맞아요, 섹스 장면으로 시청자의 시선을 끌려는 것은 잘못된 시도라고 내가 해리를 설득했어요. 정도를 걸으면 영원히 사랑받는 작품이 될 수 있거든요. 해리도 마침내 내 말이 무슨 뜻인지 이해했고요."

"전에도 해리 씨와 친분이 있었나 봐요?"

"물론이죠. 스코틀랜드 연극계나 텔레비전 쪽은 바닥이 좁아요. 그래서 서로 다 알고 지내죠."

"그럼 퍼넬러피 게이츠 씨도 알고 지냈나요?"

"몇 군데 파티에서 만난 적은 있었어요. 하지만 그녀는 배우가 아니었어요. 그저 몸매로 먹고살았죠."

갑자기 고지인의 직감이 번뜩이는 것을 느끼고 해미시가 말했다. "해리가 이 시리즈를 시작할 거라는 소문을 들었을 때, 당신은 주연 자리를 노리고 있었는데, 해리가 자신은 퍼넬러피를 점찍고 있다고 했다면서요."

"누가 그런 말을 하던가요?"

"누군가가 해 줬어요." 해미시가 모호하게 말했다. 살인 사건이 일어나던 날 그녀의 행적에 관해 물어보고 싶은 마음이 간절했지만, 감히 그럴 수가 없었다. 그러면 메리 호일은 보나 마나 해리에게 가서 불평을 해 댈 테고, 해리는 즉시 러브레이스에게 달려가 항의할 게 뻔했기 때문이다. "퍼트리샤의 책은 마음에 드세요?" 대신 이렇게 물었다.

"60년대 작품인 걸 참작해도 좀 구식이네요. 거의 1, 2차 세계대전 사이에 출간된 탐정소설 같아요. 애거서 크리스티의 작품처럼 속도감이 있지도 않고, 도로시 세이어즈의 작품처럼 아이디어가 기발하지도 않지만, 그래도 읽을 만해요. 좀 지루하기는 해도."

"저는 아직 읽어 보지 않았거든요."

그녀가 미소 지으며 복사본을 그에게 건네주었다. "이걸로 읽어 보세요. 그럼 이만 실례해도 될까요?"

"이야기 즐거웠습니다."

해미시는 그녀가 식당을 떠나는 것을 보았다. 베시가 송어 요리를 가져왔고, 그는 마음이 요동치는 동안 맛도 모른 채 그것을 먹어 치웠다. 제이미의 살인 사건은 잊어버리자. 지금 그는 퍼넬러피를 살해할 만큼 충분한 동기를 가진 사람을 찾아내지 않았는가.

해미시는 식사를 끝내고 계산서를 존슨 씨에게 가져다주라고 베시에게 부탁한 후 식당을 나갔다. 실라 버포드가 막 접수대로 들어서는 중이었다. 그녀가 그를 보더니 살짝 얼굴을 붉혔다.

"그날 약속 못 지켜서 정말 미안해요, 해미시." 그녀가 말했다. "일이 좀 있었어요."

하지만 이제 해미시의 눈에 실라 버포드는 아름다운 여성이 아니라 이용할 만한 정보원이었다. "잠깐 바로 가죠. 할 얘기가 좀 있거든요."

"그럼 잠깐만이에요." 실라가 마지못해 대꾸했다. 장례식에 참석한다는 핑계로 그녀는 글래스고에 가서 자신의 영화와 텔레비전 회사를 등록하고 왔다. 그런 다음에는 자르고 편집한 아일린의 영화에 자신의 이름을 제작자로 올린 후 스코틀랜드 텔레비전에 가져다주었다. 그리고 지금은 그들이 그 영화에 관해 어떻게 생각하는지 소식을 기다리는 중이었다.

그녀는 탄산수 한 잔을 청했고, 해미시도 같은 것을 주문했다. 혹시라도 끔찍한 러브레이스가 들이닥쳐서 자신이 위스키를 마시는 장면을 목격하기라도 할까 봐 지레 겁을 먹은 탓이었다.

"그래, 하고 싶다는 얘기가 뭔가요?" 그녀가 물었다.

"메리 호일에 관한 겁니다."

실라가 놀란 표정으로 그를 바라봤다. 어쩌면 해미시가 다시 데이트 신청을 해 올지도 모른다고 생각하던 참이었기 때문이다.

"그녀가 왜요?"

"당신도 그녀가 퍼넬러피보다 먼저 레이디 해리엇 역을 얻으려 애썼다는 사실을 알고 있었어요?”

“아니요, 하지만 왜 메리 호일이 해리가 그 배역을 자기에게 줄 거라고 기대하고 있었는지는 알 것 같아요.”

“그녀가 더 실력 있는 배우라서요?”

“글쎄요, 그건 아니에요. 메리 호일은 한동안 눈에 띄는 배역을 얻지 못했거든요. 그리고 전에 해리와 함께 산 적이 있죠.”

해미시의 눈이 반짝였다. “실은 말이에요, 나는 퍼넬러피가 살해당하던 날 그녀가 어디 있었는지 궁금해요.”

“그러니까 지금 당신 말은 메리 호일이 퍼넬러피를 살해할 기회를 잡기 위해 글래스고에서 그 먼 길을 달려와 그 짙은 안개 속에 산을 올라서 결국에는 퍼넬러피의 발목을 잡아끌었다는 건가요!”

해미시의 녹갈색 눈동자가 흥분으로 달떴다. “당신이 그렇게 말하니까, 한심한 얘기처럼 들리기는 하네요. 그렇지만 어쨌든 나는 그녀가 살인 사건이 일어난 날 어디 있었는지 알고 싶어요.”

“당신이 경찰이니, 당신이 물어봐요.”

“그럴 수가 없어요. 행여라도 야수 같은 러브레이스 경감이 그 얘기를 전해 듣게 될지도 모르잖아요. 난 이미 사건 수사에서 제외됐거든요. 그러니 당신이 물어봐 주면 안 되겠어요?”

"어떻게 그런 걸 대놓고 물어요!"

"대화 속에 슬쩍 끼워서 물어보면 되잖아요. 그날 당신이 그녀를 드림에서 본 것 같은 생각이 든다는 식으로 말해도 되고요. 제발 부탁이에요."

"알았어요, 노력은 해 볼게요." 실라가 애매하게 대꾸했다.

"그리고 나한테 전화해 줄 거죠?"

"아, 알았어요."

"절대 잊으면 안 되는 거 알죠?"

"알았어요, 알았다니까요. 내가 물어볼게요. 자, 그럼 이제 좀 자러 가도 되죠?"

해미시가 자리에서 일어섰다. "내일쯤 소식이 오길 기다리고 있을게요. 제발 실망시키지 말아요."

해미시는 경찰서로 돌아갔지만 마음이 편치 않았다. 그래서 침대에 누워 『만조의 사건』을 읽기로 했다.

확실히 졸음을 유발하는 작품이었다. 하지만 그는 잠들기 전까지 절반 정도 읽어 낼 수 있었고, 침대 주변에는 종이가 어지러이 흩어졌다.

실라는 해미시의 요청을 거의 잊고 있었지만, 다음 날 촬영 중간에 휴식 시간 동안 해리가 그녀에게 메리 호일의 트레일러로 커피 한 잔을 가져다주라고 지시했다.

실라는 자기는 심부름꾼이 아니라고 딱 잘라 거절하고 싶은 마음이 굴뚝같았지만, 해미시가 부탁했던 일을 해치울 기회가 왔다는 생각에 고분고분 그의 말을 따랐다.

실라가 문을 두드리고 안으로 들어갔을 때 메리 호일은 얼굴에 크림을 바르고 있었다. "고마워요, 거기 놓아두세요." 메리가 돌아보지도 않고 말했다.

"제가 한 가지 좀 궁금한 게 있거든요." 실라가 말했다.

"뭔가요?" 메리가 무심히 물었다.

"퍼넬러피의 살인 사건이 일어나던 날 당신을 드림에서 본 것 같아서요."

메리가 크림을 닦아 낸 휴지 조각을 휴지통에 던져 넣고 돌아앉았다. "아가씨는 이름이 뭐예요?"

"실라 버포드예요."

"제발 해리가 가슴만 커다랗고 머리는 텅 빈 매춘부나 다름없는 여자들 말고 좀 현명하고 지적인 여자를 고용했으면 좋겠네요. 당신이 잘못 알았어요. 사건 당일에 나는 드림에 없었어요."

"그럼 어디 있었나요?"

"당신 지금 누굴 상대하고 있는지 알기나 해요? 당장 나가요. 나가서 당신 할 일이나 찾으라고요. 해리와 다른 남자들이 당신 가슴골이나 멍하게 쳐다보게 하지 말고 뭔가 제대로 할 만한 일을 찾으라는 거예요."

가슴이 깊이 팬 블라우스를 입고 있던 실라는 돌아서서 트레일러를 나갔다. 전부 다 벼락이나 맞아라. 어디 두고 보라고, 아일린의 영화가 팔리기만 하면!

그녀는 휴대전화를 꺼내 해미시에게 전화를 걸었다.

"고마워요, 실라." 그녀가 메리 호일과 나눈 대화 내용을 전달하자 해미시가 말했다.

실라는 자신이 함께 일하는 사람들과 비교했을 때, 해미시가 얼마나 점잖고 괜찮은 사람인지 다시 한번 떠올렸다. "지난번에 바람맞힌 거 정말 미안해요, 해미시. 그래서 말인데요, 내가 수요일 저녁에 나폴리에서 저녁을 대접할게요. 이번에는 꼭 약속 지킬 거예요."

"좋아요." 해미시가 대꾸했다. "그날 봐요."

그는 전화를 끊고 뛰는 가슴을 진정시키려 애쓰며 허공을 응시했다. 지금이라도 당장 글래스고에 가서 살인 사건 당일 메리 호일의 행적을 추적할 수만 있다면 얼마나 좋을까. 상부에 아프다고 전화를 걸면 어떨까. 아니면—

문을 두드리는 소리가 들렸다.

해미시는 문을 열었다.

다시 한번 태양이 밝게 비추고 있었다. 한 부랑자가 눈을 찡 그런 채 그를 올려다봤다. "차 한잔 얻어 마실 수 있을까?"

해미시는 환하게 미소 지었다.

"들어오세요, 숀 피츠, 그렇게 찾아다녔는데, 이제야 만나는군요."

제9장

그 소리를 듣지 못했는가?
못 들었네, 그건 단지 바람 소리거나,
차가 돌길을 덜컹거리며 지나가는 소리였을 테지.
바이런 경

"정말 고마워, 해미시." 숀이 비스킷을 먹고 차를 마시며 말했다.

그는 수염이 덥수룩한 노인이었지만 나이보다 젊어 보였고, 햇볕에 그은 얼굴에는 주름이 자글거렸으며 눈동자는 밝은 회색이었다. 옷에는 토탄 연기와 헤더 냄새가 배어 있었지만, 악취는 나지 않았다. 숀은 깨끗한 부랑자였다.

"실은 내가 계속 찾아다녔어요." 해미시가 말했다.

"해거티 부인의 속바지를 빨랫줄에서 걷어 간 건 내가 아니야. 그 부인이 뭐라고 했건 난 절대로 아니야." 부랑자가 겁에 질린 표정으로 말했다.

"안심해요, 숀." 해미시가 말했다. "죄를 물으려고 찾아다닌 게 아니에요. 이 지역에서 일어난 살인 사건에 관해 들어 봤죠?"

"드림에서 일어났다면서. 당연히 들어 봤지."

"거기에 대해서 알고 싶은 게 하나 있어서요. 이 지역에 퍼트리샤 마틴브로이드라는 작가가 한 분 살고 있어요. 아마 숀은 잘 모르겠지만……"

"난 전부 다 알아." 부랑자가 말했다. 그의 눈이 부엌을 둘러보고 있었다. "아직도 배가 덜 찼네."

해미시가 냉장고로 가서 스튜가 들어 있는 비닐 백을 꺼냈다. "이걸 데워 줄게요."

"자넨, 정말 친절해. 고마워."

"자, 숀, 스튜가 데워지는 동안 퍼트리샤라는 작가를 어떻게 알게 됐는지 얘기해 줄래요?"

"내가 그 집에 들렀었거든…… 아, 그게 벌써 몇 달은 된 것 같네."

"당신이 이곳에 그토록 오래 머물고 있었는지는 몰랐네요. 그 전에는 어디 있었어요?"

"남쪽으로 갔었는데, 고지하고는 아주 다르더라고."

"그럼 그 집에 들렀을 때 무슨 일이 있었는지 얘기해 줘요."

"내가 그 부인에게 차 한 잔과 먹을 걸 좀 주면 대신 집안 허드렛일을 도와주겠다고 말했어. 그랬더니 그 부인이 아주 깔보는 투로 '썩 꺼져요, 안 그러면 경찰을 부를 거예요'라고 하더라고."

"그래서 그녀가 어떻게 생겼는지 알고 있었군요." 해미시가 열정적으로 말했다. "내가 알고 싶은 건 이거예요. 그 여배우가 살해당하던 날, 퍼트리샤는 자기가 흥분 상태에서 그냥 차를 몰고 돌아다녔다고 말했어요. 그녀는 흰색 메트로를 몰거든요. 혹시 어딘가에서 그녀를 본 기억이 있나요?"

"흰색 메트로는 아니야. 스튜 냄새가 아주 좋은데, 해미시."

"좀 기다려요, 숀. 아직 채 녹지도 않았어요. 그런데 '흰색 메트로는 아니야'라니, 그건 무슨 뜻이에요?"

"말 그대로지. 확실히는 모르겠어. 그때 난 이곳과 드림 중간쯤 되는 지점에 있었고…… 지금 나한테 살인 사건을 뒤집어씌우려는 거군!"

"아니, 그런 거 아니에요, 숀." 해미시가 달래듯이 말했다. "뭘 봤는지 말해 줘요."

"안개가 심하게 끼어서 세상이 다 소용돌이치는 것 같았어. 차들도 아주 천천히 다녔고, 나도 도로에서 멀찍이 떨어져 있었거든. 그 부인은 검은 선글라스를 끼고 있더라고. 난 이렇게 안개가 심한 날 저런 걸 끼고 대체 어떻게 걸어 다닐 수가 있는 거냐고 생각했던 기억이 나. 그리고 그 부인은 머리에 짙은 청색 스카프도 두르고 있었어."

"그런데 그게 퍼트리샤라는 걸 어떻게 확신해요?"

"처음 그 부인을 봤을 때 마녀처럼 생겼다고 생각했었거든. 그래서 그 부인이란 걸 바로 알아봤지."

"그런데 차 말이에요. 그녀가 흰색 메트로를 본 게 아니라고요?"

"나는 차에 관해서는 잘 몰라, 해미시. 그저 작고 검은색이었다는 것만 기억나."

"그렇지만 그게 그 부인의 차라고 정말 확신하는 거죠?"

"그럼."

"그리고 장소는 여기와 드림 사이였고요. 시간은요?"

"내가 헤더 밭에서 자다가 일어난 지가 얼마 안 됐을 때였으니까, 확실히 아침 6시쯤 됐을 거야."

해미시는 그를 오랫동안 빤히 바라봤다. "잠깐만 기다려요, 숀." 마침내 그가 말했다. "내가 할 일이 좀 있거든요."

그는 침실로 걸어가서 어지러이 흩어져 있던 원고를 집어 들어서 뭔가를 열심히 찾아보기 시작했고, 마침내는 원하던 것을 찾아냈다. 그리고 다시 경찰서 사무실 쪽으로 건너와 지미 앤더슨에게 전화를 걸었다.

"내가 뭔가를 발견한 것 같아요, 지미."

"물어볼 거 있으면 빨리 물어봐요, 친구. 그 마틴브로이드라는 여자의 기억이 돌아와서 지금 퇴원 절차를 밟고 있어요. 그래서 우리도 머리가 땅에 닿도록 굽실거리며 사과를 하러 러브레이스와 함께 모두 그쪽으로 갈 예정이라고요."

"스트래스베인에 차를 빌릴 만한 렌터카 회사가 있나요? 밤새 문 여는 곳으로요."

"스트래스베인에요? 이봐요, 여기는 저녁 6시만 되면 전부 다 드럼통처럼 단단히 문을 닫아건다고요."

"고마워요."

"무슨 일이에요?"

"나중에 나한테 전화해요. 그때 알려 줄게요."

해미시는 숀이 스튜를 다 먹을 때까지 초조하게 기다리고 있다가 그에게 몇 파운드를 건네주었다. 그런 다음 그에게 정식 진술을 받고, 다음 날 경찰서에 와서 진술해 준다면 더 많은 음식과 돈을 줄 거라고 알려 주었다.

그런 다음 그는 시노선으로 출발했다.

실라 버포드의 휴대전화가 울렸다. 배우들이 연기를 멈추고 돌아가던 카메라도 멈추었다. 해리 프레임이 고함을 질렀다. "촬영 중에는 다 전화기 꺼 두라 그랬잖아."

"죄송해요," 실라가 가방에서 울리는 전화기를 꺼내며 말했다. "정말 중요한 전화를 기다리고 있어서요."

"자넨 해고야." 해리가 소리 질렀지만, 실라는 이미 전화기를 귀에 가져다 댄 채 밖으로 걸어 나가고 있었다.

그 모습을 지켜보고 있던 피오나 킹은 실라가 가방 안에 전화기를 다시 집어넣을 때 갑작스러운 기쁨으로 그녀의 얼굴이 환하게 빛을 발하는 것을 알아봤다.

실라는 그길로 급하게 촬영장을 빠져나가 목사관으로 향했다.

목사가 문을 열어 주고는 마지못해 그녀를 안으로 초대했다. 속으로는 지금까지 순종적이기만 했던 아내의 성격을 최악으로 바꾸어 놓은 또 하나의 친구일 뿐이라고 그녀를 저주하고 있었다.

"무슨 일이에요, 실라?" 부엌에서 페이스트리 반죽을 밀고 있던 아일린이 물었다.

목사가 서재로 들어가 쾅 소리 나게 문을 닫았다.

"잠깐 밖으로 나가죠." 실라가 소곤거렸다. "굉장한 소식이에요."

아일린은 그녀와 함께 정원으로 나갔다.

실라가 그녀를 향해 돌아섰다. "우리가 성공했어요! 스코틀랜드 텔레비전에서 우리 둘 다 가능한 한 빨리 글래스고로 와 달래요. 우리 영화를 사겠대요!"

"어머, 세상에," 아일린이 멍한 표정으로 말했다. "남편에게 알려야 할까요? 보나 마나 고래고래 고함을 질러 대면서 불같이 화를 내기 시작할 텐데. 나는 남편의 약점을 잡은 줄 알았어요. 그가 인버네스에서 어떤 여자와 바람을 피우고 있다고 생각했거든요. 그런데 그는 자기가 가여운 과부를 위로하고 있었던 거라고 주장하면서, 모든 게 다 내 마음이 더러워서 그런 거래요. 그러면서 갑자기 외출을 딱 끊어 버렸어요."

"오늘 그가 밖에 나갈 일이 있나요?"

"네, 상의할 일이 있어서 로호두 마을의 웰링턴 목사님에게 가 볼 거라고 하더라고요."

"몇 시에요?"

"2시쯤이요."

"난 가서 짐을 쌀 테니까, 당신도 짐을 챙겨 두세요. 그리고 내가 이쪽으로 데리러 올게요. 남편에게는 쪽지를 써 두세요."

"그렇게 할게요." 아일린이 말했다. "어쨌든 난 남편과 헤어질 생각이었어요."

아일사 케네디가 정원에서 그들 쪽으로 다가오고 있었다.

"아무에게도 말하면 안 돼요." 실라가 쉬쉬거렸다. "계약서에 서명하기 전까지는 아무에게도 알리고 싶지 않으니까요."

실라가 밖으로 달려 나갔다.

"무슨 일이에요?" 아일사가 물었다.

"아, 별일 아니에요." 아일린은 거짓말을 하는 데 죄책감이 느껴졌지만, 필사적으로 이야기를 지어냈다. "나도 군중 장면에 참여하고 싶은지 물어보러 왔더라고요."

"그래서 뭐라 그랬어요?"

"남편이 허락하지 않을 거라고 했죠."

아일사가 콧방귀를 뀌었다. "아니, 낯짝도 두껍지, 자기는 그런 짓을 하고 다니면서 무슨 할 말이 있다고."

"그게 바로 문제예요. 남편은 자긴 아무 짓도 하지 않았다고 주장하고, 내겐 증거가 전혀 없잖아요."

"말도 안 되는 소리. 남편은 그냥 무시해요. 나와 함께 가자고요. 잠시 후면 다들 모일 거예요."

"안 돼요…… 여기 있어야 해요." 아일린이 밀가루가 범벅된 손을 들어 올려 보였다. "빵을 굽던 중이에요."

"당신 남편이 당신을 아주 제대로 다스리고 있는 것 같네요. 내가 당장 들어가서 그에게 모질게 한마디 해야겠어요. 목사든 뭐든 나는 상관없어요."

"나중에 봐요, 아일사. 내가 약속할게요. 이제 들어가 봐야 할 것 같아요."

아일린은 남편에게 점심을 차려 준 후 초조하게 기다렸고, 마침내 그가 차를 몰고 집을 나섰다. 그녀는 급히 자기 침실로 들어갔다. 두 사람은 몇 해 전부터 각방을 쓰고 있었다. 아일린은 정신없이 짐을 챙겼다.

차량 진입로로 차가 올라오는 소리가 들렸을 때 그녀는 거의 놀라서 기절할 지경이었지만, 곧 자신을 부르는 실라의 목소리를 들었다.

아일린은 두 개의 무거운 짐 가방을 가지고 층계를 내려갔다. 목사관 문은 열려 있었고, 복도에는 실라가 서 있었다.

"콜린에게 쪽지를 남겨야 할 것 같아요." 아일린이 말하고는, 짐 가방을 그대로 두고 거의 무균실처럼 깔끔하게 정돈된 서재로 들어갔다.

그녀가 종이 한 장을 집어 글을 적었다.

난 당신에게 질렸어요. 우리 이혼해요. 오늘부로 난 당신을 떠날 거예요.

아일린

그런 다음 그녀는 서재 문을 등 뒤로 쿵 소리가 나게 닫고 밖으로 나갔다. 실라가 그녀의 짐을 차 트렁크에 싣고 있었다.

"이제 출발할게요." 목사 부인이 옆자리에 올라타자 실라가 말했다. "잘 있어, 드림!"

"안녕." 아일린도 행복한 미소를 지으며 말했다. 잠시 남편 생각이 났지만, 곧 어깨를 으쓱하고 털어 버렸다. 마침내 미치

광이에게서 도망쳐 나왔다는 해방감이 느껴졌다.

“여기 진짜 마음에 안 들어. 젠장, 정말 마음에 안 든다니까.” 해미시 맥베스가 투덜거렸다. 그는 시노선 주변에서 나름의 수사를 다시 시작한 참이었다.

그가 뭔가 질문을 던질 때마다 마을 사람들은 “우리 일은 우리가 알아서 할 테니, 자넨 상관하지 말게, 맥베스” 하고 약속이라도 한 듯 똑같이 대답했다. 그는 시노선 주민들의 모습이 과거 미국 세일럼에서 마녀사냥 시절에 사람들이 보였던 그 악명 높은 행태와 다를 바 없다고 생각했다. 그들은 다른 사람의 삶에는 어떻게든 간섭하려 들면서 정작 자신의 삶에 관해서는 남이 왈가왈부하는 꼴을 두고 보려 하지 않았다.

마침내 튜더 레스토랑에 도착했을 때쯤에는 그도 시노선 주민들만큼이나 뿌루퉁한 기분이었다. 레스토랑은 가짜 기둥에 가짜 놋쇠 마구, 말린 꽃 등으로 장식돼 있었다. 그건 그렇고 이 고지 지역에 ‘튜더’라는 식당 이름이 어울리기나 하는 걸까? 여자 종업원이 ‘헨리 8세의 치킨 샐러드— 뼈다귀는 어깨 너머로 개들에게 던져 주세요!’ 접시를 쿵 소리가 나게 그의 앞에 내려놓았을 때, 그는 그냥 다 포기하는 게 나을지도 모르겠다고 생각하던 중이었다.

그는 흐물흐물한 양상추가 곁들여 나온, 다 식어서 뻣뻣한

치킨을 먹으며 자신이 튜더 왕조의 헨리 8세라면 얼마나 좋을까 생각했다. 그랬다면 이 동물 배설물 같은 음식을 준비한 인간이 누구든 간에 그에게 족쇄를 채워 감옥에 가둬 버렸을 터였다. 그는 유명한 영국인 남성 복장도착자가 홍보하는 상표의 커피 한 잔과 함께 끔찍한 식사를 마쳤다. 남성 복장도착자가 여자가 아니듯이, 커피도 커피 흉내만 내는 맛이었다. 지폐를 꺼내려고 주머니에 손을 넣어 지갑을 꺼냈을 때, 종이 한 장이 빠져나와 바닥으로 펄럭이며 떨어졌다. 그는 종이를 집어 들었다. 프리실라 할버턴스마이스의 런던 전화번호였다.

음식값을 내고 밖으로 나간 해미시는 근처 공중전화 부스로 걸어갔다. 부스 안에 적혀 있는 낙서가 심술궂은 마을 주민들의 심성을 그대로 드러내 보이는 듯했다.

프리실라의 전화번호를 돌리는 동안, 그는 전화 사용 안내문이 적혀 있는 보드 위에 누군가 '그녀는 널 사랑하지 않아, 꺼져 버려'라고 휘갈겨 쓴 낙서를 알아봤다. 전화카드를 밀어 넣고 번호를 돌리는 동안, 해미시는 낙서를 적는 사람의 뒤틀린 심사가 바로 사람들에게 가장 큰 상처를 줄 수 있는 말에 대한 악의적인 통찰력을 제공한다고 생각했다.

해미시는 그날 온종일 거절을 당한 터라 프리실라가 벨이 울리자마자 전화를 받았을 때 놀라 기절할 뻔했다.

예의상 나누는 인사말 후에 그는 자신이 왜 시노선에 와 있는지 설명했다.

"그 작가에게 친구는 없어요?" 프리실라가 물었다.

"한 명도 없어요."

"교회는 다니나요?"

"네."

"그럼 차를 빌리는 것 같은 부탁을 하려면 모르긴 해도 가장 먼저 목사관으로 찾아갔을 거예요. 거기 가서 물어봤어요?"

"아니요, 그 생각은 해 보지도 못했어요."

"실수했네요." 프리실라가 밝게 대꾸했다.

"이 빌어먹을 동네는 누가 와도 뇌 속의 톱니바퀴 몇 개쯤은 아주 자연스럽게 어긋나게 한다니까요. 로흐두에는 언제 올 거예요?"

"2주쯤 있으면 가요."

해미시는 작별 인사를 하고 전화를 끊었다. 2주라! 그녀가 2주만 있으면 다시 로흐두로 돌아온다. 그는 너무 흥분돼서 기분을 진정시키기 위해 자신이 그녀를 더는 사랑하지 않는다는 사실을 억지로 기억해 내야만 했다.

목사관을 찾아가자 목사의 아내 스트러더스 부인이 그를 맞이했다. "어쩐 일이세요, 경관님?" 그녀가 날카롭게 물었다. "지금 좀 바쁜데요."

그는 짜증스러운 기분을 억지로 감추고 말했다. "혹시 마틴 브로이드 여사가 차를 빌려 달라고 부탁한 일이 있었나요?"

"우린 차는 아무에게도 빌려주지 않아요." 그녀가 날카롭게 말했다. "보험이 아무나 탈 수 있는 종합보험이 아니거든요."

그는 고맙다고 말하고 모자에 손을 올려 인사를 한 후 돌아섰다가 이내 다시 돌아섰다. "그렇지만 빌려 달라고 찾아오기는 했었죠?"

"음, 맞아요. 그리고 굉장히 늦은 시간이었어요. 그래서 내가 안 된다고 거절했죠."

"그럼 혹시 차를 빌려줄 만한 다른 사람을 소개해 주었나요?"

"러들로 노인에게 한번 가 보라고 했어요."

"러들로 씨는 어디 사시나요?"

"지금 그분 건강이 아주 좋지 않아요. 그래서 귀찮게 해 드리고 싶지 않은데요."

"저는 경찰입니다. 그런데 지금 부인이 제 수사를 방해하고 있어요. 러들로의 주소를 알려 주시죠!"

"러들로가 아니라, 러들로 씨예요, 경관님. 그리고 알았어요. 아래쪽 호숫가, 글러브 5번지예요."

해미시는 잿빛 호수가 음침하고 낮은 회색빛 하늘 아래 자리한 곳으로 걸어갔다. 커다랗고 흉측한 댐이 호수 위로 높이 솟아올라 있었다. 그는 멈춰 서서 그것을 빤히 바라보며 댐에 균열이 생겨 무너져서 호수가 범람해 시노선 전체와 그곳에 사는 모든 사람이 물에 잠기는 상상을 했다.

그는 러들로 씨의 오두막을 찾았다. 집 옆에 차고가 있었다.

문을 두드리고 기다렸다.

안쪽에서 마치 겨울잠을 자는 동물이 잠결에 뒤척이듯이 부스럭거리는 소리가 들려왔다. 부스럭대는 소음이 점점 가까워지더니 문이 삐꺽거리며 열렸고, 냉랭한 눈동자가 그를 빤히 바라봤다.

"러들로 씨?"

"나는 아무 짓도 안 했어. 가."

"어르신이 무슨 짓을 했다는 게 아닙니다." 해미시가 참을성 있게 말했다. "저는 단지 몇 마디 나누고 싶어 온 거예요."

문이 조금 더 열렸다. 러들로 씨는 인생의 쓰라림과 불만이 깊고 음울한 주름살로 자리 잡아 얼굴이 마치 코끼리 피부처럼 잿빛으로 굳어 버린 노인이었다.

"언제 퍼트리샤 마틴브로이드 여사에게 차를 빌려주신 적이 있습니까?"

긴 침묵이 흘렀다. 불길한 까마귀 떼가 갑자기 깍깍거리며 머리 위를 선회하더니 이내 날아갔다.

"그래, 만약 내가 빌려줬다면 어쩔 텐가?"

"제가 그 차를 좀 볼 수 있을까요?"

노인이 다 떨어진 실내화를 신고 투덜거리며 밖으로 나섰다. 그리고 차고 쪽으로 걸어가서는 열쇠를 꺼내 문에 걸린 맹꽁이자물쇠를 열었다. 안에는 낡은 검은색 포드 한 대가 서 있었다.

"언제 그 부인이 이 차를 빌려 달라고 했나요?"

"벌거벗고 다닌다던 그 싸구려 배우가 살해당하기 전날이었네. 마틴브로이드 여사는 교회에서 알게 되었는데, 자기 차가 고장이 났다면서 빌려 달라고 하더군. 자는 사람을 깨워서 문을 열게 했어. 정말 차를 빌려주고 싶지 않았다고."

"그렇지만 그녀가 지폐를 한 움큼 가져와서 빌려주셨겠군요." 해미시가 추측했다.

"맞아, 그랬어. 난 연금을 받아 먹고살아. 늘 돈줄이 꽉 막혀 있다고."

"어르신 엉덩이에 나 있는 그 구멍만큼이나 꽉 막혔을 것 같군요." 해미시가 말했다.

두 사람 다 놀라서 아무 말도 하지 않았다. 둘 중 누구도 자신이 방금 들은 말을 믿을 수 없었기 때문이다.

"자네 뭐라 그랬나?" 마침내 러들로 씨가 말했다.

"크라스크로 가는 길에 난 구멍만큼이나 꽉 막혔을 것 같다고 했습니다." 해미시는 아무 말이나 지어 댔다. "저는 이만 가 보겠습니다, 러들로 씨."

"난 아무것도 잘못한 것 없네, 안 그런가?" 그가 물었다.

"물론입니다, 없어요." 해미시가 대답했다. 그러고는 악의적으로 덧붙였다. "어르신의 차가 종합보험에만 들어 있다면요."

그는 러들로 씨의 눈에 갑작스럽게 두려움의 그림자가 서리는 것을 보고 종합보험을 들지 않은 게 분명하다는 사실을 알아차리고 만족감을 느꼈다.

경찰 랜드로버를 세워 둔 곳으로 걸어가는 동안, 그는 맥그리거 경사에게 새로운 존경심을 느꼈다. 만약 자신이 여기 살았다면, 완전히 미쳐 버리고 말았으리라는 생각이 들었다.

그는 랜드로버 문을 열었다. 그리고 한 발을 올리고 입을 약간 벌린 채 그대로 멈춰 섰다. 제이미가 죽던 날 산 위에서 찾아냈던 두 가닥의 푸른 실. 그게 퍼트리샤가 입었던 옷에서 나온 것은 아니었을까?

그는 차에 올라타고 퍼트리샤의 집으로 갔다. 그녀는 병원에서 퇴원했지만 아직 집에는 도착하지 않았을 터였다.

그는 당황스러운 기분으로 그녀의 집을 빤히 쳐다봤다. 그러다가 마을 사람들이 주로 열쇠를 숨겨 놓는 장소인 문 위쪽의 홈통 속을 더듬어 봤지만, 아무것도 없었다. 어쩌면 아예 문을 잠그지 않고 다니는지도 몰랐다. 그는 문손잡이를 돌려

봤고, 다행히도 문이 열렸다.

그는 안으로 들어가서 침실이 어디인지 찾아보기 시작했고, 곧 뒤쪽 부엌 옆이 침실이라는 것을 알아차렸다.

멀리 맞은편 벽에 옷장이 보였다. 그는 문을 활짝 열었다. 몇 벌의 맞춤 정장과 드레스가 있었고, 위쪽 선반에는 여러 종류의 모자가 놓여 있었다.

그는 파란색 트위드 정장을 옷걸이에서 들어 올려 침대 위에 내려놓고 찬찬히 구석구석 살펴보기 시작했다. 그리고 치마 밑단에서 실밥 두 가닥이 밖으로 빼져나온 것을 발견했다.

그는 갑자기 맥이 풀려 침대에 주저앉았다. 이제 와서 그 실밥을 가져다가 증거로 제출할 수는 없었다. 증거 물품을 은닉한 혐의를 받을 게 뻔하지 않은가.

이제 그는 퍼트리샤가 제이미와 퍼넬러피를 둘 다 살해했다고 확신했다.

그때 밖에서 차가 다가오는 소리가 들렸다. 그는 창가로 갔다. 맨 앞에 오는 검은색 공무 차량에는 퍼트리샤와 피터 데이비엇 총경이 타고 있었다. 두 번째 차에는 러브레이스와 맥내브, 앤더슨이 타고 있었다.

그는 현관으로 다가가 문을 열었다. 데이비엇 총경이 퍼트리샤가 차에서 내리는 것을 도왔다. 러브레이스와 두 형사는 그들 주변에 모여 서 있었다.

"마틴브로이드 여사님, 우리 모두 다시 한번 진심으로 사과드립니다." 데이비엇 총경이 말했고, 그때 러브레이스가 문 앞에 서 있는 해미시를 알아봤다.

"자네 뭐 하는 건가?" 그가 소리 질렀다.

모두가 고개를 돌려 해미시를 바라봤다.

"아무래도 모두 안으로 들어가시는 게 좋을 것 같습니다." 해미시가 말했다.

"대체 마틴브로이드 여사의 집에서 뭘 하고 있었는지 우리가 납득할 만큼 좋은 이유가 있어야만 할 거야." 러브레이스가 말했다.

하지만 퍼트리샤는 얼굴에 묘한 미소를 띤 채 이미 앞으로 걸어가고 있었다. 해미시는 옆으로 비켜섰고, 모두가 그녀의 거실로 몰려 들어갔다.

해미시는 갑자기 두려움이 밀려왔다. 퍼트리샤는 그가 제기하는 혐의를 그저 다 부인하면 그만 아닌가. 그에게는 확고한 증거가 없었다. 그녀는 러들로 씨의 차를 빌려 탔다는 사실은 인정할 터였다. 하지만 당시 너무 상심해 있던 탓에 자기 차를 타고 다니지 않았다는 건 깜빡 잊고 진술하지 못했다고 둘러댈 수도 있었다. 그러나 기왕지사 이 상황까지 왔으니, 그도 끝까지 가 보는 수밖에 없었다.

"모두 자리에 앉으시죠." 해미시가 말했다. "그럼 제가 여기서 무엇을 하고 있었는지 설명하겠습니다."

"차 좀 준비할까요?" 퍼트리샤가 모두에게 미소 지으며 말했다.

"지금은 됐습니다." 해미시가 말했다. "제가 마틴브로이드 여사에 관한, 그 어떤 소설보다도 더 이상한 얘기를 들려 드릴 참이거든요. 조시 게이츠는 제이미 갤러거를 죽이지 않았습니다. 당신이 죽였죠. 제 생각에 당신은 그들이 모두 떠날 때까지 기다렸을 거예요. 그때만 하더라도 살인까지는 생각하지 않았을 테죠. 당신은 제이미가 산에서 내려오지 않았다는 사실을 알아차렸습니다. 그때 당신은 아마 길가 어디쯤 숨어 있었겠죠. 그리고 제이미가 헤더 고원에 앉아 있는 걸 봤고, 갑자기 충동적으로 살의를 느낀 거죠. 당신은 돌덩이를 집어 들어 그의 머리를 내리치고 그대로 달아났습니다. 당신의 작품을 깔보고 천박하게 바꾸었던 남자가 마침내 죽어 사라져 버린 거죠.

하지만 아직 퍼넬러피 게이츠가 남아 있었어요. 그녀 역시 눈엣가시였죠. 당신이 어떻게 제작사 사람들에게 속아 넘어갔는지 떠들어 대면서 깔보고 무시했으니까요. 당신 입장에서는 이미 한 번 저지른 살인이니, 두 번째는 더 쉬웠을 겁니다. 그녀가 산 위에 올라가 있으리라는 사실은 대본을 통해 이미 알고 있었을 테고요. 『만조의 사건』 속에서 살인자는 자기

차가 사람들 눈에 띄지 않게 하려고 차를 빌려 탑니다. 그래서 당신도 시노선에 사는 러들로 씨에게서 검은색 포드 승용차를 빌렸어요. 밤늦게 그의 집으로 찾아가 차를 빌리는 대가로 돈을 쥐여 주면서요.

살인 사건이 일어나던 날 아침 6시쯤에 당신이 드림으로 향해 가는 걸 떠돌이 숀 피츠가 목격했습니다. 나는 당신이 우연히 산으로 올라가는 다른 길을 발견했을 거라고 생각해요. 주요 등산로는 너무 많은 사람이 오르락내리락하니까 그 길은 피하고 싶었겠죠.

그 위쪽에서는 모든 소리가 매우 선명하게 들립니다. 당연히 당신은 감독이 퍼넬러피에게 튀어나온 바위 위에 서 있으라고 지시하는 소리를 들었겠죠. 그래서 그 바위 밑에 숨어 있었죠. 마침내 그녀가 자리를 잡았을 때, 당신은 일어나서 그녀의 발목을 잡고 홱 잡아당겨 버렸고, 퍼넬러피는 산 아래쪽으로 굴러떨어지게 된 거예요. 당신은 짙은 안개 속에서 아래로 달아나 차에 타고는 주변을 돌아다니다가 마침내 서덜랜드 암스 호텔에 들어가 점심을 먹었어요. 그런 다음 러들로 씨에게 차를 돌려주었죠."

러브레이스가 무슨 말인가를 하려고 입을 열었지만, 데이비엇 총경이 경고의 의미로 손가락을 들어 올렸다. 모두가 퍼트리샤를 바라봤다.

"별 쓰레기 같은 소리를 다 듣겠군요." 그녀가 새된 소리를 질렀다. "그래요, 내가 차를 빌렸어요. 그렇지만 난 너무 황망하고 불행했다고요. 그날 난 대체 뭘 어떻게 해야 할지 알 수가 없었어요. 그래요, 드림 근처에 가기는 했어요. 하지만 산 위에는 올라가지 않았어요." 그녀가 호소하듯이 양손을 펼쳐 보이면서 러브레이스 쪽을 바라봤다. "내가 아직도 더 고통받아야 하는 건가요?"

아무래도 이러다가 그냥 빠져나가겠군, 해미시는 생각했다. 그래서 직업을 잃는 한이 있더라도 그녀가 그냥 빠져나가지는 못하게 하겠다고 생각했다. 그러자면 산에서 발견한 두 가닥의 실밥에 관해 고백해야 할 것 같았다.

하지만 대신 이렇게 말했다. "제이미 갤러거가 살해당하던 날 당신이 산으로 올라가는 걸 목격한 사람이 있어요. 나도 그 사실을 오늘 알아냈습니다. 한 농부가 당신을 봤는데, 그때는 당신도 제작사 직원인 줄 알아서 아무 생각이 없었다고 하더군요."

"거짓말 말아요." 퍼트리샤가 담담하게 말했다.

당연히 거짓말이지, 해미시는 참담한 기분으로 생각했다. 하지만 그는 퍼트리샤의 눈을 똑바로 바라보면서 차분하게 말했다. "나는 당신이 스스로 저지른 범죄로 전혀 아무런 득을 볼 수 없게 됐다는 사실이 무척이나 기쁩니다. 당신이 살인범으로 기소되고 나면 책 판매량이 엄청나게 늘어날 뿐 아니라 전 세계적으로도 유명해질 거 아니에요. 앞으로는 정말 유명한 작가가 될 테지만, 당신은 그걸 누릴 자격이 없다는 게 문제죠."

퍼트리샤가 그를 노려봤다.

러브레이스가 자리에서 일어섰다. "그만하면 됐네." 그가 말했다. "나도 자네에 관해서는 들은 바가 있네, 맥베스. 자네야말로 부끄러운 줄 알라고. 이 가여운 부인의 집에 무단으로 침입해서는—"

"그래요, 내가 죽였어요." 퍼트리샤가 말했다.

해미시를 제외하고는 모두가 얼어붙었다. 그는 안도감으로 거의 쓰러질 것 같은 기분이었다.

그녀가 어깨를 으쓱해 보이고는 즐겁게까지 들리는 목소리로 말했다. "그게 바로 정의라는 거예요, 그렇게 생각하지 않아요? 그들은 레이디 해리엇을 죽이고 있었어요. 그러니 둘 다 사라져야 했다고요. 난 후회하지 않아요. 당신이 맞아요. 난 그 갤러거라는 인간을 죽일 생각은 없었어요. 하지만 제작사 직원들이 모두 떠날 때까지 기다리고 있었던 게 아니에요. 거기 늦게 도착했어요. 나는 그들이 아직 산 위에 있으리라고 생각했고, 어쩌면 내가 그들을 설득해 마음을 바꾸도록 할 수 있을지도 모른다고 믿었어요. 하지만 산 위에는 아무도 없더군요. 나는 주변을 돌아다녔어요. 그리고 그때 제이미 갤러거를 봤죠. 자갈 비탈길 앞 헤더 밭 가장자리에 앉아 있더군요. 정신을 차리고 보니 그는 내 발치에 쓰러져 있고 나는 손에 피 묻은 돌덩이를 들고 있었어요. 나는 돌덩이를 있는 힘껏 멀리 집어 던졌고, 지금도 그 일을 후회하지 않아요.

퍼넬러피 게이츠는 내가 혐오하는 모든 것이었어요. 천박하고 조악하고 사악했죠. 그녀도 죽어야만 했어요. 나는 그녀를 죽인 것도 후회하지 않아요."

"그렇지만 당신은 두 사람을 살해한 겁니다!" 데이비엇 총경이 소리 질렀다.

"하지만 그들은 영아살해죄를 지었어요." 퍼트리샤가 지독히도 인내하는 듯한 투로 말했다. "그들은 내 아이를 살해했어요. 내 자식인 레이디 해리엇을 죽였다고요."

러브레이스는 그녀를 두 건의 살인 사건 범인으로 체포했다. 그녀는 계속 해미시만 바라봤다. 러브레이스가 임무를 마쳤을 때 그녀가 말했다. "해미시, 내가 정말 유명해질까요?"

"그럼요." 그가 슬프게 말했다. "그것도 굉장히요."

"그럼 됐어요." 그녀가 자리에서 일어서며 말했다. "이제 갈까요?"

"잠깐만요." 그녀가 밖으로 이끌려 가는 동안 해미시가 말했다. "퍼트리샤, 왜 나한테 당신의 혐의를 벗기는 일을 도와 달라고 청했나요?"

"아, 난 당신이 내가 두려워해야 할 유일한 사람이라고 생각했거든요." 퍼트리샤가 살짝 미소를 지었다. "여기 다른 신사분들은 다 어리석잖아요. 그래도 어쨌든 효과는 있었네요, 안 그래요?"

"그래요, 그랬네요." 해미시가 말했다. "그리고 정말 기억을 잃었었나요?"

"아니요, 그런 적 없어요. 단지 계속 연기를 해 대는 게 진절머리가 나서 그랬던 거예요. 전에 내 소설 중 하나에서 기억상실에 관해 쓴 적이 있어서 그 주제에 관해 정신과 의사도 속여 넘길 만큼 굉장히 많이 읽었거든요. 내가 범인이라는 걸 어떻게 알았죠?"

거짓말을 하나쯤 더 한다고 달라질 것도 없겠지, 해미시는 생각했다. 그는 아까 농부가 산에 올라가는 퍼트리샤를 봤다고 얘기했던 내용은 모두가 잊어 주길 기대했다.

"지미 앤더슨 형사가 당신이 다른 차를 이용했을지도 모른다고 힌트를 줬거든요."

"정말 이상하네요." 퍼트리샤가 말했다. "나는 그도 나머지 사람들만큼이나 어리석다고 생각했는데."

그녀가 밖으로 이끌려 나갔다.

데이비엇 총경은 해미시와 함께 뒤에 남았다. "잘 처리했네." 그가 말했다. "이렇게 되면 블레어가 징계를 면하게 될 테니 천만다행이군. 블레어는 훌륭한 경찰이니, 아마 처음부터 그녀가 범인이라고 확신하고 있었을 거라고."

해미시는 속으로 끙 하고 신음했지만, 러브레이스보다는 그나마 블레어가 나을 듯했다.

"러브레이스가 인버네스로 돌아가게 된 것도 기쁘다고 해야 할 것 같네." 데이비엇 총경이 말했다. "그가 스트래스베인에서 너무 많은 분란을 일으켰어. 여경들에게 자기 장 보는 일까지 시켰다고 하더군. 요즘 같은 세상에 그게 어디 될 법한 일인가."

"저는 퍼트리샤에게 차를 빌려주었던 노인을 찾아가서 공식 진술을 받아야 할 것 같습니다." 해미시가 말했다.

"그러게." 데이비엇 총경이 멍하니 말했다. "이번 일 때문에 언론이 우리를 한 무리의 얼간이로 만들겠구먼."

"어떤 면에서요, 총경님?"

"조시 게이츠가 제이미 갤러거를 살해했다고 발표하지 않았나. 이제 언론이 우릴 얼마나 물어뜯겠어."

"그렇지만 살인 사건이 다 해결됐으니, 더는 언론이 괴롭히지 않을 것 아닙니까."

"그건 그렇지. 자넨 정말 스트래스베인으로 옮겨 와야 하네, 해미시." 맥베스가 아니라 해미시였다. 지금 총경은 확실히 그에게 호의를 보이고 있었다.

"아닙니다, 총경님. 저는 지금 이곳에서 아주 행복합니다. 지미 앤더슨 형사야말로 제가 이번 사건을 해결하는 데 큰 도움을 주었습니다."

"그럼 그는 왜 자기가 직접 사건을 해결하지 않은 건가?"

"러브레이스 경감과 문제를 일으킬까 봐 겁을 집어먹었을 수도 있죠. 제가 좀 함부로 얘기해도 용서해 주신다면, 러브레이스 경감은 진취적인 태도를 아주 싫어하는 것 같더라고요."

"그러니 블레어가 돌아와서 얼마나 다행인가."

러브레이스만큼이나 진취성을 싫어하는 또 한 사람이지, 해미시는 생각했다.

"우리가 여기 이러고 앉아 있으면 안 되지." 데이비엇 총경이 말했다. "난 가서 감식반을 불러와야겠네."

"그럼 먼저 가십시오, 총경님." 해미시가 말했다. "문은 원래 열려 있었지만, 열쇠가 거기 입구 선반 위에 있더라고요. 제가 문을 잠그고 감식반이 올 때까지 밖에서 기다리겠습니다."

"그럼, 그러세."

해미시는 그를 따라 밖으로 나가서 데이비엇 총경의 차가 부르릉거리며 멀리 사라질 때까지 가만히 서서 바라봤다. 그런 다음 침실로 들어가서 침대에 놓아 두었던 트위드 정장을 집어 들어 옷장 안에 다시 걸어 두었다.

그리고 자리에 앉아 감식반이 오기를 기다렸다. 그는 자신의 어리석음을 반추해 보기 시작했다. 시간은 차고도 넘쳤다. 퍼트리샤는 처음에 순전히 운이 좋아서 두 건의 살인 혐의에서 벗어날 수 있었다. 다른 차든 아니든 간에, 러들로 씨도 자진해서 경찰에 신고할 수 있었기 때문이다. 그러나 해미시는 그녀를 전혀 의심하지 않았다. 퍼트리샤의 사무치는 외로움이 왠지 그 자신의 외로움을 떠올리게 해서 낯설지 않았던 까닭이었다. 그리고 그는 퍼트리샤가 도와 달라고 부탁했을 때, 왠지 우쭐해지는 기분이었다. 그날은 안개도 짙게 끼어 있었고, 차도 다른 종류를 타고 다녔으니, 퍼트리샤는 아무도 자기를 알아보지 못했으리라고 꽤 자신했던 게 분명했다. 하지만 떠돌이 부랑자를 무례하게 문전 박대했던 탓에, 그가 그녀의 모습을 아주 생생하게 기억하게 되었고, 결국에는 그가 그녀를 알아보았다.

그는 기지개를 켜고 하품을 했다. 맥그리거 경사는 시노선 사람들에게 환영받았다. 해미시 입장에서는 참으로 기운 빠지는 일이었다.

감식반이 도착했고, 해미시는 고마운 마음으로 그곳을 떠났다. 그는 시노선으로 가서 러들로 씨의 진술을 받고, 서둘러 그곳을 도망쳐 나왔다. 로흐두로 가는 동안, 햇살 한 조각이 잿빛 구름을 뚫고 내리비쳤다. 프리실라가 집으로 돌아올 예정이었다. 세상이 다시 제자리를 찾아가고 있었다.

경찰서에서 그는 보고서를 작성하고 정복을 벗은 후 평상복으로 갈아입고 산책하러 나갔다.

웰링턴 목사 부인이 위풍당당한 대형 범선처럼 그를 향해 전속력으로 돌진해 왔다. "충격적인 소식이에요." 그녀가 큰 소리로 말했다.

"맞아요, 저도 마틴브로이드 여사 같은 사람이 두 건의 살인을 저질렀다는 사실을 도저히 믿기가 힘들거든요." 해미시가 말했다.

그녀가 놀란 눈으로 그를 바라봤다. "대체 무슨 말을 하는 거예요?"

"마틴브로이드 여사가 제이미 갤러거와 퍼넬러피 게이츠를 살해했다고 자백했습니다."

"말도 안 돼요!"

"그렇지만 사실이에요. 그런데 아까 놀랄 만한 소식이라는 건 뭔가요?"

"아, 그거요." 목사 부인이 애써 침착함을 유지했다. "좀 전에 드림 지역의 가여운 제솝 목사에게 들은 이야기예요. 그분께 정말 큰 고난이 닥쳤어요. 부인이 그를 떠났다지 뭐예요! 그것도 제솝 씨가 마침 우리 집에 다니러 왔을 때 그랬다고 우리에게 전화를 걸어 왔어요."

"설마요!"

"정말이에요. 그냥 자기 물건을 다 챙겨서 가 버렸대요. 정말 헌신적인 부부였는데."

"저는 제솝 씨가 그 가여운 부인을 함부로 대한다는 느낌을 받았어요."

"말도 안 돼요. 제솝 씨는 어떻게 생각하고 있는지 내가 말해 줄게요. 이게 다 그 드라마 제작 때문에 일어난 일이에요. 그게 드림 여자들 혼을 다 쏙 빼 버린 거라고요. 그들은 자기들이 다 영화배우라도 될 것처럼 생각하고 있어요. 그렇지만 제솝 씨는 그런 망상이 자신의 가여운 아내를 다 망치게 될 걸 알고 있어요. 그녀가 결국에는 거리의 여자로 전락할 거라고 하네요."

"아, 저는 그렇게 생각지 않아요. 그 부인은 돈을 벌려고 나간 게 아닐 거예요."

"그게 바로 내가 당신이 보여 주리라 예상하던 불쾌하고 냉담한 반응이에요. 당신은 교회에 나간 지가 언젠지 기억할 수도 없을걸요. 그게 바로 당신이라고요, 해미시 맥베스."

"어쩌면 다음 주 일요일에는 갈지도 몰라요." 이렇게 말하며 해미시는 웰링턴 부인의 거대한 몸을 빙 돌아 대화에서 빠져나갔다.

그는 오늘 저녁에는 나폴리에서 자신에게 저녁을 대접하자고 생각하다가, 다음 날 저녁에 실라와 데이트 약속이 있다는 사실을 기억해 냈다. 그는 파텔 씨의 잡화점에 가서 차갑게 먹는 햄을 사서 집으로 돌아갔다. 그리고 샐러드를 만들어 먹으려고 정원으로 나가 양상추를 뽑아서 깨끗이 씻었다.

하지만 조용히 식사를 할 수가 없었다. 퍼트리샤가 체포되었다는 소식이 들불처럼 퍼져 나가서 자세한 정황을 알고 싶어 하는 마을 사람들이 쉴 새 없이 부엌문을 드나들었기 때문이다. 마침내 그는 텔레비전 앞에 자리 잡고 앉았다. BBC1에서 좋은 연극 한 편을 방영하고 있었다. 그래서 또다시 누군가 부엌문을 두드렸을 때, 그는 집에 없는 척을 할지 말지 속으로 논쟁을 벌여야 했다. 그러나 문 두드리는 소리는 점점 커져만 갔다. 어쩔 수 없이 그는 한숨을 쉬며 문을 열었다.

지미 앤더슨이 문밖에 서 있었다. "위스키 좀 마십시다. 아, 정말 이게 다 무슨 난린지. 그 여자가 재판을 받을 수도 없을 정도로 상태가 안 좋아졌어요."

"퍼트리샤가요? 또 연기하는 거예요." 해미시가 그를 안으로 들이고 부엌 찬장에서 위스키 한 병을 꺼내 왔다.

"만약 그게 연기하는 거라면, 아무도 그게 연기라는 걸 증명하지 못할 만큼 완벽해요."

그들은 거실로 들어갔고, 해미시는 불을 지폈다. "이제 드디어 밤이 어두워지기 시작하네요."

"어쨌든 나한테 공을 돌려 줘서 고맙다는 말을 하러 들렀어요." 지미가 말했다. "그런데 어떻게 그녀의 행적을 조사하게 된 거예요?"

"퍼트리샤가 해 달라고 한 거예요." 해미시가 말했다. "믿어져요? 그녀가 나더러 자기 혐의를 벗겨 달라고 부탁해서 내가 개인 시간을 할애해서 퍼넬러피가 살해당하던 날 그녀의 행적을 파헤치고 다닌 거라고요. 사실 퍼트리샤는 내가 절대로 알아내지 못할 거라고 확신하고 있었겠죠. 어쨌든 다 끝나서 기쁘네요. 블레어도 기쁘겠어요."

"당연하죠, 앞뒤로 쿵쾅거리고 돌아다니면서 자기가 어떻게 미친 여자 하나 때문에 희생자가 됐는지 떠들어 대고, 자기는 처음부터 그녀가 범인이라는 걸 알았다고 주장하고 있어요. 조시 게이츠가 제이미 갤러거를 살해했다고 주장한 사람이 바로 자기였다는 사실은 완전히 잊어버린 것 같아요."

"원래 편리한 기억력을 가진 사람이잖아요."

"데이비엇 총경 말로는 당신이 퍼트리샤에게 세계적으로 유명해질 거라는 말을 해서 그녀의 자백을 끌어낸 것 같다고 하던데요."

"완전히 도박이었지만, 그래도 효과가 있었으니 다행이죠. 사실 그녀의 기념비적인 허영기를 거의 잊고 있었거든요."

"그렇게 해서 우리는 다시 이 평화로운 삶으로 돌아왔네요.

당신은 키우는 양과 닭이 있는 삶으로, 나는 강도와 살인이 있는 스트래스베인의 삶으로." 그가 술잔을 들어 올렸다. "살인 사건을 위하여."

"아니, 그건 아니죠, 친구. 평화와 고요를 위하여."

"평화와 고요를 위하여." 지미가 침울하게 말했다.

그들은 조용히 술을 마셨고, 잠시 후 해미시가 물었다. "그런데 이런 일들을 겪고도 그들이 드라마를 계속 제작할까요? 죽은 사람들의 가족이나 친척의 심정도 생각해야 하잖아요."

"나는 일단 제작은 해 놓고 어느 정도 시간이 지나면 방영할 것 같아요. 모든 걸 다 포기하기에는 이미 제작비가 많이 들었을 테니까요."

"그렇겠네요."

"내 여자 친구 하나도 작가가 되고 싶어 해요." 지미가 말했다. "그래서 내가 아예 꿈도 꾸지 말라고 했어요. 작가들은 다 정신병자라고 말해 줬죠. 여자 친구 있어요, 해미시?"

"어쩌면요." 해미시가 실라를 떠올리며 대답했다. "어쩌면 생길지도 몰라요."

글래스고에 있는 실라의 아파트에서 실라와 아일린은 늦은 밤 텔레비전 뉴스를 보며 경악을 금치 못했다. "결국, 그 작가가 범인이었네요." 실라가 말했다.

“사건이 다 해결돼서 해미시가 한시름 놓았겠어요.” 아일린이 말했다.

“어머, 그 경찰이요? 어쩜 좋아, 그에게 전화라도 걸어 주었어야 하는데, 당신 작품의 성공에 취해서 그에 관한 일은 완전히 잊고 있었어요. 참, 내가 당신에게 잊고 말하지 못한 게 있어요. 스코틀랜드 텔레비전에서 〈만조의 사건〉 첫 회를 언제 방송할 계획인지 알고 싶어 해요. 당신 작품을 같은 요일, 같은 시간대에 방영할 거래요.”

“그렇지만 그 방법이 먹힐까요?” 아일린이 물었다. “내 말은, 다들 살인 사건 때문에 해리의 드라마에 엄청나게 관심을 보이잖아요. 그러니 누가 동시간대에 내 작품을 보려고 하겠어요.”

“방송국에서도 이미 거기까지 생각을 했어요. 그래서 당신 작품을 그들 작품보다 미리 내보내서 원하는 홍보 효과를 충분히 얻은 후에, 일요일에 재방송까지 할 거예요. 우린 정말 유명해질 거예요, 아일린. 꼭대기까지 곧장 날아오르는 거예요!”

수요일 저녁, 해미시 맥베스는 나폴리에 앉아 실라를 기다리고 또 기다렸다. 처음에 그는 프리실라 할버턴스마이스가 로흐두로 돌아와서 해미시 맥베스가 본 적 없는 젊고 아름다운 여성과 함께 어울리는 모습을 발견하는 정말 근사한 장면을 눈앞에 그려 보고 있었다. 하지만 저녁 시간이 느리게 흘러가는 동안 실라는 나타나지 않았고, 그의 꿈은 점점 흐려지더니 사라지고 말았다.

에필로그

사실 결혼이란 누구와 했는지는
그다지 중요하지 않다.
다음 날 아침이면
다른 사람이 되어 있을 게 분명하므로.
새뮤얼 로저스

살인 사건이 해결되고, 자신도 모든 진술을 마친 후, 해미시 맥베스는 다시 평소의 일상으로 돌아갔다. 프리실라의 도착을 앞두고, 그는 가지고 있는 정장에 어울릴 만한 구두를 한 켤레 장만했다. 그러나 프리실라를 만난다는 기대감에 산 게 아니라, 단지 구두가 정말 필요했기 때문이라고 자신을 설득했다.

그녀가 집에 도착하기로 되어 있던 날, 해미시는 갑자기 스트래스베인 본부로 오라는 호출을 받았다. 알고 보니 퍼트리샤 마틴브로이드가 정말로 심각한 정신이상 증세를 보이고 있기 때문이었다. 데이비엇 총경은 해미시가 퍼트리샤와 대화를 시도해 보고, 그녀가 정말로 정신이 이상해진 것인지, 아니면 연기를 하는 것인지 알아내 주길 원했다. 이미 기억상실 증세를 완벽하게 연기해 낸 전적이 있는 탓이었다.

그는 스트래스베인으로 가서 정신병원 내의 보안 병동으로 향했다. 빅토리아 양식으로 지은 보안 병동은 스트래스베인을 에워싸고 있는, 기름 끼고 오염된 바다에서 올라오는 짙은 안개에 휩싸여 매우 불길해 보였다.

"환자는 좀 어떤가요?" 허리에 찬 열쇠 꾸러미를 쨍그랑거리며 긴 복도 안쪽으로 그를 안내하는 음산한 표정의 여성에게 해미시가 물었다. "구속복을 입고 있나요?"

"아니요, 아주 조용히 지내요. 아무 문제도 일으키지 않고 있어요."

그녀가 병실 문을 열었다. 해미시는 안으로 들어갔고, 곧 등 뒤로 문이 잠기는 소리가 들려왔다.

퍼트리샤는 바닥에 주저앉아 몸을 앞뒤로 흔들면서 웅얼웅얼 혼잣말을 하고 있었다.

해미시도 그녀 옆의 바닥에 앉았다. "퍼트리샤," 그가 부드러운 목소리로 불렀다. "내가 누군지 알겠어요?"

그녀가 몸을 흔들던 것을 멈추고, 그를 빤히 바라보다가 다시 몸을 흔들기 시작했다.

"지금 미친 척하는 거죠, 퍼트리샤? 그렇더라도 아무 소용 없을 거예요. 남은 생을 이런 곳에 갇혀 지내고 싶은 건 아니잖아요. 재판을 받고 교도소에 수감되면, 계속 글을 쓰게 해 줄 거라고요. 그럼 새 책을 낼 수도 있잖아요."

그녀는 계속 몸을 흔들었다.

"이러면 좋지 않아요, 퍼트리샤, 두 개의 삶을 사는 거잖아요. 지금 연기를 하는 거라면, 평생 이렇게 연기하면서 살아야 할 거예요."

그녀는 계속 몸을 흔들면서 웅얼거렸다. 해미시의 존재는 전혀 인식하지 못하는 듯했다.

그가 작게 한숨을 쉬었다. "나는 당신 같은 여성은 이보다는 좀 더 용기 있을 줄 알았어요. 교도소에는 도서관도 있어서, 당신 책을 읽을 수도 있고, 다른 죄수들에게 이야기를 들려줄 수도 있을 텐데 말이에요."

아무 반응이 없었다.

그의 목소리가 점점 커졌다.

"내가 제이미 갤러거를 발견했을 때, 그의 모습이 어땠는지 알아요? 까마귀가 두 눈을 다 파먹었더라고요. 퍼넬러피가 어린 시절을 몹시 힘들게 보낸 거 알고 있어요? 그런데 그녀도 산 중턱에서 온몸이 부서진 채 고통 속에 죽어 가고 있었어요. 당신이 얼마나 끔찍한 짓을 저질렀는지 알기는 해요?"

하지만 그녀는 계속 몸을 흔들고 또 흔들기만 했다.

마침내 그는 포기했다. 그리고 자리에서 일어났다. 문에 난 작고 네모난 창으로 안쪽을 들여다보고 있던 여자가 자물쇠를 풀고 문을 열었다.

해미시는 밖으로 걸어 나갔고, 다시 그의 등 뒤로 문이 잠겼다. 그는 복도를 따라 걸어갔다. 그러다가 갑자기 "잠깐만요"라고 말하고는 다시 복도를 달려가서 퍼트리샤의 병실 문에 난 창으로 안쪽을 들여다봤다.

퍼트리샤는 허리에 양손을 짚고 창가에 서서 밖을 내다보고 있었다. 그는 여자에게 빨리 문을 열라고 신호했다. 그녀가 달려와서 문을 열었다.

그러나 그가 안으로 들어갔을 때, 퍼트리샤는 다시 바닥에 앉아 몸을 앞뒤로 흔들며 신음하고 중얼거렸다.

해미시는 그녀를 내려다보며 섰다. "나는 당신이 미친 척하고 있다고 확신해요. 그렇지만 미친 사람으로 계속 여기 머물고 싶다면, 그건 당신 선택이니 마음대로 해요."

잠시 기다렸지만, 퍼트리샤는 멈추지 않고 몸을 흔들었다.

그는 역겨운 마음에 탄식을 내뱉으며 밖으로 걸어 나갔다. 이 상황을 어쩌면 좋을까? 경찰 본부로 차를 몰고 가는 동안 그는 생각했다. 퍼트리샤가 창가에 서 있던 모습이 떠올랐다. 그의 쪽으로 등을 보이기는 했지만, 확실히 정상적인 사람의 모습이었다.

그는 경찰 본부로 향했고, 그곳에서 한참을 기다려야 했다. 데이비엇 총경이 그를 만나고 싶어 한다고 지미 앤더슨이 알려 왔기 때문이다. 그는 데이비엇 총경의 사무실 밖에 앉아 자신을 극도로 혐오하는 총경 비서의 따가운 눈초리를 견디며 참을성 있게 기다렸다.

마침내 해미시는 방 안으로 안내되었다. "이분이 정신과 의사 로지 박사님이네." 데이비엇 총경이 소개했다. "우리의 죄수 퍼트리샤 마틴브로이드를 담당하고 있지."

해미시는 퍼트리샤가 연기를 하고 있다는 확신이 든다고 이야기했다. "하지만 로지 박사님의 의견은 그렇지 않네." 데이비엇 총경이 말했다.

해미시는 로지 박사로부터 퍼트리샤의 상태에 관해 매우 장황한 설명을 들어야만 했다. 그리고 이 정신과 의사가 이미 퍼트리샤가 미쳤다고 확신하고 있으며, 자기 뜻을 철회할 의사가 전혀 없다는 사실을 알아차렸다. 그는 일개 마을 경찰이 자신의 전문적인 진단에 왈가왈부하려 든다는 사실에 매우 분노했다.

"여기 맥베스가 그 여자와 개인적으로 잘 알기 때문에 그러는 겁니다." 데이비엇 총경이 달래듯이 말했다.

"박사님은 확실히 제 의견에는 관심이 없으신 것 같네요."

해미시가 말했다. "저는 그녀가 정상일 뿐 아니라, 곧 자살하리라고 생각합니다. 처음에 퍼트리샤는 재판이 자신의 책을 홍보하는 효과를 불러오리라는 사실만 생각하고 감옥에 갇히는 것에는 신경 쓰지 않았습니다. 하지만 지금은 확실히 재판을 받고 감옥에 가는 걸 원치 않고 있고, 그렇다고 평생 정신병동에 갇혀서 살고 싶은 마음도 없습니다."

다시 한번 지루하고 긴 잔소리가 이어졌고, 그 내용은 로지 박사는 퍼트리샤가 자살을 하는 건 거의 불가능하다고 생각한다는 사실로 압축이 되었다. 데이비엇 총경은 자신이 단 한 마디도 알아들을 수 없는 난해한 강의로 먹고사는 사람도 있다는 사실에 확실히 큰 감명을 받은 모양이었다.

"어쨌든, 의견 주셔서 고맙습니다." 마침내 데이비엇 총경이 말했다. "자네도 그만 가 보게."

해미시는 범죄수사과로 찾아갔다. 블레어가 자리에 돌아와 있었다. "이제 오시는군." 블레어가 말했다. "로호두의 얼간이 같으니. 내가 그 여자가 범인이라고 했나, 안 했나? 내가 사건에서 제외되지만 않았으면 이번 사건도 내가 해결했을 거라고."

"경감님이 제이미 갤러거의 살인 사건을 해결했던 것처럼요?" 해미시가 물었다.

"당장 꺼지지 못해!" 블레어가 성질을 부렸다.

해미시는 싱긋 미소 지으며 밖으로 나갔다. 블레어도 돌아오고 모든 게 정상 궤도를 찾았다.

로호두로 돌아가는 동안 그는 프리실라 할버턴스마이스를 다시 보게 된다는 생각에 흥분이 밀려드는 것을 느꼈다. 경찰서에 도착하자마자 그는 새 정장과 새 구두로 차려입었다. 그리고 토멜성 호텔로 차를 몰고 가서 접수처로 들어갔다. 존슨 씨가 그를 알아보고 걸음을 멈췄다. "멋 좀 부렸네요, 해미시. 무슨 일이에요?"

"별일 없어요." 해미시가 얼굴을 붉혔다. "프리실라는 도착했어요?"

"이런, 몰랐어요? 런던에서 비행기가 연착했는데, 언제 탈지 아직 모르겠다고 전화를 걸어 왔어요."

"그렇군요, 알았어요, 알려 줘서 고마워요."

"프리실라를 만나려고 온 거였어요?"

"아니요." 해미시는 거짓말을 하고는 급하게 둘러댔다. "피오나 킹은 요즘 안 보이네요?"

존슨 씨의 시선이 그를 지나쳐 주차장 쪽으로 열리는 문을 바라봤다. "저기 지금 도착한 사람이 그분 같은데요."

해미시는 밖으로 나가 피오나를 만났다. "촬영은 잘 진행되고 있나요?" 그가 물었다.

"그럼요, 물론이죠."

"실라는 어디 있나요?"

"해고돼서 떠난 지가 언젠데요. 나도 지금 어디 있는지는 몰라요. 아마 글래스고에 있겠죠."

"내가 좀 궁금한 게 있거든요." 해미시가 말했다. "혹시 앵거스 맥도널드를 찾아간 적 있어요?"

"그 점성술사요? 네, 맞아요, 갔었어요. 우리 제작진 중에도 운세를 보려고 많이들 찾아갔었어요."

그렇다면 점성술사가 피오나 킹이 퍼넬러피를 죽인 범인이라고 단정하게 되었다는 건, 피오나가 그녀에 관해 뭔가 야비한 말을 엄청나게 해 댔다는 뜻이군, 해미시는 생각했다.

그는 경찰 랜드로버에 올라타고 로흐두로 갔다. 가는 길에 분명히 프리실라가 경찰서에 메시지를 남겨 놓았을 것이라고 생각했다.

그는 경찰서 사무실로 뛰어 들어가 자동응답기를 틀었다. 아무 메시지도 없었다. 실라는 작별 인사도 없이 떠나 버렸고, 프리실라는 집에 오지도 않았으며, 그에게 메시지 한 통 남기는 수고조차도 하지 않았다.

그의 우울한 생각이 다시 살인 사건 쪽으로 돌아갔다. 그는 퍼트리샤가 살인을 저질렀다는 증거가 온전히 그녀의 성격 속에 놓여 있었다는 사실을 진작 알아차리지 못했던 것을 평생 자신의 실수로 여기게 될 것 같았다. 물론 처음부터 내내 퍼트리샤가 범인이라는 사실을 알고 있었다고 했던 블레어의 주장은 전혀 믿지 않았다. 블레어는 늘 모든 사건에서 모두를 범인으로 간주하지 않았던가. 불행은 모두를 사랑한다. 그는 드림으로 가서 콜린 제솝 목사를 만나 봐야겠다고 생각했다.

목사가 그를 서재로 안내했다. "어쩐 일인가요, 맥베스?"

"아내분께 혹시 무슨 소식 들으신 것 없나 해서요. 부인께서 직접 연락을 해 왔는지, 아니면 목사님이 아내분의 행적을 추적해 보기라도 했는지 궁금해서 왔습니다."

"소식도 못 들었고, 행적을 찾아보지도 않았습니다."

"부인은 왜 떠난 건가요?"

"그 드라마 제작 때문이에요. 그게 그녀를 어리석은 여자로 변하게 했어요."

"어쩌면 좀 떨어져 있다 보면, 다시 집으로 돌아오고 싶어질지도 모르죠." 해미시가 위로하듯이 말했다.

"돌아와 봐야 소용없습니다." 목사가 까칠하게 말했다. "내가 면전에서 문을 쾅 닫아걸 테니까요."

서재 문이 열리더니 뚱한 표정을 한 금발의 중년 여성이 쟁반을 받쳐 들고 들어왔다. "차 마실 시간이에요, 자기." 여자가 목사에게 애교를 떨며 말했다.

"더 용건이 없으시면, 이제 그만 가 보시죠, 경관님." 목사가 조급하게 말했다. 해미시는 모자를 뒤로 밀어 쓰고 당황스러움에 빨간 머리를 벅벅 긁어 대며 밖으로 나갔다. 그는 목사가 참으로 야비하기 짝이 없는 인간이라는 사실을 깨달았다. 아내가 떠나자마자, 잠시도 기다리지 못하고 다른 여자를 집으로 들이다니. 대체 해미시 맥베스에게 무슨 일이 일어난 걸까? 아무도 그를 원하지 않았다.

그는 식료품을 좀 사려고 잡화점으로 향했다. 아일사 케네디가 가게를 지키고 있었다.

"어서 와요, 해미시." 그녀가 말했다.

"목사가 집에 모르는 여자를 들였더군요." 해미시가 계산대에 기대서서 말했다.

"말은 가정부라고 하더라고요." 아일사가 말했다.

"제솝 부인에게서는 아무 소식 없나요?"

아일사의 얼굴이 어두워졌다. "아니요, 아무에게도 아무 말도 남기지 않고 그냥 짐을 싸서 떠나 버렸어요. 난 그녀가 내 친구라고 생각했어요. 마을 여자들 모두 당신이 에디에게 해주었던, 아일린이 자기 영화를 할리우드로 보냈다는 거짓말을 믿었어요. 물론 이제는 그들도 그게 다 쓰레기 같은 얘기라는 걸 알죠. 그래서 더는 군중 장면에도 참여하지 않기로 했기 때문에 모두 맥없이 늘어져 있어요."

"그럼 이제 서로에게 벽돌을 던지는 짓도 하지 않겠네요."

해미시가 냉정하게 말했다.

하지만 식료품값을 내고 집으로 돌아가는 동안, 그는 자신도 상당히 맥이 빠져 버렸다는 사실을 스스로에게 고백해야만 했다.

아일린의 영화는 계속 비밀로 유지되고 있던 탓에 드림의 여자들도 홀리 앤드루스가 신문 한 부를 흔들어 대며 마을을 뛰어다니기 전까지는 그에 관해 전혀 모르고 있었다. 〈드림의 마녀〉에 관한 사전 비평은 무척이나 열광적이었다.

"그런데 그 여자는 자기에게 말 한 마디 남기지 않고 떠난 거라고." 홀리 앤드루스가 아일사에게 말했다. "내가 뭐랬어, 그 여자 보통 약아빠진 게 아니라고 했잖아."

아일린의 작품 첫 회가 방송되는 날, 드림 마을의 모든 주민이 텔레비전 앞에 자리 잡고 앉았다. 아일사는 함께 텔레비전을 보려고 홀리 앤드루스와 에디와 앨리스를 집으로 초대했다. 방송을 보면서 처음에 그들은 환호하고 웃고 서로를 껴안아 주었다. 하지만 첫 회가 끝났을 때, 아일사가 말했다. "아일린은 정말 똑똑해."

그러자 홀리가 말했다. "맞아, 이제 떼돈을 벌겠네. 그런데 우린 뭐냐고. 그 여자를 위해 노예처럼 궂은일은 다 했지만, 기자회견장에 초대도 못 받고 돈 한 푼도 받지 못했잖아."

"맞아." 에디가 눈을 부라렸다. "그 여편네, 다시는 여기 나타나지 않는 게 신상에 좋을 거야."

아일린의 작품은 스코틀랜드 텔레비전에서 방송되었고, 그 주 일요일에는 전국 방송으로 방영되면서 〈만조의 사건〉의 시청자를 성공적으로 상당수 가져가 버렸다.

해리의 탐정 시리즈는 비평가들에게 혹평을 받았고 아일린의 작품과 비교되면서 상당히 힘든 시간을 견뎌야 했다.

"그거 알아요?" 실라의 아파트에 앉아 있는 동안 아일린이 말했다. 신문이 두 사람 주변에 사방으로 펼쳐져 있었다. "그동안 내가 새로운 대본을 쓰면서 시시각각 벌어지는 사건에 흥분하고 도취해 지내느라 가여운 아일사에 관해서는 전혀 생각도 해 보지 못했다는 거요."

"우리 이번 주말에 드림에 다녀오죠." 실라가 말했다. "나도 해미시 맥베스를 다시 만나 봐야 해요. 정말 미안하거든요. 내가 몇 번이나 그를 바람맞혔어요. 지금이라도 전화를 걸어 봐야겠어요."

"그럼 그에게 우리가 간다는 말은 아무에게도 하지 말아 달라고 해 줘요." 아일린이 말했다.

"콜린 때문에 걱정하는 거예요?"

"이젠 아니에요. 하지만 드림에 가서 모두를 깜짝 놀라게 해 주고 싶어요."

실라가 해미시에게 전화를 걸었다. "내가 당신에게 해 줄 수 있는 최소한의 보답이 식사를 대접하는 일인 듯해요. 물론 나한테 완전히 질려 버렸다고 해도 충분히 이해할게요."

"아니에요." 해미시가 말했다. "그렇지만 이번에는 정말 나타나야 해요. 언제 만날까요?"

"토요일에 차를 가지고 갈 거예요. 토요일 저녁 8시, 나폴리 어때요?"

"아주 좋아요. 큰 성공을 이룬 기분이 어때요?"

"날아갈 것 같아요."

"해리 프레임이 당신에게 무척 화가 났을 것 같은데요."

"그가 일자리를 제안해 왔어요. 믿어져요? 그에게 어림도 없으니 다시는 연락하지 말라고 얘기할 때 기분이 얼마나 짜릿했는지 몰라요. 토요일에 봐요. 참, 그리고 드림 사람들에게는 말하지 말아 줘요. 깜짝 놀라게 해 주고 싶거든요."

다시 드림 쪽에 가까워지고 있으니 이상한 기분이 든다고, 아일린은 새로 착용한 콘택트렌즈를 통해 들어오는 친숙한 풍경을 눈을 깜빡거리며 바라보면서 생각했다. 실라는 드림으로 향하는 구불구불한 비탈길을 달려 내려가서 잡화점 앞에 차를 세웠다.

"자, 다 왔네요." 아일린과 함께 차에서 내리며 실라가 말했다.

"저기 환영 위원회가 오는 것 같은데요." 아일린이 웃으면서 말했다. 드림 여자들이 마을 쪽에서 그들을 향해 걸어오고 있었다. 아일사가 가게에서 나와 매서운 표정으로 팔짱을 끼고 그녀 앞에 섰다.

"아일사!" 아일린이 소리치며 그녀에게로 달려갔다.

"가까이 오지 마요." 아일사가 소리 질렀다.

"여기 뭔가 많이 이상한 것 같아요." 실라가 가까이 다가오는 여자들을 바라보며 긴장해서 말했다.

그때 무리의 선두에 있던 홀리 앤드루스가 멈춰 서더니 잔디와 흙을 한 뭉치 뽑아 들어 그들 쪽으로 집어 던졌다.

"못된 여편네!" 홀리가 소리 질렀다. "우릴 돈벌이 수단으로 이용했어! 이 못된 년!"

바람이 호수를 휩쓸고 가면서 아일린의 치마를 채찍처럼 휘둘러 그녀의 다리를 때려 댔다. 머리 위에서는 까마귀가 아래로 곤두박질치며 까악 하고 울었다.

"차에 타요." 실라가 얼굴이 하얗게 질려 말했다.

그들은 여자들이 던지는 돌멩이가 차 옆에 부딪히는 소리를 들으며 그곳을 빠져나갔다. "어디로 가요?" 아일린이 헐떡이며 물었다.

"글래스고로 돌아가요." 실라가 말했다. "두 번 다시는 이곳에 오지 않을 거예요."

그날 저녁 레스토랑에서 윌리 러몬트가 해미시의 식탁에 기대서서 말했다. "또 바람맞은 거예요?"

"그런 것 같네." 해미시가 우울하게 말했다.

"원래는 선배가 이 여자 저 여자 집적거리다가 떠나 버리는 버림둥이로 명성이 자자한 사람이잖아요."

"바람둥이겠지, 윌리. 그렇다면 지금은 내가 누구와 바람을 피우고 있는 거야? 자네?"

"그렇게 까칠하게 말할 필요 없잖아요." 윌리가 뒤로 물러났다.

나타날 생각도 하지 않는 여자나 기다리며 허구한 날 레스토랑에 죽치고 앉아 있는, 이게 바로 내 삶이야, 해미시는 생각했다.

지미 앤더슨이 걸어 들어왔다.

"여기 있었군요. 계속 찾아다녔잖아요." 그가 말했다. "퍼트리샤 마틴브로이드가 좀 전에 목숨을 끊었어요."

"어떻게요?"

"침대 시트를 찢어서 목을 맸어요. 납세자들 돈이 덜 들어가게 된 거죠, 뭐. 혼자예요, 해미시?"

"예."

"잘됐네요, 나도 배가 고프거든요. 스카치위스키 한 잔과 함께하는 스파게티 한 접시만큼 맛있는 건 세상에 둘도 없죠."

지미가 자리에 앉더니 냅킨을 털어 펼쳤다. "누구 기다리는 거 아니죠, 혹시 약속이라도 있는 거예요?"

"실은 바람맞았어요."

"여자들이 다 그렇죠, 뭐." 지미가 말했다. "그럴 때는 어떻게 해야 하는지 알아요, 해미시?"

"몰라요."

"진탕 마시는 거라고요!"

옮긴이 전행선

연세대학교 영문학과를 졸업하고 영상 번역가로 활동을 시작하여, 디스커버리 채널과 디즈니 채널 등에서 240여 편의 영상물을 번역했다. 현재는 출판 전문 번역가로 일하며, 옮긴 책으로는 〈해미시 맥베스 순경 시리즈〉의 『무뢰한의 죽음』 『허풍선이의 죽음』 등을 비롯해 『에스에프 에스프리』 『썸씽 인 더 워터』 『환생 블루스』 『예쁜 여자들』 『이니 미니』 『사냥꾼』 『레프트오버』 『몽키스 레인코트』 『살인을 부르는 수학 공식』 『때로는 나도 미치고 싶다』 등이 있다.

해미시 맥베스 순경 시리즈 14

각본가의 죽음

초판 1쇄 펴낸날 2019년 8월 30일

지은이 M. C. 비턴
옮긴이 전행선
펴낸이 김영정

펴낸곳 (주)현대문학
등록번호 제1-452호
주소 06532 서울시 서초구 신반포로 321(잠원동, 미래엔)
전화 02-2017-0280
팩스 02-516-5433
홈페이지 www.hdmh.co.kr

ISBN 978-89-7275-846-4 04840
978-89-7275-783-2 (세트)

* 책값은 뒤표지에 있습니다.
* 이 도서의 국립중앙도서관 출판예정도서목록(CIP)은 서지정보유통지원시스템 홈페이지(http://seoji.nl.go.kr)와 국가자료종합목록 구축시스템(http://kolis-net.nl.go.kr)에서 이용하실 수 있습니다. (CIP제어번호: CIP2019033053)